O Duque Implacável

SCARLETT SCOTT

TRADUÇÃO DE SANDRA MARTHA DOLINSKY

O Duque Implacável

CONFRARIA DOS CANALHAS ♦ LIVRO 1

COPYRIGHT © FARO EDITORIAL, 2024
COPYRIGHT © 2023 *HER RUTHLESS DUKE* BY SCARLETT SCOTT

Todos os direitos reservados.
Nenhuma parte deste livro pode ser reproduzida sob quaisquer meios existentes sem autorização por escrito do editor.

Diretor editorial **PEDRO ALMEIDA**
Coordenação editorial **CARLA SACRATO**
Assistente editorial **LETÍCIA CANEVER**
Preparação **NATHÁLIA RONDAN**
Revisão **THAIS ENTRIEL e RAQUEL SILVEIRA**
Diagramação **VANESSA S. MARINE**
Imagens de capa e miolo **@GARRYKILLIAN / Freepik | ©ILINA SIMEONOVA / Trevillion Images**

DADOS INTERNACIONAIS DE CATALOGAÇÃO NA PUBLICAÇÃO (CIP)
JÉSSICA DE OLIVEIRA MOLINARI CRB-8/9852

Scott, Scarlett
　O duque implacável / Scarlett Scott ; tradução de Sandra Martha Dolinsky. — São Paulo : Faro Editorial, 2024.
　　224 p. : il.

ISBN 978-65-5957-512-1
Título original: Her Ruthless Duke

1. Ficção norte-americana I. Título II. Dolinsky, Sandra Martha

24-0468　　　　　　　　　　　　　　　　　　　　　　　　　　CDD 813

ÍNDICES PARA CATÁLOGO SISTEMÁTICO:
1. Ficção norte-americana

1ª edição brasileira: 2024
Direitos de edição em língua portuguesa, para o Brasil, adquiridos por FARO EDITORIAL
Avenida Andrômeda, 885 – Sala 310
Alphaville — Barueri — SP — Brasil
CEP: 06473-000
www.faroeditorial.com.br

À minha família, com muito amor

CAPÍTULO 1

Trevor William Hunt, sexto duque de Ridgely, marquês de Northrop, barão de Grantworth, encarou a ameaça que invadira sua casa, fazendo o possível para ignorar os tornozelos tentadores que espreitavam por baixo das bainhas do vestido e das anáguas. Uma tarefa deveras difícil, de fato, quando a ameaça em questão pairava sobre ele do patamar mais alto da escada de sua biblioteca. Não havia para onde olhar senão por baixo de suas saias.

Quando era espião e trabalhava para a Confraria, reportando-se diretamente a Whitehall, enfrentara inimigos temíveis e supostos assassinos. Fora baleado, esfaqueado e quase atropelado por uma carruagem. Mas tudo isso tornava-se ínfimo em comparação a toda a força de Lady Virtue Walcot — filha de seu falecido amigo, o marquês de Pemberton —, inesperada e indesejada tutelada de Trevor e seguidora de Belzebu recém-enviada do Hades para destruí-lo.

— Desça antes que se machuque, criança — ordenou-lhe.

Não que ele se importasse, mas também não queria começar o dia testemunhando-a rolar escada abaixo e morrer. Afinal, ele ainda nem havia tomado o café da manhã.

— Não sou criança — anunciou ela, com um tom desafiador que estalava feito um chicote de seu pedestal sublime.

A atrevida sequer deu-se o trabalho de olhar para ele ao responder.

Não, de fato. Ela continuou folheando os livros empoeirados nas prateleiras altas, relíquias do quinto duque de Ridgely. É provável que tivessem sido adquiridos para impressionar a amante da vez. Trevor duvidava muito que seu pai já houvesse lido uma palavra sequer daquelas páginas. *Hum.* Quando tivesse oportunidade, se livraria de todos eles. Havia esquecido que estavam lá.

— Menina, então — consentiu ele, cruzando os braços e mantendo o olhar atento às prateleiras, e não na tentadora curva do traseiro dela acima de sua cabeça. — Pois uma mulher adulta jamais escalaria a biblioteca de seu tutor, colocando seu bem-estar em risco.

— Escalaria sim, se estivesse procurando algo para ocupar sua mente e fugir do aborrecimento que seu tutor lhe impõe.

Lady Virtue, sem dúvida, referia-se ao turbilhão social que ele havia organizado com a ajuda da sua irmã, tudo para ver a irritante pirralha casada, et cetera, e, se Deus quisesse, fora da sua vida.

— Damas adoram bailes — retrucou ele, descruzando os braços e colocando as mãos na cintura.

Lady Virtue o deixava inquieto. Sempre que ela estava perto dele, ele era tomado pelo anseio de tocá-la, o que não fazia sentido, visto que ela não passava de uma dama inocente, e ele não a suportava.

— Pois esta dama não gosta — gritou ela lá de cima.

Trevor tinha certeza de que ela discordara dele só para não dar o braço a torcer.

— Damas adoram esses eventos enfadonhos com músicos.

— Saraus, é o que quer dizer? — Ela bufou. — Eu os detesto.

— Ora, que infortúnio — gracejou ele. — Para que possa ver-se bem-casada precisa participar de eventos da sociedade.

Outro exalar desdenhoso proveio de cima.

— Não quero me casar, bem ou mal.

Ela já havia afirmado isso em várias ocasiões. Lady Virtue Walcot era franca na mesma proporção em que lhe tirava do sério. E continuaria sendo um fardo para ele ao longo do ano, até atingir a maioridade e deixar de ser sua tutelada. Para ele, esses doze meses pareciam uma eternidade. A única possibilidade de se livrar dessa sina seria arranjando um marido para ela, coisa que ele pretendia que sua irmã fizesse. Mas era evidente que Pamela precisaria esforçar-se mais.

Quando Lady Virtue se casasse, continuaria sob a tutela dele, mas o esposo desavisado ao menos ficaria encarregado de mantê-la longe de problemas, e Trevor poderia seguir sua vida como bem quisesse.

Vislumbrou de novo os tornozelos de Lady Virtue e xingou a si mesmo ao sentir que seu pau resolveu dar o ar de sua graça. Pernas femininas sempre foram seu ponto fraco. Pena que esse pedaço de mau caminho pertencia a *ela*.

Ele pigarreou.

— Vai mudar de ideia.

— Não vou, não. — Ela puxou um livro da estante. — *Um conto de amor*.

Ah, Jesus. Ele conhecia esse título, sabia qual era seu conteúdo. Era um livro de uma obscenidade absurda. Sem sombra de dúvida não era o tipo de livro que ela deveria ler. Se alguém a levasse para o mau caminho, Trevor é que não seria.

Infelizmente.

— Isso não é para os olhos de mocinhas inocentes — disse. — Coloque-o de volta na prateleira.

— Nunca aleguei ser uma mocinha inocente.

O som inconfundível das páginas sendo folheadas chegou até ele.

— Ora, trata-se de um relato epistolar — disse ela. — Não pode haver mal nisso, não é?

Ele rangeu os dentes e olhou para as lombadas dos livros à sua frente, rendendo-se à necessidade de tocar alguma coisa e decidindo-se por pousar a mão na escada. Ao menos ela não cairia estando ele ali para firmá-la.

— Não leia isso, criança — disse ele, seco. — Isso é uma ordem.

— Sou pouco mais nova que você, como sabe. — Mais uma página virada. — Oh! Deus do céu…

— Minha santa Apolônia, falei para não ler esse livro. — Ele segurava a escada com tanta força que temia parti-la ao meio. — Se não descer neste momento, não terei escolha senão ir até você para tirá-la daí eu mesmo.

— Não seja tolo. Esta escada não aguentaria nós dois e você quase enfiaria a cabeça dentro das minhas saias.

Sim, exatamente.

E ele não acharia ruim.

— Desça, ou subo eu — rebateu ele com severidade. — Vou contar até cinco. Um, dois, três…

— Você não vai subir nesta escada, Ridgely — interrompeu ela.

— Quatro — prosseguiu ele, carrancudo.

Ah, pois ele subiria! Ela não podia ler aquele maldito livro. E não só porque pensar em Lady Virtue lendo aquela porcaria obscena o excitava.

— Cinco.

Segurando a escada com ambas as mãos, ele apoiou o pé direito no degrau mais baixo e começou a subir.

Do alto da escada, ela arfou.

— Fique onde está!

Outro degrau, e a bainha do vestido dela roçou no topo de sua cabeça.

Não olhe para cima, seu canalha, advertia ele a si mesmo. *Não olhe para cima.* Ele engoliu em seco tentando controlar uma onda de desejo proibido.

— Não obedeço a ordens de crianças.

— Vai nos fazer cair.

Lady Virtue, que em geral era inabalável, parecia um pouco preocupada. Não sem razão. Trevor avançou outro degrau e a escada balançou. Ah, que ironia… Anos enfrentando vilões perigosos, mas saindo com vida, e poucas semanas tendo-a como tutelada seriam a causa de seu prematuro fim.

Para decepção de seu lado pecador, a cabeça dele não pousou em suas anáguas. Em vez disso, ele se segurou na escada com as mãos ao lado de ambos os joelhos dela, cobertos por uma saia fofa de musselina jaconet e babados que impediam a visão deslumbrante daqueles tornozelos deliciosos e das pantufas cor-de-rosa nos pés delicados.

— Ainda não caímos, não é? — perguntou Trevor, triunfante, apesar de sentir a escada balançar um pouco mais. — Agora, me dê esse maldito livro.

Ela girou um pouco na escada para fitá-lo. O movimento desestabilizou a escada ainda mais.

Ele ergueu os olhos, passando pela curva tentadora dos seios dela, lindamente delineados sob o tecido claro e justo, subindo até um pedacinho de pescoço macio, visível acima da gola recatada do vestido, e chegando ao rosto dela. Como sempre acontecia quando a olhava, o efeito da beleza dela o atingiu feito um soco no estômago.

Lady Virtue era detestavelmente adorável. Lustrosos cabelos acaju, olhos castanhos calorosos que irradiavam inteligência e cílios longos. Nariz delicado, pômulos aristocráticos, uma inclinação desafiadora no queixo e lábios fartos, exuberantes, implorando para serem beijados. Mas a maneira como se comportava era o que a tornava irresistível: era orgulhosa, teimosa e deveras atrevida.

Se ela fosse uma viúva, uma esposa infeliz ou qualquer outra mulher com quem um caso fosse possível, ele a teria levado para a cama num piscar de olhos. Mas ela era sua protegida, além de ser uma pedra no seu sapato, portanto ele tinha que fazer um esforço diário para conter sua inapropriada luxúria.

Logo ele descobriu que sempre que os lábios dela se moviam isso o ajudava muito nessa tarefa.

Como nesse momento.

— Se não descer da escada, não terei escolha a não ser chutá-lo — declarou a atrevida, segurando o livro em sua mão bem no alto, fora do alcance dele.

Ele subiu mais um degrau, alinhando o rosto com a cintura dela. O que significava que, se ela cumprisse a ameaça, uma daquelas delicadas pantufas cor-de-rosa o acertaria bem no meio das pernas. Seria, sem dúvida, uma maneira de reprimir seu inconveniente desejo, mas ele não estava com ânimo para se tornar eunuco hoje.

— Se você me chutar, haverá consequências — rosnou. — Como ficar sem livros.

Lady Virtue estava sempre com um livro na mão, aonde quer que fosse. Às vezes, dois. Ele os encontrava em todos os lugares, espalhados como migalhas lhe mostrando onde ela havia estado. Em sua carruagem, na sala de estar, na mesa do café da manhã, no divã da biblioteca, no jardim...

Não havia punição maior do que negar a ela o alimento da leitura.

Ela semicerrou os olhos.

— Que crueldade!

Ele ergueu uma sobrancelha.

— Alguma vez afirmei ser um homem gentil?

Ambos sabiam que não. Porque ele não era um homem gentil. Era mau. Desagradável. Incorrigível. Um completo canalha.

A escada balançou de novo.

— Ridgely! — Os olhos dela se arregalaram.

Ele estendeu a mão, com a palma para cima, e mexeu os dedos:

— O livro.

Ela apertou o livro contra o peito, como se o protegesse dele:

— Não.

A tenacidade daquela pirralha era deveras irritante.

Ele poderia arrancar *Um conto de amor* dela com facilidade. No entanto, um movimento brusco e uma disputa resultante provavelmente terminaria com os dois no chão. E não da maneira que ele imaginara em várias ocasiões desde que ela surgira em sua vida. A manhã mal começara para acabar em ossos quebrados.

Era hora de exercitar a astúcia que fez dele um espião tão eficiente.

Dissimulando indiferença, Trevor desviou a atenção dela, olhou para a parede de livros mais adiante e soltou um suspiro fingido.

— Pois bem, creio que não há como impedi-la de ler esse livro. Pelo menos não encontrou *Cartas de amor de uma cortesã*.

Como ele previra, a curiosidade foi mais forte que ela. Quando Lady Virtue seguiu o olhar dele até onde o livro indecente que ele acabara de inventar supostamente estaria alojado, Trevor atacou com a agilidade de uma cobra, arrebatando *Um conto de amor* dos dedos frouxos dela com facilidade. Colocou-o dentro de seu fraque e desceu rápido, triunfante.

— Seu miserável! — acusou ela lá de cima. — Você me distraiu para poder roubar o livro.

— Um homem não pode roubar o que é de sua propriedade, minha cara.

Sentindo-se excepcionalmente cavalheiresco, ele segurou a escada enquanto ela descia, furiosa.

— O livro é seu, então? Que grande surpresa.

Ele cometeu o erro de erguer os olhos a tempo de vislumbrar as belas coxas e ligas cor-de-rosa. Deus do céu, a roupa íntima dela combinava com as pantufas e a fita do vestido! Um tom perfeito de rosa-claro, como os lábios dela.

Ele desviou o olhar.

Essa cópia específica de *Um conto de amor* não era dele. Ele tinha a sua. O que significava que havia pertencido a seu inglório predecessor ou a uma das muitas amantes de seu pai. Sem dúvida, não pertencia a seus falecidos irmãos, Bartholomew e Matthew, que eram dóceis e moderados como um par de camundongos. De qualquer maneira, Trevor não queria ponderar quanto à origem do livro.

— Tudo nesta casa é meu — disse ele, em vez de ser direto ao responder à pergunta dela.

Ou de sua responsabilidade. Ser duque tinha muito disso, para sua eterna consternação. E uma tutelada, ainda por cima. Bartholomew ou até mesmo Matthew teriam sido muito mais adequados para o papel de duque e tutor. Deus sabia que seus irmãos nunca teriam sonhado em sequer ousar olhar sob o vestido de alguém, muito menos de uma tutelada.

Bartholomew e Matthew foram bons rapazes. Ele sentia falta dos irmãos. Nem sempre conseguia se livrar da sensação de que era um usurpador. Trevor era o canalha da família, para contrabalançar tanta decência. Eles sempre foram os filhos favoritos do pai; já o terceiro filho, o que nunca demonstrara ter qualquer talento digno da atenção do duque, era odiado. *Uma vil decepção*, dissera-lhe o duque muitas vezes, inclusive. Até que Trevor simplesmente deixara de falar com o velho patife. Ele nunca quisera o título, isso era verdade, nem o temido peso das responsabilidades que o acompanhavam. A vida era muito menos complexa quando ele era o terceiro filho, quando nenhuma expectativa recaía sobre ele.

— Como deve ser emocionante estar de posse da própria casa! — disse Lady Virtue ao pôr os pés no tapete Axminster, dando um passo para mais perto de Trevor com o dedo apontado para o ar, como se quisesse pontuar suas palavras. — E da própria biblioteca. — Outro passo. — E do próprio dinheiro. — E outro, até que pousou o dedo no peito dele, dando-lhe um forte cutucão. — E do próprio *futuro*.

O tom dela já era bastante mordaz ao chegar à última parte de sua diatribe. Ela estava muito perto, com a ponta das pantufas encostada na ponta dos sapatos dele. De repente, ele notou as minúsculas manchas coloridas nos seus intensos olhos castanhos e uma pitada de sardas salpicando o nariz dela.

Ele não podia culpá-la por se ressentir de sua precária posição; era uma jovem sozinha no mundo, com um dote ainda pendente para recomendá-la e nenhum meio de tomar suas próprias decisões enquanto não atingisse a maioridade ou se casasse. E, mesmo depois de casada, ela ainda não teria poder de decisão. Mas Trevor não permitiria que essa ideia o assombrasse nem alimentasse um mínimo arrependimento. Porque ele precisava se livrar daquele inconveniente fardo.

Para ontem.

Ele não pedira uma tutelada. *Jesus*, acaso Pemberton não sabia que o velho provérbio "mais vale o mau conhecido que o bom por conhecer" não passava de uma grande bobagem?

Aparentemente, não, pois a adorável filha do marquês estava ao lado de Trevor em sua biblioteca. Uma inocente confiada a seus duvidosos cuidados. E ele era a prova viva de que o mau conhecido não deixa de ser um mau.

Trevor deu um passo urgente em retirada, deixando uma distância mais segura entre eles.

— O mundo não é justo, criança — disse ele, suavizando o tom de voz para amenizar a punhalada em suas palavras.

Ele a chamava assim com frequência, como se para lembrar a si mesmo de que ela era sua tutelada. *Proibida*. Dez anos mais jovem que ele. Muito mais inocente.

— Quanto antes se conscientizar disso, melhor para você.

— Não preciso que um homem me diga isso — rebateu ela —, especialmente um duque que não tem uma única preocupação no mundo e que insiste em me forçar a um casamento que não quero.

As farpas dela acertaram o alvo em cheio, mas ele as ignorou. Não queria ali aquela incumbência virgem vestida de rosa, com uma boca tentadora e o corpo de uma beldade. Seus dedos estavam ansiosos de novo para tocá-la, e seu pau irritante se recusava a se abaixar. Ele *não podia* tocá-la. Ela era filha de Pemberton, sua tutelada.

— Fui incumbido de vê-la feliz como seu pai desejava — disse ele, levando as mãos às costas para mantê-las ocupadas. — A propósito, já tomou café da manhã? Creio que Lady Deering a levará para fazer compras hoje.

Ele não tinha ideia do que sua irmã havia planejado para Lady Virtue; sabia apenas que sairia com ela. Esforçava-se ao máximo para não saber o que faziam, nem quando, nem onde. Quanto menos ele soubesse, menos sua pupila invadiria seus pensamentos. E ele preferia que fosse assim.

— Há muito tempo — informou Lady Virtue.

E essa era outra qualidade irritante dela: a habilidade inata de acordar cedo. Estava acordada e perambulando pelos corredores da Hunt House muito antes dele todas as manhãs. Daí sua incursão atual à biblioteca. Era como abrigar um bando de soldados inimigos em sua própria casa.

Pior ainda, já que ele não se sentiria tentado a transar com soldados inimigos.

— Perfeito. — Ele forçou um sorriso. — Por que você não faz algo mais construtivo do que furtar minha biblioteca, até que minha irmã me alivie de minhas infelizes obrigações?

Lady Virtue passou por ele, deixando um rastro de seu sedutor perfume floral.

— Talvez eu dê uma volta por Rotten Row — exclamou ela ao olhar para trás, aparentemente tendo decidido que ele estava dispensado.

Rangendo os dentes, ele a seguiu enquanto ela cruzava a biblioteca.

— Pois não é hora disso. Só cavalariços andam por ali a esta hora da manhã; e esse, sem sombra de dúvida, não é o lugar para uma dama tentar laçar um marido.

— Felizmente, não tenho intenção de *laçar* um marido.

Ela parou e deu meia-volta, ficando de frente para ele mais uma vez. Não estava de chapéu, e a visão de seus cabelos presos em um coque frouxo era tentadora por si só.

— Céus, Ridgely, você fala como se todo o processo não passasse de um caçador perseguindo uma lebre para o jantar.

Ele ergueu uma sobrancelha.

— E não é? Um marido, quando capturado, costuma ser assado no espeto sobre a miserável chama também conhecida como casamento, em uma situação muito parecida com a da lebre. Para mim, a lebre ainda leva vantagem. Ela é comida no jantar, ao passo que o outro é lentamente torturado durante toda a sua vida.

Ela franziu os lábios.

— Esse é um pensamento bastante sombrio de um homem determinado a me ver presa contra minha vontade em tal situação.

— Você é dramática como uma atriz — disse ele lentamente, mantendo no rosto uma máscara de indiferença.

— Creio que se há alguém que deve saber disso, é você — retrucou ela, atrevida. — Provavelmente já dormiu com metade das atrizes de Londres.

A ousadia de Lady Virtue Walcot nunca deixava de surpreendê-lo.

— Uma dama não se refere a assuntos tão indelicados — repreendeu ele com rispidez.

Meu Deus, se aquela atrevida continuasse tão descarada nas conversas, nunca arranjaria um marido. E muito provavelmente era essa sua intenção.

Ela deu de ombros.

— Talvez eu não seja uma dama.

Maldito Pemberton por morrer e largar para Trevor sua prole…

— Você *é* uma dama, sim, e se comportará como tal — disse ele, rangendo os dentes. — Ou farei com que todos os livros sejam retirados desta maldita casa e queimados.

As narinas dela se dilataram.

— Você não ousaria!

— Você também pensou que eu não subiria a escada. Experimente, minha cara.

Eles se entreolharam em silêncio, travando uma batalha de obstinação.

O que quer que ela tenha visto nos olhos dele, aparentemente a persuadiu a ceder, porque ela suspirou e um pouco de sua atitude belicosa se esvaiu.

— Pois bem, não vou cavalgar. Encontrarei outra coisa para me ocupar até que Lady Deering esteja pronta.

Com uma reverência que mais parecia uma repreensão, Lady Virtue virou-se e saiu da biblioteca, com uma majestade digna de uma rainha. Trevor a observou partir, com muito medo de imaginar o que essa *outra coisa* poderia ser. Quanto menos ele soubesse, melhor.

Pamela precisava casá-la com urgência. Trevor não seria totalmente absolvido de seus deveres, mas ao menos Lady Virtue estaria sob o teto do marido, onde seria seu lugar, não mais ali o tentando. Ele precisava falar com sua irmã. Franzindo a testa, Ridgely saiu em busca de seu café da manhã.

CAPÍTULO 2

Virtue encostou a cabeça no vidro frio da janela panorâmica que dava para Grosvenor Square e soltou um suspiro de frustração, embaçando a vidraça à sua frente. A majestosa rua abaixo ficou obscurecida por um momento, o que foi bom, pois ela não desejava ver as carruagens barouche e curricle que passavam levando a seus destinos os cavalheiros e as damas mais elegantes da alta sociedade. Não mais do que desejava estar ali, esperando uma audiência com o duque de Ridgely.

Assim como também não desejava estar em Londres.

Desde a descoberta de que ela seria empacotada como uma peça de mobília sem uso e enviada para a cidade de seu novo tutor, o duque de Ridgely, todos os seus dias foram tomados por pavor e medo de que a vida que ela queria para si estivesse para sempre longe de seu alcance.

Era inevitável que um turbilhão se seguisse à sombria notícia. Fez uma onerosa viagem desde o seu refúgio, em Greycote Abbey, após um período adequado de luto. Então ela conhecera o duque — e quão surpresa ficou ao ver que era jovem e tão bonito que chegava a ser perturbador. Conhecido por sua crueldade também, como ela logo descobrira.

A seguir, houve o subsequente e obrigatório — como agora ela supunha — desfile em mares de saraus da sociedade, acompanhada pela irmã dele. Tudo com o intuito de casá-la. Ao que parecia, seu destino na vida era não ser desejada por ninguém, mas esquecida ou ignorada, passada dos cuidados de uma pessoa a outra. A todo momento Virtue era alertada de que deveria escolher um marido, pois era o que seu pai teria almejado para ela.

— Lorde Pemberton desejaria vê-la bem encaminhada — afirmara Ridgely assim que se conheceram.

Como se seu pai tivesse se importado com o que ela fazia em seu passado ou presente, quando ele estava vivo. E se importava muito menos com seu futuro, agora que estava morto.

Na verdade, o marquês de Pemberton deu sua contribuição na cama para gerá-la; mas, depois disso, fizera o possível para esquecer sua existência. A mãe de Virtue morrera de febre puerperal, e o pai escolhera fingir que ela nunca havia nascido. Até que, inexplicavelmente, tomara a decisão de confiar o futuro da filha aos caprichos do duque de Ridgely.

— Mas é claro que você deve arranjar um marido — insistira Lady Deering, apesar de todas as objeções de Virtue.

Com frequência, tais objeções eram acompanhadas por uma sobrancelha erguida e uma expressão severa de desaprovação quando Lady Deering proclamava:

— Toda dama solteira deseja se casar.

— Nem todas as solteiras — murmurou Virtue para si mesma, soltando sua respiração sobre o vidro, embaçando-o mais.

É bem provável que não fosse adequado manchar as janelas impecáveis de Vossa Senhoria. Ela não tinha dúvidas de que deixaria uma marca. Mas estava de mau humor, pois Ridgely descobrira, no dia anterior, que ela havia entrado sorrateiramente nos estábulos e se entregado a cavalgadas matinais sem um cavalariço, sendo que ele havia expressamente proibido isso.

A acompanhante de Virtue tinha uma constituição incansável quando se tratava de gastar as moedas de seu irmão. Ela não se fatigava das horas passadas nas melhores lojas, encomendando vestidos, chapéus e calçados. Lady Deering a recriminara quando saíram para outra vertiginosa jornada de compras que deixara Virtue com dor de cabeça e um desejo agudo de voltar para seu jardim em Greycote Abbey. E Lady Deering a alertara:

— Vossa Senhoria terá uma conversa com você amanhã.

Aparentemente, um dos cavalariços de Vossa Senhoria tinha visto Virtue na manhã anterior, quando ela voltava com Hera, e o criado fora diretamente ao duque. Devido aos compromissos urgentes do duque — é provável que o afazer fosse fornicar com uma de suas amantes, pensara Virtue —, ele só poderia repreendê-la um dia depois. Portanto, ela havia passado uma noite inquieta, revirando-se na cama, incapaz de dormir por imaginar que punição Ridgely lhe aplicaria.

Ele já a ameaçara antes. Já haviam se engajado em batalhas argumentativas, mas ela nunca o desafiara de maneira tão descarada. Estava mais do que ciente do risco que havia assumido. Mas valera a pena pelo exercício, o ar frio, a feliz solidão do Hyde Park sem seus presunçosos cavalheiros e damas, e a oportunidade de montar um cavalo tão excelente.

No entanto, ela não sabia o que esperar. O duque nunca a havia convocado antes, e a obrigara a esperar no corredor até que ele estivesse pronto para recebê-la. Não havia ali um relógio para que Virtue pudesse consultar as horas, mas ela poderia apostar que pelo menos meia hora havia se passado, durante a qual ficara andando pelo corredor antes de, por fim, render-se e ir até aquelas janelas enormes e tentadoras. O frescor do vidro era calmante, assim como respirar e desafiar Ridgely.

Ela continuaria contornando os planos que ele tinha para ela, sempre.

Faria qualquer coisa para escapar do futuro que ele planejara para ela.

O clique de uma porta e o som de passos se aproximando deixaram claro que suas ruminações haviam chegado ao fim.

Ela se afastou da janela e viu o Sr. Spencer, secretário de Ridgely, com sua habitual expressão austera. Ele era todo anguloso e enrugado, e usava o cabelo empoado, coisa que até Virtue sabia ser antiquada. Era de admirar-se que um homem tão sério como ele servisse a um libertino sem escrúpulos como o duque.

— Lady Virtue. — O Sr. Spencer fez uma reverência solene. — Vossa Senhoria a receberá agora.

Ela inclinou a cabeça em confirmação.

— Obrigada, Sr. Spencer.

Virtue atravessou o corredor até a porta que havia sido deixada entreaberta à espera de sua entrada. Parou um segundo para se recompor e se preparar; ficar a sós com Ridgely sempre a afetava, apesar de sua antipatia por ele. E então, entrou no covil do diabo.

Ridgely estava junto à lareira, de costas para ela, com a atenção em algo que os ombros largos dele não permitiam que ela visse. Ela ficou grata por mais esse intervalo da força do magnetismo dele. Ele era um cínico fútil que não se importava com o que acontecesse com Virtue, nem com o que ela quisesse para seu próprio futuro; ela não gostava dele, mas não podia negar sua beleza masculina gritante. Olhar para ele sempre lhe causava um choque inicial, como se houvesse tocado inadvertidamente uma superfície quente. O ar não saía de seus pulmões enquanto a ferocidade de sua reação não diminuísse.

Ele era alto e forte; seu corpo desmentia o estilo de vida perdulário que diziam que levava. Desde que soubera que Ridgely, um homem de quem até então ela nunca ouvira falar, seria seu tutor, Virtue lera todas as fofocas sobre ele. Suas façanhas eram bem conhecidas e amplamente escritas, principalmente nas páginas de *Contos da Cidade*.

Contudo, ela teve que amaldiçoar seu olhar errante, pois percorrera o traseiro firme dele que, na ausência de um fraque, estava totalmente à mostra naquela calça de caimento perfeito, bem como suas pernas longas e coxas musculosas de cavaleiro. Havia algo pecaminosamente íntimo em seu vestuário informal, em seus braços envoltos pelas mangas de uma camisa branca sob um colete de algodão listrado.

Pare de olhar para ele, ordenou a si mesma com firmeza. *Você nem gosta desse homem!*

Virtue pigarreou para indicar sua presença.

— Solicitou uma audiência comigo, Vossa Senhoria?

— Hmm — disse ele baixinho, com sua voz grave e agradável, que a fez sentir como se mel quente escorresse pela sua pele. — Sim, criança.

Criança.

Virtue detestava a insistência casual dele em lembrá-la de que ela era mais jovem que ele. Um mero bebê de apenas vinte anos para seus superiores e avançados trinta anos. Mas uma década não lhe parecia uma disparidade enorme.

Ele não se dignou a fitá-la da maneira habitual; ficou brincando com algo que estava na cornija da lareira e que tanto o distraía, com as mãos fora de vista.

Ela optou por ignorar a grosseria dele e o apelido inoportuno, aprumando os ombros e se preparando para mais um embate.

— Se pretende me punir, não precisa adiar.

— Puni-la, sim. — Mais uma vez, o timbre de sua voz, além da insinuação entremeada nessas palavras, encheu Virtue de calor. — Pretendo puni-la, mas a questão é: como?

Virtue apertou os lábios, dizendo a si mesma que não lhe importava o que ele escolhesse, pois nada seria pior que o casamento.

— Aguardo ansiosamente sua decisão, Vossa Graça — disse ela em tom seco.

— É mesmo?

Havia divertimento em sua voz agora, mas era uma leveza sombria.

O senso de humor do duque de Ridgely era perverso; e suas palavras e ações, muitas vezes enigmáticas. Depois de tanto tempo na casa dele, ela já deveria ter desvendado parte do mistério que o envolvia; mas ainda não.

— Sim — respondeu ela, sem medo de confrontá-lo, fosse como fosse. — Vai me dizer, ou devo ficar imaginando?

Preservar Greycote Abbey era seu objetivo principal. Aquele lugar e sua gente eram a única família que ela já conhecera. Mas, devido às disposições do testamento de seu pai, a propriedade, que sua mãe havia levado para o casamento havia muito tempo, seria vendida a critério do tutor de Virtue, e o dinheiro seria usado para seu dote.

A resposta para seus problemas era bem simples: se ela não se casasse, não precisaria de dote. E se não precisasse de dote, também não haveria motivo para se casar. Portanto, não havia absolutamente nenhuma necessidade de vender a propriedade de sua família. Ela tinha muitos motivos para desejar permanecer solteira, mas Greycote Abbey era o principal. Tudo que precisava fazer era persuadir o teimoso duque de que era de interesse dele permitir que ela mantivesse a propriedade e permanecesse solteira até que completasse vinte e um anos, quando ele seria absolvido de seus deveres de tutor. Ela poderia ter o futuro que sempre aspirara para si, continuaria administrando a propriedade alegremente, cuidando do seu povoado e colecionando os livros e documentos que lhe deixavam feliz.

Que melhor maneira havia além de persuadi-lo a permitir que ela voltasse para o campo, em vez de ter que suportar um ano de sua presença como tutelada? E convencê-lo de que isso era do interesse de ambos, além de evitar a Ridgely o máximo de problemas possível? Segundo as estimativas de Virtue, não havia nenhuma.

— Talvez *você* possa *me* dizer algo — disse ele devagar, afastando-a de seus pensamentos ao enfim virar-se para ela.

Virtue não conseguiu conter o susto ao ver o hematoma inchado e de um vermelho arroxeado que marcava a testa dele.

— Meu Deus, o que aconteceu com você?

Ele abriu um meio-sorriso irônico.

— Ora, não vai fazer nenhum comentário sagaz sobre maridos furiosos esta manhã?

Sim, ela com frequência o alfinetava com a péssima reputação dele, era verdade. Isso fazia parte de seu plano, cuidadosamente pensado, para forçá-lo a permitir seu retorno a Greycote Abbey. Não que suas provocações fossem imerecidas. Mas ela não se alegrou ao ver um ferimento tão notório nele.

— Não.

Ela se aproximou, inexplicavelmente sentindo um nó no estômago de preocupação.

— Consultou um médico?

Ele ergueu uma sobrancelha, mas estremeceu; esse velho hábito provavelmente lhe causou dor.

— Preocupada com meu bem-estar, ó tutelada de língua afiada?

Sim, mas não que ele merecesse sua preocupação. Especialmente se um marido traído e furioso houvesse desferido o golpe. Mesmo assim, ela não gostara nada daquilo.

Ela parou perto da lareira, apoiando as mãos no encosto de uma cadeira.

— Não me alegra alguém ter sido violento com você.

Ocorreu a Virtue, então, a razão por ele ter demorado a fitá-la. Ele relutara em mostrar a extensão de seu ferimento. Por quê? Estava envergonhado? Seria vaidade, talvez?

Ele levou a mão ao coração.

— Estou singularmente encantado por seus sentimentos ternos.

Mas sua expressão sardônica sugeria o contrário.

Fitaram-se em um silêncio carregado. O perfume dele — um delicioso misto de couro e almíscar, com um toque cítrico — chegou até ela. Apesar da feiura do calombo na testa, ele estava atraente como sempre. Não eram de se admirar os rumores de que ele tenha ido para a cama com metade das mulheres de Londres.

Ela forçou um sorriso agradável.

— Fico feliz por ter sido a fonte de seu encantamento.

— Muitas vezes você é — disse ele.

Fora uma observação bastante confusa, e ela não sabia como interpretar aquilo. Pois, sem dúvida, não tinha duplo sentido. Ou tinha?

Seu sorriso subitamente ficou tenso e desconfortável.

— Como estou feliz por saber disso!

Os lábios dele se curvaram levemente.

— Creio que não estaria se entendesse todas as implicações disso, minha cara. Mas isso não vem ao caso; não a chamei aqui para discutir minha infeliz colisão com um assaltante ontem à noite. Chamei-a aqui para discutir sua insolência.

Por fim, o motivo da audiência.

— Perdoe-me, Vossa Senhoria — começou ela, dando um suspiro exagerado. — É que não estou acostumada com a vida em Londres. Em Greycote Abbey, podemos tomar ar quando queremos.

Ele estendeu a mão, indicando o ambiente suntuoso ao redor.

— Se acaso não notou, você não está mais naquela pilha de pedras em decomposição, mas sim aqui, no bastião da sociedade polida.

A sala em que estavam era, inegavelmente, decorada com muito mais elegância que toda Greycote Abbey. Mas não eram móveis bonitos que compunham um lar.

— Sou desastrosamente desprovida do traquejo da cidade — disse ela. — Caso deseje enviar-me de volta para Nottinghamshire, eu entendo. Minhas ações não foram dignas do senhor nem de Lady Deering. Detestaria sujar ainda mais sua reputação ou causar um efeito negativo à sua irmã.

Essa última parte era verdade. Lady Deering tinha bom coração, apesar de sua afinidade com as compras e a insistência em que toda dama, sem dúvida, anseia por um marido.

— Não há nada para você em Nottinghamshire agora — replicou o duque suavemente.

Nada para ela em Nottinghamshire? Tudo e todos que ela amava estavam lá.

Virtue apertou o encosto da cadeira com tanta força que seus dedos doeram.

— Greycote Abbey está lá.

— Uma propriedade falida — rebateu ele. — E uma propriedade falida que está à venda, de acordo com o testamento de seu pai.

Ela já havia discutido com o duque, sempre tendo o cuidado de não revelar toda a extensão de seu interesse. Ridgely era esperto e astuto, e ela não sabia se ele usaria a intensidade dos sentimentos dela contra ela mesma.

— A intenção da venda não é me proporcionar um dote? — sondou ela.

— Como não tenho intenção de me casar, não é necessário um dote; portanto, a venda de Greycote Abbey não é necessária.

— Sou obrigado a seguir o testamento de seu pai — disse Ridgely, franzindo a testa. — Já discutimos isso. A receita da propriedade não é o que deveria ser, dado o seu tamanho.

— O Sr. Leonard a administra mal há mais de uma década — defendeu ela. — Lorde Pemberton optou por ignorar todas as cartas que lhe enviei implorando por mudanças, e minhas mãos estavam atadas. No entanto, se me for permitido supervisionar a propriedade, estou quase certa de que posso produzir um aumento de...

— Você não terá permissão para supervisioná-la — interrompeu Ridgely —, visto que será vendida imediatamente.

Vendida.

A paisagem de sua juventude vendida, sem a possibilidade de reavê-la, em troca de uma pequena quantia que não se podia comparar às pessoas e aos lugares que ela amava. Perdida. Para sempre.

Pensar nisso fez com que uma parte dela, que até então não sabia que era frágil e delicada, se partisse. Era como uma morte, uma perda incomparável. E pensar que ela nada poderia fazer, que sua casa seria vendida a mando do pai que nunca a amara, concretizada por um homem que ela mal conhecia... era devastador.

Ela teve vontade de jogar algo na cabeça do duque de Ridgely.

— Ela não precisa ser vendida — tentou Virtue de novo, fazendo o possível para manter a calma. — O testamento de meu pai estipula que a propriedade seja vendida para financiar meu dote. No entanto, não preciso de dote, pois não vou me casar.

— Você *vai* se casar, e logo.

Ele foi em direção a ela, com as mãos cruzadas atrás das costas, assustador com sua postura audaz. Mais ou menos como um grande general guiando suas tropas para a vitória.

— Se acha que vou aguentar bancar o tutor de uma criança mimada pelo próximo ano, você é tão cabeça de vento quanto seu comportamento recente sugere.

— Se realmente deseja se livrar de mim, por que não me manda para Nottinghamshire agora, como punição? — sugeriu ela com mansidão fingida.

Ele semicerrou os olhos.

— Ah, esse é seu jogo, então?

— Jogo? — Ela fingiu não entender. — Não há jogo nenhum. Estou apenas tentando expiar minhas ações precipitadas da manhã de ontem.

Ele havia parado diante da cadeira, a única barreira entre os dois. O olhar escuro e brilhante do duque era inteligente demais para o gosto dela, e procurava respostas que ela não queria dar.

— Realmente espera que eu acredite que você só foi cavalgar sozinha ontem de manhã?

Muito inteligente, de fato. Ela se perguntava que profundezas ocultas estariam por trás de sua fachada de libertino. Seria possível que houvesse nele mais do que o sedutor sem consciência que ele mostrava ao mundo?

Por alguma razão, Virtue não gostou dessa ideia. Era muito mais fácil — e preferível — considerá-lo desprezível. Afinal, esse era o homem que insistia em roubar a independência dela.

— Cavalgo todas as manhãs, sempre que o tempo permite — admitiu ela, na esperança de que essa revelação servisse para aumentar a frustração dele.

Não vê, ela queria gritar. *Sou um problema! Mande-me de volta para minha casa e, em um ano, você estará livre de mim, e eu de você.*

— Chega de cavalgar sozinha às seis da manhã, criança — disse ele com severidade.

— Sinto muito pelo possível escândalo que eu possa ter provocado — retrucou ela. — Mas, sem dúvida, pode ver que não me sinto em casa aqui. Londres não é o meu lugar.

— Não é o escândalo que me preocupa, é seu bem-estar. A cidade é perigosa. Por Deus, quando penso no que poderia ter acontecido a uma criança como você, vagando por aí sem proteção...

Por fim, Ridgely permitiu que suas palavras saíssem; sacudiu a cabeça com a mandíbula tensa.

Impossível acreditar que ele se importasse caso algo de ruim acontecesse com ela.

— Não sou uma criança — rebateu ela. — Também não sou uma dama delicada da sociedade que não sabe cuidar de si mesma.

Ela poderia ultrapassar qualquer um, especialmente com uma égua como Hera. Disso ela não tinha dúvidas. E em uma circunstância particularmente difícil, ela sabia socar, chutar e morder, e onde acertar um golpe em um homem para causar o máximo estrago.

— Chega de cavalgar sozinha pela manhã — repetiu ele, ignorando o protesto dela como se não o houvesse escutado. — Prometa.

— Ridgely, por favor, ouça a voz da razão...

— Prometa — gritou ele, interrompendo-a. — Agora.

— Chega de cavalgar sozinha pela manhã — disse ela, franzindo a testa, e acrescentou: — Em Londres.

— Em lugar nenhum — rosnou ele. — Pelo menos até se casar, porque, a partir de então, você será problema de seu marido, e boa sorte para o pobre coitado.

— Muito bem — concordou, pois não tinha intenção de honrar a promessa nem de se casar. — Em lugar nenhum.

— Boa menina. Quanto a seu castigo, sinto lhe informar que serão os livros.

Os livros? Os livros não! Ridgely não seria louco a ponto de cumprir a ameaça que havia feito na biblioteca quando lhe negara *Um conto de amor*! Seus livros eram tudo o que ela tinha em Londres. Tudo que restava de si mesma, depois de ter sido arrancada de Greycote Abbey.

— Você não vai queimá-los — disse ela.

— Ainda não, mas você também não os lerá — retorquiu ele, com uma nota de triunfo na voz. — Junte todos os livros que roubou de minha biblioteca, e outros que estiverem com você, e entregue-os aqui dentro de uma hora. Se você se comportar por quinze dias, eles serão devolvidos a você. E está proibida também de entrar em minha biblioteca nas próximas duas semanas.

— Todos os livros? — repetiu Virtue, horrorizada. — Quinze dias? Mas tenho livros raros e importantes!

Esta era a única vantagem de estar em Londres. Lady Deering se dispusera a levá-la a livrarias elegantes, como Virtue jamais havia sonhado, muito menos visto. Ah, o conhecimento esperando-a, ao alcance de suas mãos... Havia sido estonteante. Ela gastara toda sua mesada de uma vez. Mas com todos aqueles bailes, jantares e visitas sem sentido, ela não tivera tempo suficiente para consumi-los como gostaria. E agora o duque pretendia *tirá-los* dela?

— Principalmente os raros e importantes — disse Ridgely, em um tom diabólico.

Ele parecia se divertir à custa dela. Imensamente.

Por fim, ela soltou a cadeira e cruzou os braços, sem se importar se era um gesto grosseiro ou contestador.

— São meus, e você não pode pegá-los.

Trevor sorriu; tão bonito, irritante e *desagradável* que quase doía olhar para ele.

— *Você* é minha responsabilidade até completar vinte e um anos ou se casar com algum tolo lunático o suficiente para querê-la como esposa. E é meu dever mantê-la segura para tal tolo, uma façanha que não poderá ser alcançada se você persistir em vagar por Londres desacompanhada no meio da noite.

As primeiras horas da manhã não eram o meio da noite. Além disso, ela não gostara da insinuação dele de que só um tolo lunático quereria se casar com ela. Mas os livros — *os livros dela* — eram sua principal preocupação naquele momento.

— E o que zelar por minha segurança tem a ver com roubar meus livros? — exigiu ela, indignada, horrorizada e frustrada ao mesmo tempo.

Ele inclinou a cabeça e lhe deu um olhar piedoso.

— Esse é o castigo, minha cara. Se não doer, você continuará fazendo coisas estúpidas. Agora, corra como uma boa tutelada e recolha os livros.

Ela se esforçou para manter a compostura diante da atitude presunçosa dele, rangendo os dentes para se conter enquanto engolia a raiva. Isso resolvia a questão com bastante firmeza, caso houvesse o menor indício de dúvida na mente de Virtue: o duque de Ridgely era total e irremediavelmente desprezível.

Ela fez uma reverência o mais debochada possível.

— Como quiser, Vossa Senhoria — disse com voz ríspida.

Mas ela pretendia fazê-lo pagar caro pelo castigo que escolhera.

Ela o faria pagar até que ele se rendesse e a mandasse de volta a Greycote Abbey, onde era seu lugar.

CAPÍTULO 3

Sua tutelada, aquela peste, não lhe dera todos os livros que tinha.

Trevor sabia disso como sabia que algum maldito o atingira com um porrete na noite anterior, quando estava saindo do The Velvet Slipper. Pensar que logo *ele*, um homem que enfrentara os inimigos mais mortais sem hesitar, sem nunca ter sido derrotado, um ex-espião e orgulho de Whitehall, fora vítima de um aspirante a ladrão!

Sim, ele. Roubado e deixado para morrer em um beco escuro.

Graças a Deus, seu cocheiro o arrastara até o landau e o levara para casa antes que fosse atropelado por uma carruagem ou tivesse outro fim igualmente terrível. A causa de sua situação era, claro, sua preocupação com Lady Virtue.

Ele estava pensando *nela* quando o vilão o atacara. Pensando em como poderia resolver o problema de ela sair, com sua égua adorada e antes que ele se levantasse da cama, para Rotten Row quando o Hyde Park abria. O calombo latejante em sua cabeça e as dez libras que lhe haviam roubado eram máculas em sua alma.

Irritado, ele olhou para os livros cuidadosamente colocados na borda direita de sua escrivaninha de mogno e jacarandá, deixados ali pela mão dela no dia anterior. Tentou não pensar em como ela havia empalidecido quando ele proclamara que todos os livros lhe seriam confiscados. Nem naquele brilho nos olhos expressivos dela, que poderia ter sido de lágrimas reprimidas. Ela não o faria sentir remorso. Por fazer tolices, ela *merecia* esse castigo.

Segundo seus cálculos, não havia livros suficientes em sua mesa. E ele conhecia Lady Virtue muito bem, a ponto de suspeitar de que ela nunca estaria disposta a se desfazer de todos os livros que possuía.

Não existia essa possibilidade.

Ele teria que vasculhar os aposentos dela. A simples ideia o fez sentir sua gravata se apertar e um calor subir por sua espinha. O quarto dela, onde ela se vestia, onde dormia. Por Deus, ele teria que vasculhar os pertences dela como um visigodo atacando os romanos. Teria que adentrar o espaço dela, e isso lhe parecia tão íntimo, delicioso e errado quanto tocá-la. Onde uma pirralha astuta e atrevida como Lady Virtue esconderia seus livros? Embaixo da cama? Sob um travesseiro? Dentro do guarda-roupa?

— Maldição — praguejou quando pegou o primeiro livro da pilha e o abriu no frontispício.

Operações da Sociedade Real de Edimburgo, Volume 1.

Ora! Ele não tinha dúvidas de que este não havia sido furtado de sua biblioteca. O ex-duque de Ridgely nunca teria consultado algo tão mortalmente enfadonho. Trevor virou algumas páginas e encontrou anotações nas margens, com uma caligrafia distintamente feminina. Ela não só havia lido esse tratado enfadonho, como havia refletido sobre seu conteúdo a ponto de fazer seus próprios comentários.

Parou em uma página que falava dos poderes que operavam o mundo. Ela havia sublinhado uma passagem, que ele leu para si mesmo. *Este assunto é importante para a raça humana, para o possuidor deste mundo, para o inteligente ser que é o Homem, que antevê os acontecimentos vindouros...*

Na margem, os minúsculos rabiscos dela perguntavam *E quanto ao inteligente ser que é a Mulher?*

Houve uma batida na porta de seu escritório, felizmente interrompendo o momento. Que diabos ele estava fazendo lendo aquelas bobagens, suspirando com as palavras dela como um jovem apaixonado? Pouco importava o que ela pensava. Lady Virtue que levasse sua mente inquisitiva, sua rebeldia e indisciplina para o marido a quem pertencesse, e Trevor alegremente esqueceria sua existência.

— Entre — disse, fechando o livro e devolvendo-o à pilha.

A porta se abriu e revelou sua irmã, com sua costumeira expressão de desaprovação. Suas madeixas louras estavam presas em um coque implacável, e ela usava um vestido de musselina pálida, com uma camada tripla de babados bordados na bainha e um casaqueto spencer de cetim azul. Era a própria imagem da feminilidade inglesa. Não era de admirar-se que ela houvesse estabelecido firmemente sua posição como uma das árbitras da alta sociedade. Pamela sempre se vestia de acordo com seu papel. E a julgar pelas contas exorbitantes que recebera da modista, ele pagara por tudo aquilo.

— Pamela — cumprimentou-a, levantando-se e fazendo uma reverência.

— Ridgely — respondeu ela com outra reverência, o epítome da elegância e de modos impecáveis.

O oposto dele.

— A que devo a agradável surpresa de sua fraterna presença? — perguntou ele, contornando sua mesa e gesticulando para que ela se sentasse em uma das poltronas ao lado da lareira.

— Surpresa? — O tom dela destilava sarcasmo. — Você me pediu que viesse neste momento.

Deus do céu! Ele pedira?

Trevor esperou Pamela acomodar-se, e com delicadeza ajeitar seu vestido ao redor de si, antes de se sentar em uma poltrona em frente à dela.

— Ah, sim, claro. Pode me recordar para que a chamei aqui?

Ela franziu a testa, voltando o olhar para o feio calombo que ele tinha na cabeça.

— Deus do céu, o que fez desta vez?

É claro que ela presumira que a culpa do dano causado a seu pobre e desavisado crânio havia sido dele. Ele tentou ignorar tal conjectura, mas o comentário o incomodou como um carrapicho na sela de um cavalo.

— Isto? — indagou ele, apontando com desprezo para a ofensiva evidência do ataque. — Estava apenas com tédio e decidi aliviá-lo me deixando tonto com um atiçador de brasa.

Uma expressão zangada tomou o rosto dela.

— Só pode estar brincando?!

— Era isso ou me jogar da janela mais próxima — retrucou ele, sem se deixar afetar pela irritação da irmã.

Pamela era uma mulher muito séria. Sempre fora, mas a morte prematura do marido não ajudara em nada.

— Você não estava travando um duelo, não é? — perguntou ela.

Trevor não resistiu à oportunidade de irritá-la ainda mais.

— Ora, não ouviu falar da nova moda de duelar? Pistolas ao amanhecer é coisa ultrapassada. A moda agora é esgueirar-se por trás do oponente em um beco e dar-lhe uma boa pancada na cabeça.

Ela ergueu suas sobrancelhas douradas.

— Foi isso que aconteceu com você? Quem foi, um marido zangado?

Por que diabos sua reputação sempre o precedia?

Trevor suspirou.

— Não faço ideia de quem foi. Um ladrãozinho qualquer.

Pamela ofegou.

— Você poderia ter morrido!

— E nosso primo Cluttermuck teria se alegrado — disse ele ironicamente. — Atrevo-me a dizer que Ferdinand já estaria aqui, roubando toda a porcelana e prataria da família, patife como é.

— Sabe que o sobrenome dele é Clutterbuck, não Cluttermuck — repreendeu-o com um tom gentil.

Ele notou que ela não discutiu a avaliação que ele havia feito do odioso primo avarento que era o próximo na linha de sucessão.

— Cluttermuck é mais adequado — disse Trevor. — Ele deveria providenciar uma licença real para mudá-lo.

— Você está mudando de assunto — rebateu Pamela —, que é o fato de que seu ferimento poderia ter sido grave. O que estava fazendo andando sorrateiramente em um beco, dando a um criminoso a oportunidade de atacá-lo?

— Eu não ando sorrateiramente, irmã — disse ele com suavidade. — Ando com grande deliberação e intenção. Estava saindo de meu estabelecimento e voltando para casa, à noite, quando ocorreu o incidente. Levo minhas responsabilidades a sério. É preciso cuidar de uma empresa.

— Não quero falar daquele lugar horrível — objetou ela com seu tom sério e formal, cruzando as mãos no colo e deixando bem claro seu desdém por The Velvet Slipper, e não pela primeira vez. — Mas fico muito satisfeita por saber que você leva suas responsabilidades a sério, pois, sem dúvida, isso significa que seu motivo para solicitar minha vinda aqui não foi para que pudesse, mais uma vez, reclamar por ter que ir a um baile comigo e com Lady Virtue.

Ah, sim. De fato, ele se lembrou; esse era o motivo.

Ele pigarreou e se remexeu na poltrona, um sentimento de culpa incomum o atingiu.

— Tenho uma grande quantidade de correspondência me esperando, preciso cuidar disso.

— Ridgely — retrucou ela, tão parecida com a mãe que lhe causou uma reação intensa. — O baile de Montrose é uma das maiores oportunidades de Lady Virtue para cortejar um possível marido. Você prometeu que iria.

Realmente, ele havia prometido. Maldito Trevor do passado por ter sido tão imbecil.

— Não creio que minha presença seria uma dádiva para minha tutelada — apontou ele. — Como você disse, minha reputação não é impecável.

— No entanto, você é um duque — disse Pamela, com voz fria, muito parecida com seu olhar azul, gélido como o do pai deles. — Ela é deselegante, não há maneira mais gentil de expressar isso. Embora você seja um canalha sem coração, não posso deixar de pensar que sua presença como tutor dela, talvez até uma dança com ela, ajudaria a torná-la mais atraente. No mínimo, mostraria que você apoia a busca dela por um marido.

Uma dança com Lady Virtue? Nunca. Trevor não dançava. Não porque não fosse hábil, mas porque odiava. Considerava uma perda de tempo colossal ficar pulando, girando e sorrindo. A menos que fosse valsa; isso era totalmente diferente. Mas tampouco dançaria valsa com ela. Só de pensar em segurá-la tão perto, tê-la em seus braços, já deixava cada parte dele desconfortavelmente quente.

— Não vou dançar com a mocinha — decidiu.

— Então pelo menos vá ao baile — suplicou Pamela. — Eu imploro que me ajude.

— Não é como se estivesse fazendo isso de bom grado. — Ele não resistiu a fazê-la recordar. — Se eu não financiasse seu guarda-roupa para o ano que vem, você não teria concordado.

— Sim, mas só porque você é terrível — disse a irmã, sem entusiasmo.

Isso ele não podia discutir. Ele era terrível, sim. Era um hábito seu. Não havia meio mais fácil de manter todos a uma distância polida.

Trevor suspirou.

— Quando é o baile?

— Amanhã à tarde.

Maldição!

— Amanhã? — Fez uma careta. — Não posso. Tenho compromissos já marcados, sem falar da questão de meu ferimento. As pessoas falarão, farão todo tipo de suposições, como até minha amada irmã fez.

— Mande seu valete arrumar seu cabelo de maneira que cubra o calombo. É longo o suficiente.

A voz dela era mordaz; ele sentiu a desaprovação de sua irmã ao seu cabelo.

— Prefiro usá-lo do jeito que está — disse ele, só para irritá-la.

— Por uma noite apenas, será suficiente.

— Pamela...

Ela bufou.

— Você deseja se livrar de seus deveres de tutor de Lady Virtue o mais rápido possível, não é? Assim sendo, deve pensar no melhor para ela e comparecer ao baile de Montrose. Não tenho dúvidas de que seu apoio será benéfico. No mínimo, chamará a atenção para ela.

Isso o intrigou.

— Ninguém a notou até agora? — perguntou.

Isso o deixou pensativo. Quando aquela encrenqueira estava em uma sala, Trevor não podia ver mais nada nem ninguém, e não só porque ela era a mulher mais irritante do mundo. E quando ela *não estava* em uma sala, estava em seus pensamentos. Principalmente quando ele estava sozinho, à noite.

Mas não havia necessidade de se demorar nesses pensamentos indignos ali, sentado em frente à sua irmã.

— Ninguém por quem ela tenha se interessado — respondeu Pamela, levantando-se. — Pronto, está decidido. Você tem que admitir que é de seu interesse e, a menos que eu esteja enganada, isso é o que sempre o preocupou mais.

Ele ignorou a provocação, que não passou muito longe do alvo. Isso era o que ele *queria* que o mundo acreditasse ser sua principal preocupação. Assim era mais fácil guardar segredos.

Trevor também se levantou, em deferência.

— Tem certeza de que é necessário?

— Absoluta. Quanto mais cedo ela se casar, mais cedo você deixará de lado a preocupação por ela roubar seus cavalos e ir para Rotten Row em uma hora tão ímpia da manhã.

Ah, sim, essa preocupação...

Ele estremeceu.

— Excelente argumento.

Pamela passou por ele, já pronta para sair, mas parou diante da mesa dele.

— Quantos livros, Ridgely! Nunca imaginei que você fosse um leitor tão voraz.

Ele acompanhou a irmã.

— Não são meus; são dela. Eu os tomei como punição por desobediência.

— Tenho certeza de que ela me contará tudo. — Pamela riu e lhe lançou um olhar malicioso por cima do ombro. — Até mais, querido irmão. Se me der licença, preciso pegar sua tutelada e levá-la à chapelaria.

De novo? Isso também lhe custaria caro, ele não tinha dúvidas.

— Até mais tarde — respondeu ele, com muita relutância.

Alguém havia estado em seus aposentos.

Virtue soube disso no instante em que cruzou a soleira da porta, depois de voltar de sua visita à chapelaria com Lady Deering. Também sabia *quem* havia sido. O cheiro dele continuava ali, inegável e traiçoeiramente sedutor.

Ridgely.

Mas por que ele teria entrado nos aposentos privados dela? Apesar de ser seu tutor, tal ato era terrivelmente escandaloso. E ela não conseguia pensar em nenhuma razão para isso...

Mas logo compreendeu.

Os livros que ela havia escondido!

Virtue correu para seu guarda-roupa e escancarou as portas, tateando freneticamente em busca do tratado filosófico que estava lendo. Seu esconderijo, entre as camadas de anáguas e vestidos recém-lavados, estava vazio. Ele estivera ali, tocando suas roupas íntimas, e essa percepção provocou um leve arrepio na espinha de Lady Virtue.

— Maldição — murmurou, voltando-se para a cama, cuja colcha estava nitidamente amarrotada. — Ah, não!

O livro que ela pretendia começar a ler antes de se deitar esta noite, *Teoria da Luz e das Cores*, de Sir Isaac Newton, traduzido do latim por Elizabeth

Carter! Ela puxou a colcha e um travesseiro, e encontrou a cama vazia. Aquele canalha astuto havia localizado o livro e se evadiu com ele também. Acaso ele teria se humilhado a ponto de olhar embaixo da cama e encontrar o outro livro que ela havia escondido?

Virtue caiu de joelhos, procurando na escuridão, mas não conseguiu encontrar nada. Colocando o braço embaixo da cama de mogno esculpido, fez uma varredura superficial, mas seus dedos só encontraram o tapete.

Ele havia encontrado os quatro volumes de *A órfã do rio Reno*.

— Maldito — disse, sentindo descrença, frustração e indignação.

Como ele ousava entrar furtivamente em seus aposentos quando ela estava fora? E não apenas invadir de maneira tão arbitrária, mas também sair em busca dos livros que ela não lhe entregara e pegá-los também? O que ele esperava que ela *fizesse* à noite, antes de dormir?

Ela *precisava* daqueles livros.

Determinada, Virtue se levantou. Nem se incomodou em alisar o vestido antes de atravessar seu quarto, furiosa. Encontraria o duque e exigiria a devolução de seus livros. Já havia sido ruim o bastante que a houvesse forçado a entregar os outros. Virtue pensara em ficar só com alguns para sua edificação e diversão, até que ele decidisse que sua punição havia acabado ou permitisse que ela voltasse para Greycote Abbey, o que acontecesse primeiro.

Mas ele invadira sua privacidade e seus aposentos. Pior, ele havia roubado os poucos livros que ela tivera o cuidado de esconder. Ela atravessou o corredor, ignorando os olhos atentos dos retratos dos ancestrais da família Hunt, que pareciam zombar dela. Resmungando, chegou à imponente escadaria, que dava à Hunt House seu verdadeiro ar de elegância e riqueza, e desceu.

Seus pés voavam, sua ira ia crescendo a cada passo, até chegar ao escritório dele. Mas ela encontrou a porta aberta e a sala deserta. Nenhum sinal de Ridgely lá dentro. Entrou com cuidado e se certificou de que seus livros não estavam em lugar nenhum por ali.

Decepcionada, ela voltou para o corredor, onde a governanta, Sra. Bell, estava trabalhando.

— Boa tarde, milady — saudou a Sra. Bell, fazendo uma mesura. — Posso ajudar em alguma coisa?

— Sim — respondeu Virtue. — Estou procurando Vossa Senhoria.

— Imagino que o duque não esteja em casa no momento — respondeu a governanta. — Entre as doze e as quinze horas de uma quarta-feira, é costume de Vossa Senhoria visitar a Escola de Armas de Angelo.

Ah, sim, era quarta-feira. A casa girava em torno da rotina de Ridgely; ela devia ter se lembrado. Ele praticava esgrima uma vez por semana; sem dúvida, era daí que provinha seu admirável porte físico. Não que Virtue quisesse notar. Enfim, se ele estava fora, ela teria uma grande oportunidade de descobrir onde ele havia colocado seus livros.

Ela sorriu para a Sra. Bell.

— Obrigada. Vou procurá-lo quando ele voltar.

— Claro, milady.

A governanta saiu para continuar com suas infindáveis tarefas, deixando Virtue sozinha para descobrir a localização de seus livros desaparecidos.

Se eu fosse um duque terrível, onde esconderia os livros roubados de minha tutelada?, perguntou-se.

Qual seria o único lugar que ele supunha que ela jamais se atreveria a olhar?

A resposta foi instantânea. O quarto dele, claro. Assim como Virtue jamais havia imaginado que ele invadiria seu território pessoal, muito menos descobriria todos os seus esconderijos, ele provavelmente nem sonharia que ela teria coragem de invadir o espaço dele.

Mas ela era mais corajosa do que ele jamais poderia imaginar.

Recolhendo o vestido para facilitar seus movimentos, Virtue foi correndo para os aposentos de Ridgely. Hesitou ao ver-se diante da porta, olhando com atenção para os dois lados a fim de assegurar-se de que nenhum outro criado estivesse por perto. Não seria bom ser vista entrando nos aposentos privados do duque. Mas, como não havia ninguém por perto, ela bateu na porta.

Ninguém atendeu.

Ótimo.

Respirando fundo, ela abriu a porta devagar e olhou para dentro. As cortinas estavam abertas, permitindo que a luz do sol entrasse pelas janelas e iluminasse o quarto. Ali, em uma escrivaninha do outro lado do aposento, havia duas pilhas de livros. Os dela? Não poderia reconhecê-los de tão longe. O quarto ducal era cavernoso e... ora, ducal.

Sua mente em turbilhão captava os detalhes apressadamente: móveis de jacarandá esculpido, uma cama enorme envolta em cortinas, ricos tapetes, paredes claras. Bonito, muito bonito. Sem dúvida, não tinha nada de supérfluo; muito diferente do dela, onde livros, utensílios de escrita, diários e pentes encontravam-se com frequência espalhados. Mas, também, o criado dele e uma série de outros cuidavam de tudo com a diligência de um acólito do rei.

Nada disso importava. A hora de observar aquele quarto, decididamente, não era essa. Nem nunca. Fechando a porta com cuidado, ela se aventurou a entrar, um tanto preocupada com que Ridgely aparecesse a qualquer momento e a castigasse por sua audácia. Como ele não apareceu, ela correu sobre o suntuoso tapete Axminster — novo, elegante, grosso, com estampas de acantos e pergaminhos — até a mesa.

Pegou um livro do topo da pilha, confirmando que era mesmo dela. Sentiu-se vitoriosa, até que se deu conta de que não poderia simplesmente levar a coleção inteira embora. Ridgely notaria. Teria que se contentar com um livro. Sem dúvida, ele não os teria contado. Um livro solitário e perdido passaria despercebido, ela tinha certeza. O primeiro volume de *A órfã do rio Reno* serviria.

Vasculhou a primeira pilha e estava examinando a segunda, quando ouviu uma voz masculina baixa, inconfundível, no corredor.

Seu coração deu um pulo. O duque não! A Sra. Bell havia dito que ele não estava em casa, que estava praticando esgrima! Mas lá estava aquela voz de novo, agora mais perto.

Céus, o que fazer? Ela não podia ficar e ser descoberta, mas também não tinha como escapar. Havia apenas uma porta para entrar e sair. Horrorizada, ela olhou desesperadamente ao redor, procurando um lugar onde pudesse se esconder. Em sua angústia, acidentalmente esbarrou nos livros, fazendo alguns caírem sobre a superfície polida da escrivaninha.

Passos ecoavam no corredor. Ela estava ficando perigosamente sem tempo para fazer alguma coisa, *qualquer coisa*, para evitar que Ridgely a encontrasse. Olhou para a cama enorme, com suas quatro colunas esculpidas e gloriosas. Era alta, coberta por lindos tecidos. Deixando os livros abandonados por ora — e torcendo para que Ridgely não notasse o estado da pilha —, ela atravessou o aposento e mergulhou debaixo da cama. Usando os braços como alavanca, impulsionou-se para a escuridão, com o rosto colado na lã do tapete. Então, a porta se abriu e um conhecido par de botas cruzou a soleira, com o passo típico daqueles membros longos de Ridgely.

Ele andava como se fosse dono não só daquela impressionante mansão em Mayfair, mas de Londres inteira. Era o passo confiante de um homem acostumado ao seu poder. E como homem e duque, ah, que poder ele possuía e exercia sobre todos! Especialmente sobre ela, pensou Virtue, soturna.

Mas surgiu outro par de sapatos, não caros e engraxados como os de um senhor, e sim os práticos, de couro preto, de um criado, mantidos a uma distância respeitosa. O valete do duque, percebeu ela, quando o ouviu falar.

— Perdoe-me, Vossa Senhoria, por não estar devidamente preparado.

As botas pararam. Ela prendeu a respiração, rezando para que Ridgely não estivesse olhando para a pilha desordenada de livros.

— Não se preocupe, Soames. Cheguei antes do previsto.

Seu profundo tom de barítono teve o efeito habitual sobre ela, mesmo estando debaixo da cama, com o Axminster fazendo cócegas em seu rosto.

Um calor tomou suas entranhas. Um calor inoportuno e irritante.

— Ames tinha uma pergunta sobre a biblioteca, senhor — começou Soames.

A biblioteca? Virtue prendeu a respiração, tentando ouvir mais. O duque não pretendia queimar os livros, afinal?

O farfalhar de roupas sugeria que Ridgely estava mexendo a parte superior do corpo.

— Mais tarde, por favor, Soames. Por enquanto, é só isso.

— Não precisa mais de mim, Vossa Senhoria? — perguntou o valete.

— Neste momento, não.

O tom de Ridgely era leve. Ele estava se mexendo de novo, voltando-se de frente para seu valete, e suas botas avançaram alguns passos.

— Obrigado, Soames.

Ela pôde ver um pouco mais do duque. Calças bufantes enfiadas naquelas botas altas e reluzentes. Ele estava só de colete, deixando parte das costas à mostra. Ela disse a si mesma para não olhar, mas pensou que não tinha outro meio, exceto fechar os olhos. Qualquer movimento de sua parte a poria em risco de ser descoberta.

O valete já havia ido embora e a porta estava fechada.

Ridgely atravessou o quarto, foi até a lareira, e houve outro inconfundível farfalhar de tecido. Ela podia ver quase tudo dele agora; aquelas pernas longas, coxas bem musculosas, seu traseiro... *céus*! Ela nunca se preocupara muito em observar o corpo masculino, pois não havia ninguém com idade próxima à dela em Greycote Abbey, mas o de Ridgely era uma beleza. Aquele maldito e irritante calor tomou conta dela de novo; era como mel quente sendo derramado sobre ela, pegajoso e desregrado. Era isso que Ridgely provocava nela.

Mas também a deixava furiosa. Irremediavelmente furiosa.

Ela nunca imaginara que seria colocada sob os cuidados de um tutor, particularmente de alguém como *ele*. Seu conhecimento de Ridgely como homem era uma fonte inesgotável de decepção.

Mas Virtue estava presa ali, e o duque se deslocava com movimentos calmos e eficientes. Ele desabotoou o colete; ela percebeu quando ele o tirou dos ombros largos e o colocou no encosto de uma cadeira. Acaso ele estava se *despindo*? Era um mistério, um enigma; ele estava do outro lado do aposento, e só uma parte de seu lindo corpo era visível para ela. Uma parte intrigante.

Seus olhos desobedientes teimaram em não fechar. Ele tinha um tronco magro, estava com a camisa enfiada dentro da calça, com todo o cuidado, delineando o efeito das horas que passava na Escola de Armas de Angelo todas as semanas. O leve deslizar de mais tecido denotou a remoção da gravata, que ele deixou em cima do colete.

Oh, não! Oh, *Deus*, ele estava mesmo tirando a roupa, uma peça por vez.

Naquele momento.

Ali.

Enquanto ela observava.

Seus movimentos indicavam mais botões sendo abertos. Ela sabia exatamente quantos: três, deslizando para fora de suas fendas. Virtue prendeu a respiração, esperando que ele pegasse aquela camisa por baixo e a tirasse pela cabeça.

Uma excitação pecaminosa percorreu sua espinha. Ela estava prestes a ver as costas nuas do duque de Ridgely. Ou uma parte delas. Metade. Três quartos, se pressionasse mais o rosto no tapete...

Não. Virtue tinha que anunciar sua presença. Era o que a honra exigia. Sim, era preciso. Era errado permitir que ele conduzisse um ato tão íntimo enquanto ela assistia, sem o consentimento dele. Ela teria que sair de baixo da cama em ignomínia, admitir sua transgressão e enfrentar as consequências de suas ações. Mas ele não poderia puni-la mais do que já havia punido. Ele tirara os livros dela, maldito, além do acesso à biblioteca. Virtue não tinha mais nada de valor a perder.

Ela ia sair de baixo da cama e se revelar, quando os ombros dele se flexionaram sob a musselina branca e a camisa subiu. Sobre a cabeça dele. E, por baixo, não havia nada além de pele. Pele elegante e masculina. A pele do duque de Ridgely.

Ela não imaginava que as costas de um homem pudessem ser uma visão tão gloriosa. Talvez nem as de todo homem fossem. Mas as costas de Ridgely eram fortes e infinitamente fascinantes. Lá estava aquele calor inconveniente de novo, desta vez se acumulando entre suas coxas e deixando-a inquieta e sem fôlego ao mesmo tempo. Seu olhar ávido absorvia cada detalhe. A carne dele era lisa — como parecia macia! Ainda assim, abaixo estava a evidência do poder do duque: a longa linha de sua coluna, sua caixa torácica que ficava marcada enquanto ele se espreguiçava, suas omoplatas se projetando deliciosamente, e todos aqueles músculos tensos executando um movimento milagroso.

Que homem maravilhoso era, escondido sob os adornos da sociedade! Os dedos de Virtue ansiavam por tocá-lo, passar por aqueles planos, curvas e cavidades, por todas as partes. Para conhecer a paisagem daquele corpo e sentir a pele nua dele contra a sua.

Era um desejo tolo, perigoso.

Ela se conteve enquanto ele deixava a camisa na cadeira e falava, quebrando o silêncio do aposento e a ilusão de que ela estava escondida.

— Já pode sair de baixo de minha cama agora.

CAPÍTULO 4

Trevor se voltou para o esconderijo de sua tutelada, torcendo para que o forte desejo que crescia dentro dele, quase incontrolável, diminuísse. O silêncio reinava debaixo de sua cama, mas ele sabia que ela estava lá. Ele *sentia*. Chegava a ser ridículo como seu corpo respondia ao dela. Ele havia sentido um formigamento na espinha quando atravessara a soleira da porta, e logo captara o leve perfume floral dela. A pilha de livros, que havia sido remexida, fora a pista final e reveladora.

Ele dispensara Soames decidido a continuar com aquele joguinho que ela começara, para ver até onde Virtue iria. Mas ela havia ido longe demais. Mais longe do que ele imaginara.

Sim, Lady Virtue estava ali.

Debaixo de sua cama. Escondida. *Observando*. Trevor gostou de saber disso. Gostou demais. Gostou de ter os olhos dela sobre ele, devorando-o. Ele os havia sentido, como um toque.

E foi por isso que ele teve que parar. Ora, dos dois, era ele, o sedutor experiente, que estava se rendendo. Ele nunca ficara com o pau tão duro sem tocar uma mulher. Só pela mera presença dela.

Maldição.

Mas não houve nenhum movimento debaixo da cama.

Ele focou o lado divertido da situação, na esperança de que isso fizesse seu desejo diminuir.

— Sei que está aí, Lady Virtue. Não tem por que fingir que não está.

Ele sabia que ela estava ali porque seu pau era como uma varinha de condão na presença dela, apontando para o que mais cobiçava. Para aquilo que não poderia ter. *Nunca*.

Seu corpo e sua cabeça estavam doendo pela luta de esgrima na Escola de Armas de Angelo. Ele fora forçado a admitir que a extenuante luta contra seu habilidoso amigo, Archer Tierney, havia sido imprudente; afinal, recentemente, fora atacado na cabeça com um porrete. Ele desistira e voltara para casa mais cedo, e descobrira que seu quarto havia sido invadido.

Infelizmente, seu pau não dava a mínima para o fato de que desejar sua tutelada fosse errado, ou de que há pouco ele quase tenha levado uma bordoada e tanto de um ladrãozinho com sede de sangue. Trevor se afastou da lareira e foi em direção à cama, tão irritado com o silêncio dela e sua recusa a sair, quanto com sua inconveniente atração por ela.

Vivia em uma cidade cheia de mulheres adoráveis, muitas das quais Trevor poderia facilmente convencer a ir para a cama com ele, e tudo que queria era uma sabichona obstinada e amante de livros. Ele não dormia com ninguém desde antes de ela chegar à Hunt House. Talvez outra pancada pusesse um pouco de juízo em sua maldita cabeça.

Trevor parou perto da cama, cruzando os braços. Ele estava seminu. Era bastante bárbaro da parte dele. Sem dúvida, escandaloso. Na verdade, ele deveria ter colocado a camisa de volta, mas isso não significava que iria fazê-lo.

— Saia, Lady Virtue — ordenou.

— Eu não sou um cachorro — resmungou ela, indignada, embaixo da cama.

Ele já deveria saber que dar ordens a ela produziria o resultado contrário. Essa encrenqueira teimosa!

— Pode acreditar, minha cara — disse ele devagar, com ironia —, ninguém jamais confundiria você com um cão.

— Isso é um insulto? — perguntou ela.

Ele continuava conversando com uma cama.

Trevor franziu a testa diante do móvel ofensivo.

— Saia daí, maldição!

Houve um momento de hesitação, depois um farfalhar e um "ai", seguido de um suspiro.

— Acho que estou presa — disse Lady Virtue, com a voz incomumente baixa e desprovida de atrevimento.

Presa? Debaixo da cama dele? Se ele precisava de mais uma prova de que ela havia saído das entranhas do inferno para atormentá-lo, sem dúvida era essa.

— Como assim *presa*? Minha cama é relativamente grande, ao passo que você, em comparação, é suficientemente pequena.

Não tão pequena. Na verdade, na opinião dele, ela tinha o tamanho certo. Bem curvilínea em todos os lugares certos, particularmente nas ancas e nos seios. Mas melhor não pensar nisso agora. Na verdade, melhor não pensar nisso *nunca*.

— Meu vestido parece estar preso em alguma coisa — respondeu ela com a voz abafada.

Era desconcertante saber que ela estava ali embaixo, em algum lugar, e ele não podia vê-la como desejava. Brincar com ela era lascivamente divertido, mas metade do prazer de cruzar espadas verbais com Lady Virtue estava em observá-la enquanto batalhavam. O semblante dela ficava animado da maneira mais fascinante. Ele nunca havia visto outra mulher tão cheia de entusiasmo e audácia. Essa era uma combinação absurdamente atraente para ele.

— Seu vestido está preso — repetiu ele, severo, imaginando se acaso teria que ir para baixo da cama a fim de tirá-la dali.

Sem dúvida, não!

— Não consigo soltá-lo.

Maldição.

Ele ficou de joelhos e se inclinou para frente, encarando a escuridão.

— Onde diabos você *está*?

Quando seus olhos se adaptaram, ele pôde distinguir a silhueta feminina dela, o suficiente para detectar que estava deitada de bruços. Ah, sim… Lá estava seu traseiro, deliciosamente arredondado.

— Você está sem camisa.

Essa observação o fez rir.

— Você só percebeu agora? Ora, pensei que estivesse aí embaixo me observando enquanto eu me despia.

— Eu não estava olhando — negou ela, mas seu tom a delatava.

— Estava sim — disse ele baixinho, divertindo-se. — Você é uma péssima mentirosa, minha cara.

Ela se contorceu, mas bufou, frustrada.

— Você pretende me manter presa aqui por toda a eternidade, ou vai me ajudar?

Ah, não! Ele não estava disposto a permitir que ela fugisse tão facilmente. Não mesmo. Sua tutelada malcriada teria que sofrer por seus pecados.

— Que curiosa atrevida é você — disse ele, ignorando-a. — Eu nunca teria imaginado. Não precisava ter se escondido embaixo de minha cama para ver um corpo masculino. Se bem que escolheu um excelente espécime quando decidiu bancar a espiã. Se me houvesse pedido com educação, eu lhe teria mostrado o que quisesse.

— Você… Eu nunca… Eu não queria… Você é insuportável! — gaguejou ela, furiosa.

— Não tenha pressa, minha cara — ele sorriu para as sombras. — Creio que você não irá a lugar nenhum tão cedo.

Ela mexeu a bunda um pouco mais, bastante sugestivamente dessa vez, e ouviu-se o som de tecido se rompendo.

— Oh, Deus, agora rasgou!

— Não tema — disse ele devagar. — Minha irmã ficará muito feliz em levá-la para fazer compras a fim de encontrar outro vestido para você e dez para ela.

Pensando nisso, ele realmente precisava conversar com Pamela sobre seus gastos. *Frívola* era um eufemismo para ela. Sim, ele a estava subornando para manter Lady Virtue ocupada e bem longe dele, mas o suborno não estava saindo muito bem, visto que a encrenqueira estava enfiada debaixo de sua maldita cama.

Não que ele estivesse descontente por encontrá-la à sua mercê, em seu quarto. Tampouco era uma tarefa árdua vê-la se contorcer deliciosamente frustrada, tendo sido pega fazendo uma travessura.

— Já riu à minha custa o suficiente, Ridgely — murmurou ela.

Era a diversão mais deleitável que ele experimentara nos últimos anos.

Ele abriu ainda mais o sorriso.

— E estou só começando.

— Consegue alcançar meu vestido? Não consigo encontrar onde ficou preso e eu odiaria estragá-lo ainda mais.

O desconforto dela só aumentava. Ele nunca havia visto Lady Virtue tão constrangida. Era uma maravilha. Ele afundou a cabeça nas sombras um pouco mais e sentiu o doce perfume floral dela o provocar. Era um lugar horrível e bastante quente. Mas, mesmo assim, ela teria que arcar com sua desventura.

— Hmmm — cantarolou ele, deslizando o braço direito pelo tapete e sentindo a lã do Axminster roçar levemente sua pele e lhe relembrar que continuava sem camisa.

Isso poderia ficar perigoso se ele não tomasse cuidado. Seu pau ainda estava impiedosamente duro, mas provavelmente devido às contorções da bunda deliciosa dela.

— Primeiro, acho que você deve me dizer o que está fazendo debaixo de minha cama.

— Não é óbvio, seu canalha? Estava me escondendo de você.

Ele estalou a língua.

— Não é correto de sua parte me xingar, sendo que sou a parte prejudicada, minha cara.

— Você?

— Sim, eu.

Ele tateou na escuridão e sua mão tocou a cálida carne feminina sob as camadas de vestido e anáguas.

A coxa, pensou ele, apertando-a suavemente para investigar. E isso foi um erro, pois ele adorou esse toque. Na escuridão, o pensamento erótico de que ela o estava vendo se despir deixava-o em um estado bastante rude, e ele não podia negar que era muito mais fácil esquecer por que não a deveria tocar.

Seus dedos agiam por conta própria. Deus, quanta doçura e suavidade! Quanta feminilidade exuberante! E ela o observara calada em seu esconderijo enquanto ele tirava as roupas, uma a uma. A qualquer momento, ela poderia ter gritado e o detido. Mas não gritara. E ele achava que sabia o motivo.

— O que está fazendo? — exigiu ela.

— Procurando o lugar onde seu vestido está preso — disse ele, descendo a mão, seguindo pela perna, atrás do joelho, até a curva da panturrilha. Ele se abaixou mais, afundando parcialmente no abismo para poder encontrar o tornozelo dela.

Encaixava-se tão maravilhosamente em sua mão quanto ele havia imaginado quando a admirara por baixo, na escada da biblioteca. Salvá-la da queda, daquela vez, havia sido uma tortura.

— Esse... esse é meu tornozelo — disse ela, curiosamente ofegante.

Ele curvou os lábios, pois, de novo, imaginou que sabia o motivo. Era melhor ele se apressar para soltar o vestido — rasgá-lo, se necessário —, acabar com aquele momento de loucura, arrastá-la para fora e exigir que saísse de seu quarto e nunca mais ousasse invadi-lo. Isso seria o mais honroso a fazer. O mais sensato.

— É mesmo? — perguntou ele suavemente, passando os dedos pelas meias de seda, conhecendo a firmeza do tendão de Aquiles, um lugar vulnerável em um oponente tão feroz.

A tentação o dominou. Sua testa estava coberta de suor. Ele tinha permissão para tocá-la; afinal, ela pedira ajuda, não?

Trevor acariciou o tornozelo dela uma vez com o dedo indicador, depois de novo com o polegar; a respiração pesada dela e o toque nessa parte proibida o estava deixando tonto. Quem poderia pensar que, entre todas as ocasiões em que ele acariciara uma mulher, a mais erótica seria nas sombras debaixo de sua própria cama, deslizando pela parte de trás de um tornozelo, um lugar tão pouco inspirador?

— Não — disse ela, quase um sussurro que quebrou o feitiço que tocá-la lançara sobre ele; mas não inteiramente. — Ridgely, não é em meu tornozelo nu que meu vestido está preso.

Ele poderia ter dito que seu tornozelo não estava nu. As meias eram um estorvo para a sedução de sua pele. E ele quase pediu que ela o chamasse de Trevor. Mas isso teria sido uma idiotice. Tanto quanto ficar ali, acariciando o tornozelo de sua tutelada proibida e inocente. Realmente, ele deveria se envergonhar.

— Eu estava só eliminando a possibilidade — declarou ele, permitindo que sua investigação subisse de novo.

Ele foi estendendo mais o braço, até que ficou com os dois ombros presos embaixo da cama. Que dilema seria se os dois acabassem presos ali ao mesmo tempo, pensou ele, ironicamente, antes de fazer algumas perguntas:

— Por que estava se escondendo de mim em meu quarto? Ou melhor, por que entrou em meu quarto para começo de conversa?

Musselina e linho não eram páreo para sua mão. Ele a sentiu toda, cada curva deliciosa; e enquanto a acariciava a caminho da outra perna, tinha certeza de que a sensação de ter tocado as pernas de Lady Virtue Walcot ficaria para sempre impressa na palma de sua mão. Seria uma lembrança que permearia todos os seus dias. Uma lembrança da sensualidade perfeita.

— O que você foi fazer em *meu* quarto? — perguntou ela, recuperando um pouco de sua ousadia.

Lamentavelmente, ele encontrou a ripa de madeira áspera sob seu colchão onde o vestido dela estava preso. Com os dedos, começou a soltar a musselina.

— Fui descobrir que você mentiu para mim — disse ele, forçando severidade em suas palavras ao lembrar, com relutância, os papéis distintos que ambos desempenhavam naquela casa.

Ele não estava ali para corrompê-la. Sua missão era vender a propriedade dela e casá-la com um cavalheiro adequado o mais rápido possível. Assim, ele poderia ir para a cama com uma mulher muito mais adequada também. Poderia dormir com duas, se quisesse. Dez, até… mas não todas de uma vez. Uma para cada noite. Uma semana e meia de lascívia. Melhor ainda, uma quinzena inteira. Ah, quantas possibilidades…

Pena que a única mulher que lhe interessava era a mais irritante, que acabara criando esse cenário tão comprometedor. Hora de sair de baixo da cama. Aquela posição estava provocando coisas estranhas em sua mente confusa. Talvez fosse a falta de ar. Sim, isso explicava tudo muito bem.

Ele se arrastou para fora.

— Você está livre agora.

Trevor levantou-se, esfregando indolentemente o peito, onde o tapete de lã o irritara. Abriu e fechou a mão com que a tocara, confuso com a sensação persistente de suas curvas tentadoras.

Com um farfalhar de tecidos e um gemido, as mãos de Lady Virtue apareceram primeiro; depois, as tentadoras madeixas acaju, reunidas em um coque agora terrivelmente desarrumado. Ela inclinou a cabeça, olhando para ele, e o efeito de seus olhos castanhos foi como um raio caindo na parte mais profunda e obscura dele. Ela estava com as faces rosadas pelo esforço, e ele, sem resistir, ficou imaginando se também ficaria deliciosamente corada e amarrotada se estivesse debaixo dele, na cama.

— Não vai me ajudar? — exigiu ela.

Bem rude para a mulher que invadira seu aposento e se intrometera tão profundamente em sua privacidade. Mas ele supôs que quanto antes a tirasse dali, mais cedo ela iria embora. E ficando bem longe de seu alcance, não seria mais uma tentação.

Ele pegou as mãos dela e a puxou, com um movimento forte, fazendo-a deslizar pelo tapete Axminster como um peixe na água. A cena teria sido engraçada, se Trevor não estivesse seminu e não fosse totalmente, detestavelmente errado ela estar ali sozinha com ele. Ela era sua tutelada, ora!

Sua tutelada enlouquecedora, irritante e enfurecedora.

Era a serva de Belzebu, que se recusava a casar-se e deixá-lo em paz.

Era *deliciosa*.

E ela tinha que sair de seu quarto imediatamente.

Ele a colocou em pé, e o movimento repentino a fez perder o equilíbrio e cair bem no peito dele. Meu Deus, que erro, pois ele teve que pegá-la e segurá-la contra si, absorvendo o prazer de toda a suavidade dela encostada em sua dureza. E parecia lascivamente, inexplicavelmente *certo* sentir a plenitude dos seios abundantes dela esmagados contra ele, as mãos espalmadas em seu peito.

Sim, ela tinha que sair dali antes que ele fizesse uma besteira.

Virtue estava nos braços de Ridgely.

Em seus braços *nus*.

E com a palma das mãos no peito dele.

No peito *nu*, musculoso e incrivelmente ardente.

Ele estava com uma das mãos na curva da lombar dela, logo acima da bunda. Com a outra, segurava-a pela cintura, possessivo, com leveza para não a machucar, mas ao mesmo tempo firme, mantendo-a onde estava, presa e bem segura como estivera debaixo da cama dele. Só que a escuridão do confinamento fora sufocante e desagradável, ao passo que ser segurada por Ridgely não era nada disso.

Não; na verdade, era inebriante. Irresistível. *Forte*. Seu coração martelava, e ela sentiu algo muito diferente de qualquer outra coisa que já vira florescer em seu baixo-ventre. Seus seios, apertados contra ele, doíam, e seus mamilos enrijeceram sob seu espartilho. Seu corpo estava lânguido, pesado, e um anseio impossível, uma necessidade desesperada, pulsava entre suas coxas.

Havia um nome para essa lascívia que o duque de Ridgely a fazia sentir.

Desejo.

Sim, por mais impossível e estúpido que fosse, ela o desejava. Ela tinha consciência dele como uma mulher tem consciência de um homem. E tinha consciência de cada parte dele, desde a pele acetinada do peito, levemente polvilhada por pelos escuros, sob seus dedos, até a força masculina. Dos lábios lascivamente sedutores, ainda curvados em um meio-sorriso astuto, até o traço forte de sua mandíbula ensombrada por traços da barba por fazer. Do perfume masculino dele, do almíscar e do frescor cítrico até o olhar perspicaz que pairava sobre sua boca.

Alguma parte obscura de sua mente confusa disse a Virtue que era errado o que ela sentia, a reação de seu corpo ao dele. Porque ela não poderia desejar o duque de Ridgely com tanto furor, como se o toque, a presença, o homem em si fossem essenciais para sua existência. Como se sua respiração dependesse das mãos dele habilmente a acariciando, como haviam feito nas sombras embaixo da cama, tocando-a onde ninguém ousara, acendendo um fogo dentro dela que ela jamais sonhara que existia.

Ela nem sequer gostava dele…

Ele havia roubado seus livros…

Ele pretendia vender a casa dela…

Ele a impingira à irmã como se ela fosse uma tarefa indesejada.

Ele era conhecido por todos como um libertino.

Sim, ele era deplorável.

E ela ficou chocada ao perceber que nada disso importava. O bom senso não poderia prevalecer nem amenizar a dor. Ela queria se esfregar nele como um gato. Queria ficar na ponta dos pés e tomar aqueles lábios sardônicos. Queria coisas que nem sabia que existiam. Queria sussurros e carícias. Mas só *dele*.

Ficou estarrecida.

— Firme? — perguntou ele.

Até o timbre baixo da voz dele fez algo dentro dela derreter. Liquefazer-se. Suas entranhas estavam confusas. Seu coração batia forte.

Ela deveria se afastar, parar de tocar o peito dele.

Mas não queria, e ele também não demonstrava nenhuma intenção de soltá-la.

— Sim — disse Virtue, e ficou onde estava, envolta naquela loucura que era estar nos braços dele.

E então ela se lembrou de algo e forçou sua mente turva a funcionar.

— Você sabia que eu estava lá, embaixo da cama!

Ele inclinou levemente a cabeça, com aquele olhar lascivo queimando o dela.

— Claro.

Ela sentiu um frio na barriga, o reconhecimento do que aquilo significava. Mas precisava que ele dissesse. Precisava que *ele* dissesse, mesmo sabendo que, quando o fizesse, tudo fosse mudar. Mas talvez já houvesse mudado.

— Desde quando? — perguntou ela.

Ele já sabia quando soltara a gravata? Quando tirara a camisa e o colete?

A costumeira arrogância que Ridgely exalava desapareceu, e uma seriedade incomum foi se estabelecendo em seu semblante enquanto a encarava com um olhar penetrante.

— Desde o momento em que cruzei a soleira da porta.

— Você... *ah*.

Ela mal conseguia respirar, perplexa com a implicação daquelas palavras, embora não fosse nenhuma surpresa.

— Você não é tão inteligente quanto pensa, minha cara.

— Mas você se despiu — mencionou ela sem necessidade, como se ambos não soubessem que ele estava sem roupa.

Ele estava seminu diante dela.

— Parcialmente — admitiu ele, com uma expressão inescrutável.

O que significava aquilo? Sem dúvida, não podia significar o que ela pensava, aquilo em que seu coração, tolo e acelerado, e seu corpo traidor queriam acreditar: que ele sentia atração por ela. Que ele a desejava, até.

Que aquele homem, aquele duque, tão injustamente bonito e cobiçado por tantas mulheres, desejava a ela...

Impossível acreditar.

— Por quê? — perguntou ela mesmo assim. — Por que fez isso?

Ela precisava saber. Uma parte dela que havia muito estava adormecida fora despertada. Ela, que passara toda sua estada em Londres tentando manter os homens longe para que pudesse continuar solteira e voltar ao refúgio de sua casa, de repente queria que um cavalheiro a notasse.

Mas não qualquer cavalheiro. Queria o menos adequado, o mais proibido, um homem em quem não confiava, que a enfurecia a todo momento. Que tinha o futuro dela na palma da mesma mão que a acariciara com tanta destreza, voltando seu próprio corpo contra ela.

— Talvez eu quisesse chocar você — disse ele suavemente, como se não estivessem ainda presos em um abraço desastrosamente escandaloso no quarto dele. — Para puni-la por invadir meu território sem meu consentimento. Para lhe dar uma lição.

Aquele belo corpo masculino, parcialmente exposto para seu deleite, não seria um castigo para ela. Muito pelo contrário. Certamente ele sabia disso. E a única lição que ele lhe dera fora que seu próprio corpo era imperdoavelmente fraco no que dizia respeito ao dele. Que tudo de que precisava era a mão dele passando sobre seu traseiro para que ela se voltasse para ele tão insensata quanto a legião de admiradoras que ele tinha.

Mas ela não fez nenhuma dessas revelações.

Porque Virtue vira a intensidade da expressão dele quando ela saíra de baixo da cama. E não achava que havia imaginado o interesse masculino das mãos dele que tão ternamente passaram por seu corpo. Ele não estava só procurando o lugar onde seu vestido estava preso; ela apostaria cada costura da roupa que usava agora. Ele a tocara e a olhara com uma intenção sensual lascivamente erótica.

Mas como forçá-lo a admitir isso? E, além do mais, com que propósito? Sem dúvida, tais confissões não atrairiam nada além de ruína para ambos.

— Você não conseguiria me chocar — disse ela, reencontrando sua ousadia desvanecida e agarrando-se a ela da maneira como estava agarrada ao belo peito dele. — Eu poderia olhar para você o dia todo assim, e isso não me afetaria nem um pouco.

Que mentira enorme e terrível! Mas não dizia respeito ao duque a maneira como ela se sentia por causa dele: febril, corada, confusa e almejando algo pecaminoso e misterioso.

Os lábios dele, exuberantes demais para um homem, curvaram-se de novo, formando um sorriso cheio de más intenções. Era o sorriso de um homem que tinha plena ciência do efeito que causava não só sobre ela, mas sobre todas as outras mulheres que conhecia.

— Muito interessante. Talvez devêssemos colocar você à prova.

Ela riu daquela ideia absurda.

— Você não ousaria.

Os olhos dele brilhavam sob a luz do fim da tarde.

— Sem dúvida, já fiz coisa muito pior que tirar a camisa, a gravata e o colete na presença de uma moça inocente.

— Não tenho dúvidas de que fez mesmo.

As cortinas estavam abertas. Ele sempre se despia com elas abertas, para que quem passasse pela rua pudesse vê-lo nu? Conhecendo Ridgely, ela achava que era provável. Mas logo pensou que a Hunt House ficava muito longe da rua e não permitia que qualquer curioso o espiasse; ou pior, que visse os dois como estavam agora, entrelaçados em uma intimidade tão indecente.

Ela deveria se livrar dos braços dele. Dessa conversa. Do quarto.

No entanto, continuava relutante. Os braços dele eram quentes, fortes e reconfortantes. Ela nunca havia sido abraçada dessa maneira, nem acariciada como se fosse digna de adoração, de atenção. Seu corpo e o dele estavam perfeitamente alinhados, fundindo-se um no outro. Ela não conseguia se livrar da sensação de que, quando finalmente fosse embora, esse momento nunca mais aconteceria.

Que pena e que bênção seria, ao mesmo tempo.

A mão na parte inferior das costas dela de repente se mexeu. Devagar, como se tivesse todo o tempo do mundo para realizar a tarefa de percorrer a espinha de Virtue e fazê-la derreter; um toque de cada vez, tentador.

— Tem certeza de que não é afetada por mim? — perguntou ele suavemente, com segurança e descrença.

Ela forçou um sorriso, tentando imitar a presunçosa arrogância que ele exalava com tanta facilidade.

— Acaso feri sua vaidade? Perdoe-me.

— Nunca tive em meus braços uma mulher que não se sentisse afetada.

Ele deslizou uma mão com um delicioso torpor entre as omoplatas dela, e a que estava na cintura ficou ali como uma âncora, segurando-a firme.

Não que ela fosse fugir, apesar de a razão lhe dizer para fazer isso. Não havia outro lugar onde ela preferisse estar, para sua eterna vergonha.

— Para tudo há uma primeira vez — disse ela, com escárnio.

— É mesmo, minha cara?

Ele levou a mão à nuca de Virtue, e foi a surpreendente familiaridade dos dedos dele a tocando que a fez respirar fundo.

Era como se ela estivesse em chamas.

Os movimentos de Ridgely eram indolentes, sugerindo que, para ele, essa tentativa de sedução era insignificante e comum. Ela o conhecia como um libertino escandaloso e lascivo, mas era a primeira vez que ele aplicava suas artimanhas nela. Virtue não imaginara que ele faria isso. Até aquele dia, suas interações haviam sido mais compostas de brigas que de qualquer outra coisa, e impregnadas de inimizade. Mas aquilo era diferente, havia um peso entre eles, e Virtue não podia acreditar que era a única que sofria essa dor tão insuportável e profunda. Sem dúvida, por mais experiente que fosse, Ridgely também estava abalado.

— É mesmo — forçou-se ela a repetir, bem paradinha enquanto os dedos dele encontravam os músculos tensos de seu pescoço e os massageavam suavemente. — Nem um pouco afetada.

Ele baixou a cabeça, só um pouquinho. O duque era um homem alto, e se inclinou para frente só o suficiente para que seu hálito passasse pelos lábios dela. O cheiro de chá nunca antes parecera a ela um convite ao pecado.

Mas nesse momento, sim. E ela se lembraria daquele cheiro, a doce promessa no ar, se lembraria do sussurro quente do hálito dele, da maneira como a fitava e a consumia, e tudo só com um olhar e o mais leve dos toques.

Ele aproximou mais seu rosto do dela, com a cabeça inclinada, abrasando-a com a magnificência de seus olhos escuros, roubando o ar dos pulmões dela, aparentemente. Tão perto que ela não via nada além dele. Não havia nada além de Ridgely, recortado pela luz do sol, bonito, astuto e dissoluto.

Seus lábios estavam quase roçando os dela. Um leve movimento e ela colocaria sua boca em um alinhamento maravilhoso com a dele, assim como estavam seus corpos.

— Está mentindo — murmurou ele, mas não em tom de acusação.

Era só a constatação de um homem experiente.

Sim, ela estava mentindo. Estava enganando os dois, dizendo a ele que não sentia nada, enquanto dizia a si mesma que poderia se afastar dele a qualquer momento. Mas, na verdade, não podia. Era como se ele houvesse lançado um feitiço nela. Um feitiço carnal.

Aquilo provavelmente era mais uma demonstração de poder para Ridgely, pensou ela. Canalhas entediados, bonitos e poderosos não eram diferentes de gatos, que gostavam de brincar com suas presas antes de finalmente devorá-las. Mas ela não seria devorada.

Apesar de querer.

— Não sinto nada — repetiu ela, suavemente. — Você me inspira a mesma paixão que uma dama de companhia. Não mesmo. Lamento informar que nem toda mulher no mundo deseja cair aos seus pés, desmaiando só ao vê-lo.

Ele estava com a mão no cabelo de Virtue, embalando sua cabeça, que parecia inexplicavelmente pesada e carregada de pensamentos. Era um toque dolorosamente gentil, e ela não queria que acabasse.

O sorriso dele voltou.

— Mentirosa. Assim como você mentiu sobre os livros, está mentindo agora. Não posso confiar em uma palavra que sai dessa sua boquinha linda.

Ninguém jamais dissera que sua boca era linda. Ninguém presumiria poder fazê-lo. Ela havia afugentado todos os seus pretendentes até então com conversas sobre criação de ovelhas, apicultura, ciência e qualquer outro assunto que achasse que poderia fazê-los sair correndo em busca de alguma idiota mais complacente.

Para sua consternação, Virtue descobriu que gostava de saber que Ridgely achava seus lábios atraentes, por mais errado que fosse.

— Pode confiar em minhas palavras — mentiu mais um pouco. — Já disse, não sou como a maioria das mulheres.

E com esse decreto resoluto, além do severo lembrete de que deveria pôr os pensamentos sobre sua casa e sua gente à frente de seus desejos vis, Virtue deu um passo para trás, desvencilhando-se.

— Posso ficar com pelo menos um livro, Ridgely?

Havia uma expressão no rosto dele que Virtue nunca vira antes, e era perigosa, ela sabia.

— Não — disse ele, abrindo o primeiro botão da calça. — Agora, se não se importa, preciso desesperadamente trocar de roupa. Sugiro que saia de meus aposentos antes que veja o resto de meu corpo.

Ela arregalou os olhos. O primeiro botão já estava aberto.

— Você não faria isso!

Ele ergueu uma sobrancelha e, com seus longos dedos, abriu o botão seguinte.

Sim, ele faria. E era terrível da parte dela, mas ela queria ficar e ver. Que decepção ela era para si mesma!

— Muito bem — cedeu ela, indo apressadamente em direção à porta. — Sairei.

A risada dele a seguiu até o corredor, que graças aos céus estava vazio, sem ninguém presente para testemunhar seu constrangimento.

Quiçá o começo, como ela temia, de sua queda em desgraça.

CAPÍTULO 5

Era madrugada ainda, o sol acabara de nascer. Escondido atrás da cortina da galeria de retratos, Trevor estremeceu. Normalmente, ele só estava de pé a essa hora quando ainda não havia ido para a cama. Mas, infelizmente, não havia passado a noite ocupado com as agradáveis distrações da companhia feminina e de um bom conhaque.

Tivera um sono agitado em seu quarto, atormentado pela lembrança de Lady Virtue Walcot em seus braços. Das deliciosas curvas dela ganhando vida sob suas mãos errantes. Dos olhos dela que, bem de perto, deixavam ver minúsculas manchas douradas que brilhavam. Das mãos dela contra seu peito, dos seios voluptuosos dela, e da proximidade a que ele chegara, quase a ponto de tomar os lábios perfeitamente carnudos dela.

Um beijo.

Quando fora a última vez que a promessa de um mero beijo lhe causara tanta agonia? Ele não conseguia se lembrar. Também não se lembrava de ter desejado uma mulher tanto quanto a desejava.

Mas esse arrebatamento selvagem e incontrolável não era a razão pela qual ele estava entre as sombras naquela hora ímpia, observando o corredor pelo qual sua deliciosa tutelada teria que passar.

Não. Estava ali porque não acreditara quando ela prometera que não escaparia para o estábulo nem roubaria sua égua para dar outro passeio perigoso. Assim como não acreditara quando ela dissera que não sentia nada ao estar nos braços dele. Pura mentira, como ambos bem sabiam. Da mesma maneira que ele estava certo de que ela logo passaria sigilosamente pelo corredor, como uma adorável assombração, decidida a quebrar sua promessa.

Provavelmente para irritá-lo, por causa dos livros. Mas o que aquela atrevida esperava? Ele era responsável pelo bem-estar dela, o que significava que não podia permitir que ela saísse perambulando nas primeiras horas da manhã, desacompanhada, colocando-se em grave risco de ser assaltada ou coisa pior.

Por Deus, e ele ainda tinha o calombo na cabeça para provar que Londres era um lugar deveras perigoso.

Não, ele pretendia flagrá-la antes que ela pudesse causar mais danos à própria reputação ou à sua pessoa. O valete de Trevor não demonstrara nem um pingo de surpresa quando ele solicitara ser acordado mais cedo. O velho Soames era um profissional e tanto.

Algo no ar mudou, ele podia sentir. Uma diferença palpável alertou Trevor não apenas de uma presença, mas da presença *dela*. Um sutil rangido do piso do corredor, seguido pelo farfalhar de anáguas e saias. A seguir, o leve perfume floral dela. Ela passou por ele feito um vulto, etéreo e assustador, movendo-se com a cautela e a hesitação de alguém desacostumado da escuridão.

Mas os olhos dele haviam tido bastante oportunidade de se adaptarem. Trevor abriu as pesadas cortinas de brocado e saiu do esconderijo. Movia-se com a furtividade forjada em seus dias da Confraria. Mas, desta vez, não era atrás de um traidor violento da Coroa que ele estava.

Graças a Deus por isso, pensou severamente ao pegá-la pela cintura com um braço, puxá-la contra si e tampar sua boca, silenciando seu grito de espanto. Havia alguns elementos de sua época de espião de que ele, sem sombra de dúvida, não sentia falta.

Ela tentou gritar com a boca coberta, mas o som foi abafado bem na hora.

Trevor baixou a cabeça para falar, e seus lábios, sem querer, roçaram a orelha dela.

— Quieta.

Ela parou por um momento, mas logo começou a se debater e a tentar se livrar das mãos dele. Com que propósito, Trevor não sabia. Mas ele não estava disposto a correr o risco de deixá-la escapar, correr aos estábulos e sair a galope com Hera.

— Pare de se debater — ordenou ele. — Vai se machucar.

Ela disse mais alguma coisa, mas ele não conseguiu entender. E então ela lambeu a palma da mão dele. Ah, muito esperta, a miserável!

Ele sentiu uma chama incandescente percorrer seu corpo. Não era para ser erótico o toque da língua dela na palma da mão dele, pois era o ato de uma criança petulante. No entanto, o maldito pau de Trevor pulsou, atento.

Não, agora não! Com ela, não! Ele precisava se controlar. Fechou os olhos.

— Não me lamba de novo — disse, rangendo os dentes.

Ela tentou dizer mais alguma coisa, que a fez soar como uma gata raivosa.

E então ela fez exatamente o que ele lhe havia dito para não fazer. Claro que ela faria isso, descarada! Ela passou a língua molhada, quente e macia pela mão dele e, depois, pegou a base carnuda da palma e a mordeu.

Sim, ela era uma gata. Uma gata selvagem.

— Maldição — resmungou ele, retirando a mão e chacoalhando-a. — Por que diabos você me mordeu?

Ela escapou e se voltou, indignada, e a agitação da musselina fez subir um aroma floral que ele ainda não havia identificado.

— Não conseguia respirar. Por que me atacou como um ladrão de retícula?

— Garanto-lhe, milady, que nenhum ladrão de retícula teria sido tão gentil.

Se houvesse luz ali, ele teria apontado para a prova disso, em sua cabeça. Mas, na escuridão, isso pouco importava; e, de qualquer maneira, a mão dele estava doendo por causa da mordida.

— Você sabia muito bem que era eu e, mesmo assim, me mordeu como um animal selvagem.

— Se você me trata como um animal selvagem, não tenho outro recurso a não ser agir como tal — respondeu ela, nem um pouco arrependida.

Já chega, pensou Trevor; ele não ficaria ali na escuridão, ao amanhecer, discutindo com sua tutelada, cria do demônio, sem conseguir vê-la.

— E se você insiste em ser uma criança rebelde e mimada, não tenho escolha a não ser puni-la como tal.

Ele a pegou pelo braço com a mão ilesa e apertou de leve, mas com firmeza.

— Venha comigo.

Ele não esperou resposta; começou a puxá-la para os aposentos dele, onde teriam privacidade e — esperava Trevor — iluminação. Não queria tropeçar na escuridão e sair rolando escada abaixo.

— Aonde está me levando? — perguntou ela, alto demais para o gosto dele.

Ele não queria chamar a atenção dos poucos criados que já haviam acordado.

— Silêncio — instruiu. — A um lugar que conhece muito bem.

Deus, como estava escuro! Ele não conseguia entender como ela conseguia vagar pela Hunt House tão cedo sem cair e se machucar.

Ainda a puxando, ele atravessou as sombras com menos graça do que gostaria. Por fim, encontrou a porta de seu quarto, fez com que ela entrasse e em seguida a fechou.

Por sorte, a pouca luz do fogo da lareira iluminava parcialmente o aposento. Ele a conduziu a uma poltrona perto da lareira.

— Sente-se.

— Mas...

— Atreve-se a me desafiar agora? — interrompeu ele. Sua voz tinha um tom cortante não intencional, fruto de sua frustração com ela. — Sente-se.

Para sua surpresa, Lady Virtue se sentou, obedecendo-o, talvez, pela primeira vez desde que se conheceram. Ele se afastou dela e foi acender as velas de um candelabro, banhando essa parte do grande aposento com um brilho suave. Satisfeito com seus esforços, ele arrastou a poltrona que ficava ao lado da dela para que ficasse de frente. E então se sentou, procurando seu gracioso olhar castanho.

— Você pretendia sair de fininho e roubar minha égua, em violação expressa às minhas ordens — disse ele com severidade.

A preocupação passou pelas feições adoráveis dela, mas logo ela fixou um sorriso em seus lábios.

— Eu não tinha a intenção de sair para cavalgar.

Aquela atrevida achava que ele era idiota?

Com o aposento devidamente iluminado, ele observou sua saia comprida de lã azul com calda e casaqueto de renda Mechlin, que abraçavam suas curvas da melhor maneira possível.

Ele demorou os olhos um momento no caimento do corpete que acentuava seus seios, mas logo se obrigou a desviar o olhar.

— Não? Perdoe-me por achar estranho que você esteja usando seu traje de montaria, mas alegue que não tinha intenção de cavalgar.

Ela mordeu o lábio.

— Ridgely, eu posso explicar.

A ousadia dela nunca deixava de surpreendê-lo. Ele teria rido se estivesse se sentindo mais caridoso. Mas o fato de ter se levantado cedo, mais o desejo inconveniente que sentia por ela e o contínuo desrespeito de Virtue a todos os seus decretos, estragara bastante seu humor.

— É mesmo? Eu adoraria ouvi-la, milady. Adoraria saber aonde estava indo ao amanhecer, vestindo um traje de montaria e saindo furtivamente da Hunt House como uma ladra, se não era para roubar Hera e cavalgar no Hyde Park.

— Roubar não seria bem a palavra.

— Bem apropriada — rebateu ele, percebendo que estava rangendo os molares com tanta força que sua mandíbula doía. — Que palavra você usaria para o ato de pegar algo que não lhe pertence, sem permissão do dono, senão roubar?

Ela abriu seus exuberantes lábios rosados, mas nenhum som saiu deles.

Pela primeira vez, ele a deixou sem palavras.

E Trevor não conseguia conter o crescente sentimento de euforia por ter vencido a encrenqueira.

— Não encontrou outra palavra adequada? Eu posso esperar.

Ele tamborilou os dedos na coxa enquanto o silêncio recaía sobre eles; não se ouvia nada além do movimento rítmico da mão dele e do crepitar ocasional do fogo.

Até que ela soltou um suspiro.

— Tomar emprestado.

Ele ergueu uma sobrancelha.

— O ato de tomar emprestado denota consentimento. E assim como eu não aprovei sua invasão imprudente ao meu quarto ontem, não lhe dei consentimento para pegar Hera esta manhã. Na verdade, eu a proibi de fazê-lo.

Outro suspiro. Os pequenos e uniformes dentes brancos de Virtue, que haviam afundado na carne dele não muito tempo antes, surgiram para pegar o lábio inferior dela e puxá-lo para dentro. Não foi uma ação intencionalmente erótica; ele não tinha dúvidas de que Lady Virtue Walcot não saberia conduzir uma sedução. Mas ela tinha uma sensualidade que ainda não havia sido liberada. Estava ali em forma bruta, inerente.

Um dia, um homem teria a grande sorte de explorá-la com ela.

Mas não ele.

Ele *nunca*.

— Tem algo a dizer para se defender? — perguntou ele com severidade.

Virtue franziu os lábios e cruzou as mãos no colo; a viva imagem da feminilidade aristocrática, desmentindo tudo que ele sabia sobre ela.

— Desculpe.

Ele pestanejou, pensando ter ouvido mal.

— Você pediu desculpas?

— Sim. — Ela baixou o olhar para as mãos, no colo. — Eu não deveria tê-lo desafiado.

Teria ele enlouquecido, ou aquela fera, aquela chama crepitante, de repente se transformara em uma faísca moribunda?

Trevor observou o semblante de Virtue com os olhos apertados, sentindo-se estranhamente desolado pela rápida aquiescência dela.

— Não deveria, de fato. Mas como isso nunca a impediu no passado, por que deveria deixar de fazê-lo agora, não é? Só há uma resposta que posso dar a essa última indignação.

Ele fez uma pausa para enfatizar suas palavras e permitir que penetrassem a mente teimosa dela.

— Haverá uma consequência mais forte que o mero confisco de seus livros por quinze dias e o impedimento temporário de entrar na biblioteca, pois é evidente que tal ação punitiva não teve nenhum efeito sobre você.

Ela tornou a fitá-lo, com olhos arregalados, não mais obscurecidos pelo movimento de seus cílios longos e sedosos.

— Não precisa haver mais consequências. Você tem minha palavra, Ridgely, nunca mais sairei para um passeio matinal sem sua permissão.

— E sem um cavalariço — acrescentou ele.

— E sem um cavalariço — repetiu ela.

— Excelente. — Ele tamborilou um pouco mais com os dedos. — Porém, sua mera promessa não será suficiente. Já a tive antes, e veja como você, facilmente e depressa, a quebrou.

— Não...

A palidez repentina dela indicava sua preocupação.

Algo dentro do peito de Trevor mudou diante daquele olhar. Apaziguou-se. Havia um nome para essa sensação estranha e suave, percebeu ele. Chamava-se *compaixão*. Não era sua intenção puni-la nem extinguir seu fogo. Mas Virtue havia sido imprudente, e Trevor não queria que ela se machucasse. Suas ações eram para o bem dela, maldição!

— Sim. — Ele se levantou da poltrona, obrigando-se a permanecer rígido. — Você não me deixa escolha. Mandarei seus livros a um lugar seguro até o dia de seu casamento.

Era seu único recurso. Seu único meio de forçá-la a ouvir a voz da razão.

Ela levantou-se num pulo, formando um remoinho indignado de saias de lã azul se agitando ao seu redor.

— Você não pode fazer isso!

Ele estava austero e se obrigou a permanecer impassível.

— Preciso.

Virtue atirou-se em Ridgely.

Disse a si mesma que era por desespero, mas quando se encontrou encostada naquela parede ameaçadora que era o peito duro e musculoso de Trevor, e quando suas mãos encontraram aqueles ombros largos e os braços dele a envolveram, em um gesto instintivo, ela não pôde negar que o desespero não havia sido seu único motivo. Porque também era bom estar ali, tão perto dele. Era bom estar nos braços dele, sentir aquele calor muito mais desejado que o fogo cada vez menor da lareira. Ele cheirava a creme de barbear e roupas limpas, e ao almíscar luxurioso que sempre o acompanhava, denotando que estava acordado havia algum tempo. Ele havia feito sua higiene matinal, sabendo que a encontraria saindo do quarto. O duque de Ridgely era um oponente digno.

Por fim, ocorreu a Virtue o que ela deveria fazer, como poderia finalmente vencê-lo e provar que seu lugar era Greycote Abbey.

Virtue ficou na ponta dos pés, o mais alto que conseguiu com suas botas de cano curto de couro de cabrito, cujos saltos já lhe davam certa ajuda contra o corpo alto dele.

— Milady — protestou ele com severidade, como se estivesse repreendendo uma criança difícil sob sua responsabilidade —, o que pensa que está fazen...

A boca de Virtue sufocou o resto das palavras dele, encerrando de uma vez por todas seu protesto.

Ela ficou paralisada um instante, espantada. Que atitude direta beijá-lo! Tal ato exigia uma ousadia que ela não achava que tinha. Mas o estava beijando. Na verdade, não tinha escolha. Não que fosse uma dificuldade beijar um homem bonito, apesar de irritante.

O primeiro beijo dela. Virtue nunca havia conhecido a urgência inebriante de colar seus lábios nos de outra pessoa. Não esperava que fosse tão estranhamente delicioso. Ficou como estava, imóvel, com a boca perfeitamente alinhada com a dele, imaginando se era assim que se fazia. Se era só isso. Se assim fosse, não era tão indecente quanto ela supunha.

A boca de Trevor era quente, e os lábios surpreendentemente macios. E quando ele respirava, era como se ela tirasse o fôlego dele e o levasse para seus pulmões. Que estranha intimidade… Mas mais estranho ainda era que ela estava gostando bastante. Esse contato fez com que aquele mesmo desejo perigoso que ela sentira no dia anterior, no quarto dele, a invadisse de novo. O anseio fervilhava em suas entranhas, era uma necessidade com a qual ela não sabia lidar e que a tornava consciente de seu próprio corpo de maneiras novas.

Virtue havia lido muitos livros, a maioria considerados inadequados para os olhos de uma dama inocente como ela. Alguns eram obscenos, tinham descrições dos atos carnais que podiam acontecer entre um homem e uma mulher. Descrições vagas, carregadas de prosa floreada, isso sim. Nenhum deles havia descrito com sucesso a intensidade de estar tão perto de outra pessoa, de sentir as mãos dele em sua cintura, os lábios dele nos seus.

O duque jogou a cabeça para trás, de repente, interrompendo o contato, e ela ficou olhando para ele, desolada.

— O que foi isso? — perguntou ele com os olhos carregados, quase da cor da obsidiana sob o brilho da luz das velas, ardendo ao encarar os dela.

Ela ficou um momento encarando a boca de Trevor, pensando que o *beijara*; havia colado seus lábios nos dele. Que o lábio inferior dele era mais carnudo do que ela esperava.

Eu beijei o duque de Ridgely, pensou ela, pasma.

E então ela repetiu a sensação em voz alta:

— Foi um beijo.

Os lábios pecaminosos dele se curvaram para cima, formando um sorriso.

— Não foi, não.

Ela o fitou.

— Claro que foi.

Ele não podia menosprezar a façanha dela. Virtue estava orgulhosa de sua ousadia, de ter tomado as rédeas da situação. Era assim que ela acabaria criando muito mais problemas para Trevor do que ele gostaria. Nada mais surtira efeito. Ela o beijaria todos os dias se fosse preciso, até que ele finalmente a mandasse embora.

E se esconderia embaixo da cama dele também.

— Isso não passou de uma tentativa bastante débil de me distrair — disse ele com firmeza, assumindo de novo aquele tom que a fazia se sentir um estorvo, como acontecia com a insistência dele em chamá-la de *criança*.

Ambos estavam irritados. Ele estava sendo deliberadamente cruel. Zombava dela como se ela não soubesse o que era um beijo. Claro que sabia; havia acabado de lhe dar um. Como ele ousava fingir que o esforço dela havia malogrado?

— Eu beijei você — insistiu ela.

Os lábios que haviam se moldado tão bem aos dela se curvaram, com um sorriso maldisfarçado de quem se divertia à custa dela.

— Para ser exato, você apenas pressionou sua boca na minha. Chamar essa atitude morna de beijo é como chamar uma gota d'água de dilúvio.

O constrangimento fez as orelhas de Virtue esquentarem. O que passara na cabeça dela para se jogar nos braços de um sedutor tão experiente? Claro que, com sua inexperiência, ela não se comparava às outras amantes que ele conhecera. Mas ela não o beijara para cortejá-lo; beijara-o para fazê-lo recordar quanto problema causava para ele, e quão mais felizes todos seriam se o duque simplesmente a mandasse de volta para casa, em vez de teimar e insistir em cumprir os termos do testamento do pai dela.

— É assim que eu beijo — disse ela, fria, fingindo ter uma vasta coleção de admiradores. — Ninguém nunca reclamou.

Ele apertou os lábios, sua mandíbula endureceu.

— Quem diabos você andou beijando em Nottinghamshire?

— Uma dama não compartilha suas confidências. Dezenas de cavalheiros, no entanto. — Ela fez uma pausa ao perceber que, para um homem com a reputação de Ridgely, esse número não seria impressionante o suficiente. — Pensando bem, ouso dizer que foram centenas, na verdade.

Ele ergueu as sobrancelhas.

— Centenas, você disse?

Ela sustentou o olhar dele sem pestanejar.

— Isso mesmo.

— Hmmm — disse ele, apertando a cintura dela.

Era errado da parte dela gostar da sensação das mãos dele em seu corpo? Sim, com certeza era. Mas, aparentemente, ela estava disposta a cometer todos os tipos de pecados para conseguir voltar para Greycote Abbey.

Virtue disse a si mesma que lá estavam as pessoas que amava, que era o único lar e a família que já tivera: a Sra. Williams, Sr. Smith, Srta. Jones. Isso lhe deu forças para manter o queixo erguido, e sentiu uma forte determinação se enraizar na base de sua espinha, tornando-a rígida como um pilar.

— Hmmm? O que isso significa? — perguntou ela.

— Significa que ou sua legião de pretendentes em Nottinghamshire é inapta na arte de beijar, ou você está mentindo.

O tom de voz dele a enfureceu. O que havia no duque de Ridgely que a fazia querer puxar suas orelhas e enroscar-se nele como hera ao mesmo tempo? Acaso ele provocava esse mesmo efeito em todas as mulheres? Ou ela estava sozinha nesse infortúnio?

— Não estou mentindo — insistiu ela.

Sim, ela estava mentindo, muito naturalmente. Mas maldito ele por sugerir que ela estivesse inventando. Nenhum cavalheiro acusaria uma dama de dissimulação. Bem, mas Ridgely não era um cavalheiro, e havia deixado isso bem claro em muitas ocasiões. Inclusive no dia anterior, quando tirara a camisa sabendo que ela estava escondida debaixo da cama. Um completo descarado.

— Está, e provarei que está.

Ele levou as mãos espalmadas da cintura até a lombar dela.

Mãos tão *grandes*... Grandes e ousadas, assim como ele.

Ela sentia-se queimar por baixo das camadas que os separavam — anáguas, chemise, traje de montaria. Naquele momento, ela amaldiçoou a lã e o linho que mantinham aquelas mãos grandes longe da pele dela. Ah, ela gostou quando ele puxou seu corpo sutilmente para mais perto dele, de modo que ficaram perfeitamente alinhados, e cada curva dela se encaixara naquele corpo rígido e masculino.

— Como? — perguntou ela, com a intenção de ser desafiadora; mas, para sua consternação, mostrando-se ofegante.

— Demonstrando o que é um beijo de verdade — disse ele com voz profunda, mas suave como veludo.

Era uma voz carregada de pecado, e de promessas também. Pois muito bem. Que mal poderia fazer?

Ela ficou na ponta dos pés, com a intenção de recebê-lo. Quanto mais cedo isso fosse feito, mais provável seria que ele percebesse como ela era rebelde e que seria mais fácil mandá-la embora.

— O que está fazendo? — perguntou ele, com humor na voz e puro descaramento.

— Ajudando você em sua demonstração, é claro — respondeu ela com tom sério e formal.

— Ah, é assim que você chama? — Ele franziu a testa. — Pare de tentar assumir o controle do momento, Virtue. Relaxe, permita que eu lhe mostre o que você está perdendo com todos os seus admiradores de Nottinghamshire.

Era a primeira vez que ele a chamava só pelo nome de batismo. Não de *criança*, que tinha um tom paternalista horrível. Não de *Lady Virtue*. Nem mesmo de *minha cara*. Apenas *Virtue*. Ela se esforçava muito para não gostar da maneira como seu nome ecoava naquela deliciosa voz de barítono, nem da intimidade que isso implicava.

— Pois muito bem.

Mas, aparentemente, Ridgely não estava com pressa de prosseguir. Manteve uma mão na cintura de Virtue, e a outra passeava pela coluna dela, subindo, subindo, subindo, em um movimento lento e lânguido, até a nuca. Com a ponta dos dedos, ele acariciou ternamente sua pele, antes de levar a mão ao rosto dela. Colocou um cacho errante atrás da orelha de Virtue e, a seguir, pousou a mão no rosto dela.

Ele abaixou a cabeça e passou o nariz de leve pelo dela, provocando-a. Ela sentiu o hálito quente e suave dele em seus lábios, o que fez expectativa tamborilar por suas veias. E então aconteceu a coisa mais surpreendente: ele colou os lábios nos dela, quentes, suaves e luxuriosos. Mas não os deixou imóveis como no beijo que ela lhe dera. Ele movia os lábios, perseguia os dela, convencendo-os a responder. E ela respondeu, imitando-o. Devagar no início. E então, com confiança crescente, o desejo desabrochou dentro dela como uma flor de primavera. Sentiu-se desperta, viva e em chamas como nunca.

Ah.

Ah…

Que beijo diferente, gentil e ao mesmo tempo magistral! Sinuoso e sedutor. Maravilhoso. Sem dúvida, havia outros meios tão superlativos quanto de descrevê-lo, mas sua mente se atrapalhava com seus pensamentos, estorvados por uma confluência de sensações. Ela emitiu um som inarticulado — não poderia tê-lo evitado. Quase um suspiro suave e ofegante, que teria sido embaraçoso se não estivesse totalmente focada no beijo. Nos lábios dele. Naqueles lábios lascivos e sábios.

Ela nunca havia imaginado que um beijo pudesse ser assim. Que desvendaria todos os mistérios dentro dela, que revelaria segredos que ela nem sabia que tinha. Virtue se moldou a ele, pressionando e unindo seu corpo ao dele com mais firmeza, em uma dança íntima que ela instintivamente entendeu. Seus seios estavam colados no peito dele; seus mamilos doíam dentro do espartilho, o que lhe causava uma abrasão cada vez que respirava, ofegante. Ao se mexer um pouco, ela sentiu um relevo grosso contra sua barriga. Ele era deliciosamente duro, em todos os lugares. Como era musculoso e viril! Com seu corpo maior e mais alto ele a envolvia, enquanto seus lábios continuavam o ataque sensual com tão doce diligência.

Ela levou as mãos aos ombros do duque para enredar-se no pescoço dele e nos cabelos sedosos que lhe cobriam a nuca. Ele diminuiu o ritmo do beijo, mas o aprofundou ao mesmo tempo. De repente, a língua dele procurava a entrada da boca de Virtue. Ora, que surpresa! Ela abriu os lábios para perguntar sobre a intenção dele, mas a língua do duque deslizou, fazendo disparar um raio de calor diretamente no baixo-ventre dela.

Ele tinha gosto de chá e pecado.

Claro... Ele era um libertino sem consciência. Não era de admirar-se que todas as damas desmaiassem com a simples menção do nome do duque de Ridgely. Se essa demonstração era indicativa de algo, era de que ele seria capaz de fazer uma mulher derreter de êxtase quase sem nenhum esforço.

Esse pensamento selvagem, que passava por sua mente enquanto ele lambia sua boca como se fosse uma sobremesa que desejava consumir por completo, deveria ter restaurado seu juízo. Deveria ter lhe relembrado todas as razões para não continuar beijando seu tutor safado. Lady Deering a advertia com frequência de que uma dama nunca deveria permitir que um cavalheiro a levasse para o mau caminho, e sem dúvida era isso que Ridgely estava fazendo naquele momento.

Só que Lady Deering se esquecera de avisar a Virtue que seria maravilhoso.

Ela não queria que o beijo terminasse. Não queria que Ridgely afastasse os lábios dos dela. Ele parecia entender a necessidade de Virtue, pois com as mãos na lombar dela, apertava-a mais firmemente contra si, fazendo com que se encaixassem um no outro. Ela sentia cada parte dele. Até *aquela* parte.

De repente, ele levantou a cabeça, interrompeu o beijo, afastou os lábios e deixou os dela querendo mais.

Virtue pestanejou diante daquele rosto diabolicamente bonito. Ele parecia um rufião com aquele hematoma na cabeça, mas isso só aumentava seu fascínio. Era um misto de paixão e perigo, e total e completamente irresistível, o canalha.

Lady Deering, sem dúvida, deveria ter lhe ensinado a se fortalecer contra homens como ele, capazes de seduzir com um olhar, um toque, um beijo.

Agora ela sabia, mas era tarde demais.

— Pronto — disse ele suavemente, como se o mundo dela não houvesse acabado de sair abruptamente do eixo.

Como se não houvesse surtido o menor efeito nele.

Enquanto ela... ela estava desesperadamente *abalada*.

Aflita, para ser mais precisa. O que aquele belo diabo havia feito com ela? Sua cabeça estava atrapalhada. Ela ainda estava com os braços ao redor do pescoço dele, mas o duque havia tirado as mãos das costas dela e a segurava delicadamente pelos pulsos, desembaraçando-se como se ela fosse uma videira inconveniente em seu jardim, que precisava ser retirada.

Ela lambeu os lábios, que ainda cantarolavam como resultado do beijo, e sentiu o gosto dele. Ao inspirar, trêmula, o perfume dele invadiu mais seus sentidos. Que injusto era ele se mostrar tão irritantemente imperturbável!

— Parece até que você sai por aí beijando damas todos os dias — comentou ela, seca, por fim recuperando a voz e dando um passo para trás. — Você age como se tal intimidade fosse algo corriqueiro.

Ridgely esboçou um pequeno sorriso, que não conseguiu alcançar as profundezas dos olhos escuros dele.

— De fato.

Essas únicas palavras, esse reconhecimento debochado, doeu nela. Claro que beijar era bastante comum para um homem como ele. Por que fora tão estúpida, mesmo que por um momento, a ponto de acreditar que aquele beijo havia significado algo mais para ele que uma mera lição, outra maneira de exercer poder sobre ela e fazê-la se sentir tola e pequena?

— Claro — disse ela, baixinho.

O costume tão arraigado a fez se inclinar em uma reverência, bastante instável, visto seu estado atual.

— Obrigada pela lição. Se não se importa, voltarei a meu quarto agora para refletir sobre o erro que cometi.

Virtue tinha certeza de que suas faces estavam em chamas. Não esperou pela resposta dele. Simplesmente recolheu suas saias e se afastou, fugindo de Ridgely e do quarto dele.

Mas, acima de tudo, fugindo da lembrança do beijo dele.

CAPÍTULO 6

Por Deus, como Trevor detestava bailes.

— Deus que me perdoe, mas não suporto bailes.

Trevor deixou de lado o que até então lhe ocupava — observar sua bela tutelada dançar uma música animada com um almofadinha ardiloso — e notou seu anfitrião, o duque de Montrose, ao seu lado.

Ele ergueu uma sobrancelha, grato pela distração e pela companhia. Gostava de Monty — como era conhecido entre os amigos. Já haviam passado, juntos, por vários problemas ultrajantes. Mas isso havia sido anos antes. Agora o duque de Montrose era um homem casado e feliz, perdidamente apaixonado pela esposa; que Deus o ajude. Para Trevor, era mais ou menos como um leão que havia sido domesticado e transformado em um gato de colo.

Mas ninguém pedira a opinião de Trevor.

— Tenho um sentimento estranho em relação ao anfitrião deste baile — apontou.

Monty levantou seu copo de limonada, fingindo um brinde.

— *Touché*, Ridgely. Mas, em minha defesa, a duquesa me disse que esse é o tipo de bobagem que se deve fazer pelo menos uma vez por temporada. Faço qualquer coisa para deixá-la feliz, inclusive encher minha casa de centenas de pessoas que mal conheço.

O pobre idiota enfeitiçado.

Ridgely sacudiu a cabeça.

— Antes você do que eu, meu velho. Só de pensar em casamento, já estremeço. Dar bailes em minha casa? Pelos deuses!

Monty riu.

— Pois eu me casei de bom grado, garanto. Nunca estive tão feliz como desde que me tornei marido e pai. E quanto a você, eu poderia jurar que estava contemplando se casar, dada a maneira como tem observado certa dama.

Ele teria rido se não fosse uma ideia tão horrível.

— Eu? Casar? Com minha tutelada? De jeito nenhum.

Mas ele a *beijara* naquela manhã, logo após o amanhecer.

Ele nunca deveria ter feito aquilo, e ninguém sabia disso melhor que Trevor. Deixou que ela pensasse que o beijo não passara de uma lição, mas era mentira. Ele *quis* beijá-la. Desde então, passara cada segundo de cada minuto recordando como ela havia se entregado, suave e exuberante, em seus braços; aqueles seios deliciosos encostados em seu peito, aquela boca igualmente deliciosa tão receptiva quando ele lhe mostrara o jeito certo de agir. E aquele som rouco que ela fez — rendição e desejo —, *maldição*!

Ele sacudiu a cabeça um pouco, como se quisesse expulsar os pensamentos.

— Ah, meu Deus — disse Monty. — Eu não havia notado que era Lady Virtue Walcot que você estava fitando com olhar de cobiça.

Olhar de cobiça.

Trevor precisava de um pouco de champanhe. Ou de conhaque. Qualquer coisa. Mas as únicas bebidas que havia naquele baile eram limonada e ponche. Isso porque Monty era um homem reformado — assim diziam os boatos. Seus caminhos não haviam se cruzado com suficiente frequência nos últimos anos para que Trevor soubesse o motivo, ou lhe perguntasse.

Ele suspirou.

— Eu não a estava fitando com olhar de cobiça. Eu a estava *observando*. Sou o tutor daquela moça, que mais deveria fazer?

Beijá-la é que não, disse uma voz zombeteira dentro dele.

Era verdade. Sob nenhuma circunstância ele deveria encostar seus lábios nos de Lady Virtue de novo. Mesmo que negar isso a si mesmo fosse quase uma dor física.

— Você parecia estar olhando feio para o jovem Mowbray — observou o duque.

Bem, talvez estivesse. Maldito Monty por perceber.

— Aquele almofadinha com as pontas do colarinho ridiculamente altas? — perguntou Trevor, sabendo quem era.

Ele já havia averiguado quem estava farejando as saias de sua tutelada. Era o que um bom tutor fazia. Mas isso, decididamente, ele não era. O que fazia era mais um esforço para compensar a loucura daquela manhã.

— Visconde Mowbray — especificou Monty. — É aquele que está dançando com sua tutelada.

E acaso Pamela não afirmara que Lady Virtue precisava da sua presença ali para que pudesse atrair pretendentes? Sem dúvida, não parecia carecer de ajuda nisso. Tinha parceiro de dança desde que os músicos começaram a tocar a primeira quadrilha. E lá estava ela dançando ainda com aquele visconde imbecil, um homem franzino e macilento que parecia acreditar que poderia compensar com tecidos o que lhe faltava em atributos físicos.

Mas estava muito enganado.

Por que Virtue estava sorrindo para Mowbray enquanto giravam? Estava rindo de algo que aquele dândi vaidoso acabara de dizer? Trevor fechou a cara enquanto os contemplava, apreensivo. Ela era adorável e vivaz demais para um homem como o visconde. Provavelmente, ele exigiria que ela parasse de ler livros sobre ciência. Bastava *olhar* para ele, aquele patife presunçoso!

— É um milagre que ele consiga virar a cabeça com aquelas pontas — resmungou Trevor.

Seria demais esperar que um movimento em falso resultasse em uma daquelas pontas do colarinho entrando no olho daquele pulha?

— Ele parece estar indo bem — apontou o duque quando Mowbray inclinou a cabeça para Lady Virtue de maneira íntima e disse algo que a fez sorrir de novo.

Revoltado e irritado, Trevor olhou ao redor. Onde diabos estava Pamela? Mas que bela acompanhante era ela ao permitir que a moça, sob sua responsabilidade, flertasse de maneira tão descarada diante de todos!

Sua irmã não estava em lugar nenhum.

Tentado a espreitar entre os presentes e dar um soco no olho de Mowbray — o que seria compreensível, afinal as pontas do colarinho dele o irritavam —, Trevor se voltou para seu anfitrião e perguntou:

— Quando termina esta maldita dança?

— A duquesa sabe melhor que eu — disse o duque alegremente, sorrindo como um tolo para alguém atrás de Trevor. — E aqui está ela. Meu amor, o duque de Ridgely está perguntando quando esta maldita dança acaba.

A duquesa de Montrose se aproximou, envolta em brilho de diamantes ela parecia flutuar em seu vestido azul-celeste. Ela tinha cabelos escuros e era linda, mas só tinha olhos para o marido. O olhar trocado entre os dois — como se fossem os únicos a par de uma piada secreta — irritou Trevor. Ele não podia negar: poucas ostentações o deixavam tão irritado quanto um casal muito apaixonado.

Parecia uma doença contagiosa. Seu bom amigo e ex-espião Logan Sutton também fora acometido.

A duquesa ficou ao lado de Monty e ofereceu a Trevor um sorriso de boas-vindas.

— É um prazer que tenha nos honrado com sua presença! Fiquei muito contente quando Lady Deering disse que você estaria presente esta noite. Receber os amigos de meu marido é sempre uma satisfação para mim.

Ele fez uma reverência.

— A honra é minha, Vossa Senhoria.

Na verdade, ele só estava ali porque Pamela exigira. Mas não havia necessidade de ser mal-educado e dizer isso em voz alta. Às vezes, ele sabia ser educado. Um cavalheiro, até.

— Respondendo à sua pergunta, acho que esta dança está acabando — disse a duquesa, com um sorriso astuto nos lábios. — Parece que sua adorável tutelada está prestes a se separar do visconde Mowbray. Notei que os observava enquanto me aproximava. Eles formam um belo casal, não é? O jovem Mowbray é um cavalheiro muito agradável.

Mas que diabos, estavam todos olhando para ele? Nada passava despercebido? Sem dúvida, suas habilidades de observação não eram as mesmas desde que ele deixara a Confraria.

— Se é que se pode considerar agradável um dândi insípido com as pontas do colarinho nos olhos — disse, já se esquecendo completamente de sua intenção de ser um cavalheiro.

Inadvertidamente.

Mas os casais estavam realmente se dispersando e ele precisava falar com Lady Virtue. Não estava disposto a permitir que ela se casasse com um almofadinha cuja única preocupação era o corte de seu fraque.

— Ah — disse a duquesa, com uma riqueza de significados em seu tom malicioso. — Você não aprova o pretendente, então? Pensei que esperava que Lady Virtue se casasse nesta temporada.

Será que a sociedade *inteira* conhecia seus assuntos pessoais tão bem, ou só as esposas de seus amigos?

Sim, ele teria dito poucos dias antes em resposta às perguntas da duquesa de Montrose. *Realmente, quero que essa encrenqueira se case logo. O mais rápido possível!* Mas estava disposto a admitir — a contragosto, e nunca para outra pessoa — que durante o tempo em que Lady Virtue esteve na residência e sob seus cuidados, algo mudou. Ele não pensava mais nela como um fardo que lhe havia sido imposto. A moça era inteligente, fogosa e, em sua opinião, bastante rara. Ele não conhecia outra igual. E ela merecia mais do que o visconde Mowbray como marido.

Essa opinião, disse ele a si mesmo com firmeza, não tinha absolutamente nada a ver com o beijo que haviam trocado naquela manhã. Nada mesmo. Ele já beijara dezenas de mulheres, e todas elas sabiam o que era um beijo. Nunca precisara mostrar a uma mulher o jeito certo de beijar.

Mas aquela demonstração havia sido a experiência mais erótica de sua vida.

Trevor pigarreou e olhou para a pista de dança, onde sua tutelada desaparecia rapidamente entre a multidão de cavalheiros e damas.

— Digamos que eu apenas desejo que tome a melhor decisão para uma dama como ela. Ela tem uma mente curiosa. Não consigo imaginá-la presa a um homem cuja principal preocupação parece ser o nó de sua gravata.

— Muito atencioso de sua parte — comentou a duquesa de Montrose, contendo-se por educação.

— Atencioso? Não sei se é essa a palavra — disse o marido com muito menos tato, rindo.

Aonde diabos havia ido Virtue? O turbante de uma viúva havia obstruído sua visão por um instante, e ela desaparecera. Se estivesse se esgueirando para continuar suas aulas de beijo com o visconde dândi, isso exigiria socos. Soames arrumara cuidadosamente o cabelo de Trevor para cobrir o hematoma em sua testa, e ele estava razoavelmente certo de que não precisaria temer ganhar outros, caso brigasse com o visconde. O único homem machucado e ensanguentado entre os dois seria o Lorde almofadinha de gola pontuda.

— Se me derem licença, Montrose, duquesa — disse, com o olhar fixo na multidão, mas sem ver sua tutelada.

— Claro — disseram marido e mulher em uníssono.

Isso, assim como aquele olhar trocado, era o tipo de trivialidade que fazia ferver a bile de Trevor. O amor era para os tolos. Outra reverência, e os pés de Trevor já estavam em movimento, fazendo-o atravessar o denso enxame de convidados.

A voz de Montrose o perseguiu; presumivelmente, estava comentando com sua duquesa:

— Ele me faz lembrar de mim mesmo, meu amor.

Que diabos *isso* significava?

Carrancudo, Trevor passou pela viúva do turbante atroz e quase ganhou uma pena no olho. A seguir, passou por um casal trocando flertes no meio de onde ele precisava estar. Acaso havia algo contagioso no ar naquela noite?

Ele passou por um sujeito de um de seus clubes, que tentou puxar conversa. Trevor fingiu não o ver e continuou, adentrando mais a confusão. Mas nem sinal de Lady Virtue. Aonde havia ido a atrevida?

Enquanto se fazia essa pergunta, rangendo os dentes, captou uma visão do cabelo escuro dela no meio da multidão. Ela estava indo para a lateral do salão de baile, em direção a uma porta. Trevor apertou o passo para alcançá-la.

Virtue foi pega de surpresa quando alguém se aproximou dela por trás, subitamente, e a conduziu a um cômodo vazio no saguão em frente ao salão de baile do duque de Montrose.

Ela soltou um guincho indelicado quando se voltou para o ofensor que ousava praticamente empurrá-la para dentro do aposento.

— O que o senhor... *Você*!

— Eu.

A porta se fechou atrás de Ridgely e os dois ficaram sozinhos de novo, exatamente como naquela manhã.

Só que, desta vez, estavam no meio de um baile, com centenas de pessoas fora daquelas quatro paredes. As circunstâncias eram bem menos escandalosas do que naquela manhã. No entanto, ao amanhecer, não havia uma *multidão* presente para testemunhar sua loucura.

— Não podemos ficar os dois sozinhos aqui — sibilou ela.

Ridgely deu de ombros e se apoiou na porta, em uma pose indolente.

— Claro que podemos. Sou seu tutor e você é minha tutelada.

Ah, sim. Ela havia suposto isso. Virtue franziu a testa, avaliando-o. Ele estava tão bonito à luz dos castiçais e da lamparina quanto estivera antes na carruagem. Também sob os candelabros em chamas do salão de baile. Ridgely em trajes sociais fazia seu coração disparar e um desejo ganhar vida.

— Mas sua reputação é péssima — apontou ela. — Se alguém nos encontrar aqui juntos, vai presumir o pior.

— Quero mais é que vão para o inferno. É com *você* que me preocupo.

Ele fechou a porta com trinco e se afastou, aproximando-se lentamente de Virtue com uma expressão séria.

— O que estava fazendo, fugindo do baile?

Ela o fitou com cautela, tentando fingir uma indiferença que não sentia e se afastando de seu tutor pecaminosamente tentador. Não poderia haver mais beijos entre eles, por mais que ela ansiasse por isso desesperadamente.

Não ali, ao menos.

Nunca, lembrou a si mesma.

Ridgely havia provado a falta de lógica nas ações dela. Virtue não poderia convencê-lo a mandá-la de volta a Greycote Abbey através de um comportamento libertino, pois era algo que ela gostara de fazer. Havia muito perigo no que o beijo dele a fizera sentir. Vulnerabilidade demais. Não, ela teria que encontrar outro meio de convencer Ridgely a se livrar de todos os deveres relacionados a ela e deixá-la voltar para casa.

Para esse fim, o visconde Morbray parecia um excelente instrumento de travessuras. Ele era cheio de si, exibia-se como um pavão e seria terrivelmente fácil de enganar. Era visconde Mowbray ou Morbray? Mowbray. Não fazia diferença. Ele era um arrogante, e ela fingira rir de suas gracinhas durante a dança, mas nem ouvira a maioria, a orquestra estava mais alta.

— Responda-me, criança — disse Ridgely secamente, perseguindo-a pela sala como um gato atrás de sua presa.

Ela esbarrou em uma mesa de jacarandá e a colisão deixou sua coxa dolorida. Esfregou o local e o fitou.

— Pare de me chamar de *criança*, e talvez eu responda.

— Infelizmente para você, sou eu quem dá as ordens aqui — disse seu tutor suavemente, parando diante dela sobre o suntuoso tapete Aubusson.

— Diga-me o que pretendia. Você e aquele almofadinha com quem a vi estão se conhecendo melhor?

— Ele não é um almofadinha — retrucou ela, mas só porque queria que Ridgely acreditasse que estava apaixonada pelo sujeito, não porque discordasse.

Se alguém se encaixasse na descrição de dândi, era sem dúvida Morbray ou Mowbray.

— As pontas do colarinho dele quase o cegaram — disse Ridgely em tom cortante. — Não me diga que não notou. Tenho quase certeza de que são visíveis da lua.

Ela apertou os lábios para conter o riso. Era uma pena, porque o duque de Ridgely possuía uma sagacidade mordaz e deliciosamente lasciva. Se ele fosse qualquer outra pessoa — ou seja, se fosse um pretendente de Nottinghamshire, e não o tutor malvado tão decidido a vender sua amada Greycote Abbey e casá-la —, ela teria se encantado com ele. Mas ele era Ridgely, e Ridgely era horrível com H maiúsculo, que era o pior tipo de horrível que existia.

Mesmo que tenha gostado de beijá-lo.

Gostara muito, muito mesmo.

— O visconde é cuidadoso com seu guarda-roupa — disse ela em defesa de seu parceiro de dança. — Considero admirável a atenção que ele dá ao vestuário, se quer saber.

— Admirável? — Ridgely estreitou seus olhos de obsidiana, que brilhavam sob as luzes tênues da sala. — Posso pensar em muitos adjetivos para descrever o pavão em questão, e nenhum deles é admirável.

— Não seja indelicado — disse ela, e forçou um sorriso. — Acho que estou apaixonada por ele. Desesperadamente, perdidamente apaixonada por ele.

O duque soltou o ar pela boca, pasmo. Se ela não estivesse tão empenhada em sua atuação, teria gostado imensamente da frustração dele.

— *Apaixonada*? Por Deus! Acaso ele sugeriu que você escapasse do baile e o encontrasse em uma sala privada para que pudesse seduzi-la? Parece que aquele verme ardiloso descobriu que você tem um dote considerável e pretende gastá-lo em gravatas horrorosas e coletes asquerosos.

Virtue fitou de novo seu tutor.

— Acha que ele só estaria interessado em mim por meu dote? Acha que um cavalheiro não desejaria se casar comigo por meus próprios méritos?

— Um cavalheiro, sim, mas não um canalha que tenta atraí-la para fora de um baile. Proíbo você de dançar com o visconde Mowbury de novo. — Ridgely suspirou e alisou a manga do fraque. — Você virá comigo e eu a devolverei ao olhar atento de Lady Deering, a quem alertarei para ficar mais vigilante em relação a você. Venha.

Mowbury? Era esse o nome do visconde? Virtue tinha quase certeza de que era Morbray ou Mowbray, mas não Mowbury.

— É Morbray — arriscou, esperando estar certa, pois acreditava que acertar o título dele era importante nesse momento. Virtue precisava que Ridgely acreditasse que ela estava falando sério.

Mas as palavras dela fizeram apenas com que o olhar do duque se aguçasse.

— *Mow*bray, minha cara. Vê? Não pode estar apaixonada por um sujeito se nem mesmo consegue acertar seu título.

Maldição. Talvez ela tivesse errado o título do visconde.

— Você o chamou de Mowbury — apontou ela.

— Sim — disse ele devagar, como se estivesse explicando a uma criança —, com ironia.

Interessante.

— Não gosta dele, então? — perguntou ela, sem saber por que isso lhe importava.

A opinião de Ridgely sobre o visconde não significava nada. Ela não tinha intenção de se casar com aquele homem.

A dor pungente em sua coxa finalmente passou, e ela achou que esse era um bom momento para se afastar um pouco mais dele. Foi para mais perto da lareira, onde um fogo dançava alegremente. Sem dúvida, um criado logo chegaria para cuidar do fogo e encontraria a porta trancada.

A voz severa de Ridgely a seguia enquanto ela se afastava.

— Não gosto de ver que ele está tentando enganar minha inocente tutelada. Aonde está indo? Estou tentando conversar com você.

Para longe de você, pensou ela, esfregando os braços onde terminavam as luvas de pelica. Não pelo frio, mas pela consciência de como a proximidade de Ridgely afetava seu corpo.

Ela se obrigou a olhar para ele.

— Pensei que você quisesse que eu me casasse logo.

Olhar para ele era perigoso, pensou ela. Ele era uma Górgona, uma versão masculina de Medusa. Só que, em vez de transformá-la em pedra, um olhar dele a reduzia a uma poça de desejo devasso.

— Sim — replicou ele, aproximando-se com seus graciosos passos largos, — mas não com um tolo que se preocupa mais com o corte de seu fraque do que com sua esposa.

— Não deveria ser de sua conta como meu futuro marido me trata — observou ela, mas não sem amargura. — Quanto antes você se livrar do fardo de ser meu tutor, melhor.

— Eu ainda serei seu tutor depois que você se casar. Até que complete vinte e um anos, seu bem-estar ainda estará em minhas mãos, independentemente de você se casar ou não. Minha preferência, naturalmente, é que você se case com um homem de minha escolha, para que, essencialmente, ele possa ocupar meu lugar até que você atinja a maioridade. E Mowbray, decididamente, *não* é esse homem.

A ira de Virtue cresceu ao ouvir isso. Ele parou diante dela, e seu cheiro enlouquecedor se misturou com o da lenha queimando ao fogo.

— Um homem de *sua* escolha?

Ele inclinou a cabeça, com uma expressão ainda sombria e a mandíbula rígida.

— Um homem que eu aprove.

— E você não aprova Morbray? — perguntou ela.

Trevor deu um sorriso zombeteiro.

— O nome dele é Mowbray, minha cara.

Maldito Ridgely. Ele havia deixado sua mente confusa de novo.

Ela ergueu o queixo.

— Estou apaixonada por ele.

— Não está. Só dançou com ele uma vez.

— Uma vez foi o suficiente. Tenho certeza de que ele jamais sonharia em confiscar meus livros e me privar de tomar minhas próprias decisões — rebateu ela, furiosa com ele.

Ele era um dissoluto autoritário.

O que *havia* passado pela cabeça de seu pai para deixá-la à mercê daquele homem?

— É essa a questão? — Ridgely franziu o cenho e, de repente, moveu-se.

Ele se aproximou tão depressa que ela só se deu conta tarde demais. Trevor a encurralou na lareira, com uma mão em cada lado da parede, impedindo-a de se mexer, a menos que escorregasse por baixo dos braços dele. Mas fazer isso seria recuar, um sinal de fraqueza, coisa que ela não podia se dar ao luxo de demonstrar. Afinal, estava em batalha com seu tutor. Uma batalha que envolvia determinação e inteligência de ambos os lados.

E ela *seria* a vitoriosa.

— Não sei do que você está falando — disse ela, tentando manter a calma.

E evitar beijá-lo de novo, a todo custo.

Ele aproximou mais a cabeça, e seu olhar escuro ameaçava engoli-la inteira de tanta intensidade.

— Estava me provocando ao dançar com Mowbray e concordar em encontrar-se com ele?

Em partes... Maldito duque por ser tão astuto.

Ela fingiu indignação.

— Nem tudo gira ao *seu* redor, Ridgely.

Ele abriu um sorriso, provocando um efeito no estômago dela e mais embaixo, em um lugar muito mais proibido.

— Neste caso, creio que sim. Sou um sujeito muito interessante, caso não tenha notado.

Ah, ela havia notado, sim. Havia notado muitas coisas relacionadas ao duque, inclusive aquele peitoral escondido sob a roupa de gala branca e preta, que não poderia ser chamado de nada menos que maravilhoso.

— Está de gracejos enquanto me mantém trancada em uma sala no meio de um baile? — perguntou ela. — Lady Deering logo notará minha ausência, não tenho dúvidas. Precisamos voltar agora mesmo.

— Não finja preocupação com decoro agora, minha cara. Acho que seu joguinho acabou. Pode me agradecer mais tarde por vir em seu socorro e salvá-la de uma ação insana. — Ele se inclinou para ela, tão perto que quase se tocavam. — *Não. Me traga. Mais. Problemas.* Entendeu?

Ela sorriu para ele e pestanejou lentamente, como vira uma das debutantes coquetes fazer com um pretendente.

— *Mais* problemas?

Ele sibilou.

— Você me ouviu.

Ela abriu um sorriso.

— Você poderia me mandar de volta para Greycote Abbey. Lá não há como eu arranjar problemas.

— Mesmo que eu quisesse, não poderia mandá-la para lá. Sou obrigado a seguir o testamento de seu pai à risca, e ele é bem claro. Greycote Abbey deve ser vendida.

Impasse mais uma vez.

Ela soltou um suspiro de frustração.

— No entanto, estou aqui presa diante de você e ninguém se preocupa com o que *eu* quero.

— *Eu* me preocupo com seus desejos. Como seu tutor e amigo de seu pai, devo cuidar de você.

A leveza desapareceu do semblante dele, mas ele continuou imóvel, mantendo-a encurralada perto do fogo, que aquecia as costas dela de uma maneira bastante agradável. Ela se sentia lânguida e sobrecarregada ao mesmo tempo com a proximidade dele; as chamas a envolvendo e o desejo pulsando entre suas coxas. A pulsação era mais persistente; ela apertou as pernas na tentativa de dominá-la, mas isso só serviu para acentuar seu anseio.

— Estou apaixonada por Mowbray — mentiu ela.

A expressão de Ridgely endureceu e ele se afastou abruptamente da lareira.

— Não está. Estou vendo que só há uma maneira de tirar essa bobagem de sua cabeça.

— Ah, sim? — Ela se afastou da lareira, quente e tonta, e sabendo que isso era por causa de Ridgely, e não por causa do fogo.

— Então me diga, ó tutor sábio e idoso.

— Não sou tão velho assim — ele apressou-se em negar.

Ah, seu insulto havia acertado o alvo…

Ela apertou os lábios.

— Nem tão sábio, poderia argumentar, e pouco razoável também.

— Alguém já lhe disse que você possui a impertinência de cem homens?

Isso era um elogio, ela tinha certeza.

— Estranhamente, não.

— Venha comigo, ó tutelada problemática.

Ele estendeu o braço para ela, como um cavalheiro.

Ela olhou para ele, em dúvida.

— Aonde vai me levar?

— Ao salão de baile. Dançaremos e, se minha irmã estiver certa, você se verá cercada por uma multidão de pretendentes — disse ele em tom sombrio. — Pretendentes muito mais dignos de você que o jovem Mowbray.

Dançar com Ridgely parecia perigoso. Temia gostar um pouco demais. Mas, supostamente, havia começado seu ataque esta noite e, em questões de batalha, muitas vezes era prudente permitir que o inimigo acreditasse estar em vantagem antes de preparar um ataque ofensivo.

Ela pegou o braço dele.

— Se for preciso…

Ele resmungou algo ininteligível.

— De fato, é preciso.

CAPÍTULO 7

Trevor acordou na escuridão da madrugada com o leve som de uma porta se fechando e o farfalhar de tecido. Sentou-se, perscrutando a escuridão. Seu primeiro pensamento foi que devia ser Virtue. Ele havia sido resgatado das profundezas de um sonho com ela. Ridgely a estava perseguindo em um prado. Ela corria, sempre fora de seu alcance, e o tilintante riso musical dela o provocava. Os cabelos de Virtue eram como uma nuvem escura e fina atrás dela enquanto ela corria descalça por um campo de não-me-esqueças.

Acordou com um peso estranho no peito e a lembrança do sonho; os sentimentos que lhe inspirara ainda eram muito reais. Um anseio por ela, desesperado. E amor. No sonho, ele estava apaixonado por ela. E a sensação permanecia. E ele pensou consigo mesmo que entendia por que Monty ficava tão sentimental ao olhar para a duquesa. Tudo fazia sentido.

Por Deus.

— Virtue, é você? — perguntou ele nas sombras, perscrutando a noite em busca do corpo familiar dela.

E foi então que seus velhos instintos de espião o acordaram instantaneamente, assumindo o leme do navio.

Pois a sombra era alta demais e se movia pelo quarto, em direção ao brilho fraco produzido pelo fogo remanescente na lareira. Tinha ombros largos e andar de homem.

O invasor não era sua tutelada. E não havia ninguém na casa suficientemente próximo para lhe oferecer assistência. Soames tinha seus próprios aposentos, e as únicas pessoas próximas o suficiente eram Pamela e Virtue. Mas ele não ousaria alertar os membros mais vulneráveis de sua casa sobre a presença de um ladrão ou coisa pior. Não, teria que defender a si mesmo e às suas mulheres também.

Maldição!

— Deve ter sido um sonho — murmurou em voz alta, como para si mesmo, na esperança de enganar o intruso dando-lhe a falsa esperança de que não estava lúcido.

A sombra parou, como uma sentinela silente no meio do aposento, tão quieta que Trevor poderia ter acreditado que havia imaginado o maldito. Mas ele sabia que não. Deitou a cabeça no travesseiro, deu um bocejo sonolento fingido e se espreguiçou, mudando de posição na cama, puxando a colcha sobre si.

Manteve os olhos na direção da sombra. O objeto mais próximo de uma arma que ele tinha era um castiçal, que ficava na mesinha ao lado de sua cama. Teria que permitir que o vilão chegasse perto o suficiente para poder se defender.

E rezar para que o malfeitor não tivesse uma pistola apontada para ele.

Tateando pelo móvel, Trevor encontrou o ouropel frio e pegou o castiçal pesado. Com outro movimento rápido, estava com a arma escondida sob a colcha e preparado.

Dissimulou uma respiração mais profunda e ficou imóvel, tentando fazer o intruso acreditar que ele havia caído no sono; e, portanto, estaria vulnerável mais uma vez. Mas embora estivesse com os olhos levemente fechados, podia ver sob os cílios ligeiramente erguidos. Olhava tão fixamente para a escuridão que seus olhos começaram a arder; seu coração batia forte e a palma de suas mãos estava úmida.

Como foi fácil voltar a ser o homem que um dia fora, para quem o perigo era uma ameaça comum!

E então, finalmente, a sombra se mexeu. Mais devagar dessa vez, aproximando-se com muita cautela. Trevor era como uma serpente, enrolada e pronta para atacar. O fogo crepitou e o súbito estalo de um pedaço de madeira pegando fogo ecoou, iluminando a figura por um momento fugaz.

Era um homem, com certeza, com o braço erguido. Trevor viu o contorno indistinto de uma lâmina na mão dele e reagiu, jogando longe a colcha e acertando o braço erguido com seu candelabro escondido. Ouviu o som da adaga caindo no tapete. O homem que estava prestes a esfaqueá-lo soltou um grunhido.

Trevor se levantou pelo lado oposto da cama.

— Saia do meu quarto e de minha casa! — disse bruscamente, com cuidado para não erguer a voz no meio da noite.

Se sua irmã e Virtue acordassem e saíssem de seus aposentos, só Deus sabe o que poderia acontecer.

Houve uma agitação do outro lado da cama quando o suposto assassino saiu correndo para fora do quarto.

Trevor contornou a cama, determinado a persegui-lo. Se conseguisse pegar o sujeito, talvez derrubá-lo, poderia subjugá-lo até que os policiais de Bow Street fossem chamados. Mas o vilão se deslocava depressa, enquanto ele saía em seu encalço. Houve um estrondo terrível quando o homem colidiu com o busto de um familiar do duque e o derrubou no chão da galeria.

Trevor o perseguia, determinado. Seus pés descalços faziam um som distintamente diferente dos do homem que ele perseguia, cujas solas de couro provocavam um estalido que cortava a escuridão e o silêncio da noite. O maldito atravessara sua casa para matá-lo usando um belo par de botas. Por alguma razão, Trevor sentiu essa indignação, aparentemente de extrema importância naquele momento de choque pelo encontro com a morte. Sob seus pés, sentia a pedra fria e implacável, como sempre, e escorregadia também. Tomava cuidado para não tropeçar e cair enquanto seus pensamentos fluíam mais rápido que ele. A vontade de pegar o homem que tentara esfaqueá-lo aumentava, quase no mesmo ritmo das batidas de seu coração: *pegá-lo, pegá-lo, pegá-lo…*

Quando chegaram à metade da escada sem beiral que serpeava pelo coração da Hunt House, o invasor perdeu o equilíbrio na pedra lisa. Com um grito de terror, caiu pela escada. Trevor desceu correndo ao ouvir o som nauseante de ossos quebrados e da carne do homem batendo impiedosamente nos degraus de pedra.

O homem perseguido chegou primeiro embaixo e ficou imóvel no chão. Trevor desceu até a base da escada e chegou ao mármore frio no corredor.

Vozes assustadas dos criados emergiram dos aposentos abaixo da escada, aparentemente despertados pelos gritos e baques. Seu mordomo, Ames, ainda de robe e touca de dormir, aproximou-se levantando uma vela para iluminar a área.

— Vossa Senhoria, o que aconteceu? — perguntou Ames, em tom assustando, diferente de seu tom normalmente augusto e imperturbável.

— Um intruso — Trevor conseguiu dizer, ofegante devido ao frenesi de sua reação ao perigo, sem tirar os olhos do corpo aparentemente sem vida do vilão que ele havia acabado de frustrar. — Este homem. Creio que ele pretendia me matar. Uma arma… alguém encontre uma arma.

— Uma arma, Vossa Senhoria?

— Um atiçador de brasas — disse ele, com o olhar firme.

Ele tinha pistolas guardadas, mas não havia tempo para pegá-las. O homem ali prostrado parecia não estar respirando; sua cabeça formava um ângulo estranho e o sangue começava a se acumular no piso de mármore.

— Alguém me traga um atiçador de brasas!

Na remota possibilidade de que o maldito não houvesse fraturado a coluna na queda, Trevor pretendia defender a si mesmo e à sua família, como fosse necessário. E, naquele momento, nada seria mais satisfatório do que acertar o crânio daquele criminoso com um atiçador de brasas.

Curioso para saber a identidade do homem, Trevor usou o pé para cutucar o corpo sem vida, rolando-o. Sangue e hematomas do impacto da queda tornavam difícil discernir as suas feições, mas ele pôde ver o suficiente para saber que não havia nada de familiar naquele homem. Trevor não o conhecia. Por que um estranho teria a intenção de matá-lo? Se seu interesse fosse roubar alguma herança da família Hunt, sem dúvida teria roubado a prataria, algumas pinturas ou porcelanas.

Não fazia sentido. O único objetivo do homem parecia ser esfaquear Trevor.

— Meu Deus, Ridgely, por que toda essa comoção? — perguntou Pamela de repente, de cima, intrometendo-se na tentativa de entender aquela confusão. — O que aconteceu?

Ele olhou para cima por um momento e viu o rosto preocupado de sua irmã iluminado pelo brilho de mais uma vela. A escada circular, aberta, dava a ela uma visão desimpedida do começo da escada.

Que horror!

Ela gritou, e o som estridente ecoou na pedra e no mármore.

— Inferno — murmurou ele, voltando a atenção ao estranho caído e estremecendo pelo grito de alarme de sua irmã.

Que pulmões Pamela possuía!

A criada dela se destacou do grupo de criados preocupados.

— Posso ajudar Lady Deering, Vossa Senhoria?

O suposto assassino ainda não havia se mexido nem respirado, pelo que Trevor podia ver. Uma estranha calma o dominou, bem familiar de seus dias de espião. Sempre havia primeiro a ação, depois o choque, seguido por uma estranha necessidade de assumir o comando da situação. Ver o traidor capturado, o revolucionário preso em sua armadilha, o assassino derrubado. E depois, limpar a bagunça, literal e figurativamente.

Ele se voltou para a criada de sua irmã.

— Por favor, cuide de Lady Deering e de minha tutelada também.

Sem dúvida, Virtue teria acordado com aquela confusão terrível. Ou com o grito de Pamela. A menos que…

Um novo medo surgiu dentro dele, súbito e chocante, crescendo como uma maré incontrolável. Sentiu seu coração se apertar, sua boca ficar seca. Se o maldito houvesse ousado tocar um fio de cabelo da cabeça dela, ele iria… Deus, o que ele faria? Não queria nem pensar nisso. Não conseguia.

Precisava ter certeza de que ela estava segura.

— O que está acontecendo?

A voz confusa de Virtue interrompeu os pensamentos agitados do duque, enchendo-o de alívio. Outro olhar para cima confirmou que ela estava bem.

E, por Deus, vestindo uma camisola diáfana que deveria ser proibida. Onde diabos estava o robe dela?

— Voltem para seus aposentos, *miladies* — disse bruscamente, e sua voz ecoou na estranha imobilidade que reinava no salão. — Tenho tudo completamente sob controle.

— Quem é esse homem? — perguntou Pamela, com a mão no coração.

— Não faço a menor ideia — respondeu ele. — Agora, por favor, leve Lady Virtue para os aposentos dela, enquanto eu resolvo este assunto.

Pelo menos sua irmã havia tido o bom senso de se cobrir com um robe. Ele não tinha dúvidas de que era novo e lhe custara caro, mas pelo menos metade dos criados não a olhava boquiabertos. Ele olhou para eles, chocados, ali reunidos, formando um grupo cada vez maior.

Um dos criados por fim chegou a Trevor correndo, com o atiçador de brasas que ele havia pedido. Ele o pegou e voltou o olhar ao homem a seus pés que, agora claramente, estava morto.

É provável que houvesse fraturado a coluna na queda.

Pela primeira vez, os degraus de pedra que haviam sido o orgulho de seu pai e que Trevor sempre detestara — eram extremamente frios e duros, assim como o coração de seu pai —, acabaram sendo úteis. Difícil de acreditar, mas assim era. O ex-duque de Ridgely provavelmente estava se revirando em seu túmulo.

— O que devo fazer, Vossa Senhoria? — perguntou Ames.

Trevor olhou para o homem morto a seus pés e chegou a uma conclusão repentina e desagradável. Primeiro o golpe que levara na cabeça na outra noite, depois um assassino armado com uma faca em seu quarto no meio da madrugada. Não eram coincidências malogradas.

Alguém estava tentando matá-lo.

Alguém o queria *morto*.

A ponto de tentar assassiná-lo em sua própria cama.

Seria só o homem caído no chão diante dele, ou haveria outros? Trevor não sabia. Tudo que sabia era que havia poucos homens nesta Terra em quem ele confiava como naqueles que faziam parte da Confraria. Eram como irmãos para ele, tinham vínculo, mesmo não sendo de sangue. Precisava deles na Hunt House imediatamente.

— Mande uma mensagem para Logan Sutton e Archer Tierney — ordenou ao mordomo. — Eu os quero aqui primeiro.

— Imediatamente, Vossa Senhoria — disse Ames.

— Está morto, não é? — perguntou Trevor aos amigos de olhos sonolentos que haviam corrido para a Hunt House a seu pedido.

E na calada da noite. Graças a Deus nem todos em Londres o consideravam um canalha. Bem, talvez esses dois o considerassem, mas ele confiaria sua própria vida a eles, e estava muito feliz por terem atendido a seu chamado.

Estavam reunidos ao pé da escada; uma colcha havia sido colocada sobre o corpo do homem em questão, para proteger a sensibilidade dos criados e das damas da casa, que haviam sido instruídos a permanecer em seus aposentos até que qualquer vestígio de perigo persistente pudesse ser avaliado por Trevor, Sutton e Tierney.

Tierney se agachou ao lado do corpo imóvel e ergueu um canto da colcha para dar uma olhada.

— Sem dúvida.

— Bateu as botas — disse Logan Sutton, sombrio, olhando para o corpo. — Não sabia que você atuava como mercenário, Ridgely. Pensei que atuasse só no comércio de carne.

Ele ignorou a zombaria, pois não empregava prostitutas no The Velvet Slipper. *Maldição*, era um clube! Muito exclusivo, que atendia a gostos muito particulares, mas ainda assim um clube.

— Eu não matei o desgraçado — articulou Trevor. — Mas ele tentou me matar.

Tierney se levantou com uma expressão soturna e seus olhos verdes penetrantes e inteligentes.

— Conte-nos o que aconteceu, do começo ao fim.

Trevor contou a história toda, desde que acordara no meio da noite ao som de alguém entrando em seu quarto, até a subsequente batalha por sua vida, a faca perdida e as frenéticas tentativas de fuga do agressor.

— Que acabaram desta forma, como vocês podem ver — disse Trevor, apontando para o corpo caído no corredor de mármore. — Ele escorregou na escada de pedra e, na escuridão, não conseguiu recuperar o equilíbrio. Fraturou a coluna na queda, a menos que eu esteja enganado.

— Você o reconhece? — perguntou Sutton.

Como um homem nascido e criado na periferia, as raízes de Logan Sutton às vezes apareciam em sua maneira de falar e expressões estranhas. Mas quem olhasse para aquele homem de cabelos ruivos jamais diria que Sutton não era o elegante cavalheiro que aparentava ser. No entanto, Trevor sabia do que Sutton era capaz. Ele era inteligente, leal e destemido.

Bem, havia sido implacavelmente leal à Confraria até conhecer a esposa. Agora, a Sra. Sutton tinha grande parte da lealdade que Logan devotara à Confraria, que acabara dissolvida.

Por amor, ou alguma bobagem parecida.

— Nunca o vi antes — disse Trevor sobre o miserável que o teria matado. — Algum de vocês o reconhece?

Tinha em mente o trabalho anterior deles para Whitehall, claro, e os vários criminosos com que haviam lidado na época em que comandavam a Confraria.

— Não — disse Tierney. — Nunca o vi.

— Nem eu — acrescentou Sutton.

— Maldição — murmurou Trevor, passando a mão pelos cabelos.

Teria sido fácil demais, reconheceu.

Sutton assobiou por entre os dentes ao ver o calombo na cabeça de Trevor.

— E essa pancada que levou nessa velha caixa de conhecimento, Ridgely? Também não parece nova.

— Não é nova — admitiu ele com um suspiro pesado. — Nem foi este o primeiro atentado contra minha vida.

— Que diabos, Ridgely? — disse Tierney sacudindo a cabeça. — Por que não nos chamou na primeira tentativa?

Excelente pergunta. Trevor percebia, naquele momento, que havia sido um tolo por acreditar que um ladrãozinho barato o atingiria na cabeça com tanta exuberância. A maioria dos bandidos era habilidosa e simplesmente empurrava a vítima e levava suas moedas, sem que ela sequer soubesse o que havia acontecido.

Outro suspiro.

— Porque pensei que havia sido só uma tentativa de assalto. Mas considerando o que aconteceu esta noite, percebi que estava errado.

— Dadas as suas vestimentas, presumo que você estava na cama quando foi atacado — disse Tierney.

Ele havia tido a presença de espírito de pegar um robe enquanto esperava que seus amigos chegassem e o vestira sobre o camisolão, mas ainda estava descalço.

— Sim — respondeu, rememorando os momentos na escuridão, quando percebera que alguém estava em seu quarto, e seu coração começou a bater forte de novo. — Eu estava dormindo quando ele entrou. Fiz algumas investigações com a família e, segundo todos os relatos, nada foi roubado e ele não entrou nos aposentos de ninguém.

— O desgraçado sabia onde encontrar você, então — supôs Sutton.

— Foi o que pensei também — concordou. — A Hunt House não é uma residência pequena. Ele sabia exatamente aonde ir.

— A Hunt House é o raio de um castelo — disse Tierney com ironia.

Sua dimensão chegava a ser obscena. Trevor não podia negar isso; seu pai havia criado um monumento à sua própria vaidade e riqueza.

— Sim; se fosse um mero ladrão, o patife teria se preocupado mais com a prataria e qualquer outra coisa de valor que pudesse facilmente transportar

— asseverou Sutton. — O fato de nada ter sumido e ele ter ido direto para seu quarto é deveras suspeito.

— O que aconteceu com a arma dele? — inquiriu Tierney com modos profissionais e bruscos, como se todos os dias ele lidasse com assuntos como tentativas de homicídio e cadáveres.

Mas era porque Tierney havia sido o líder da Confraria, e só Deus sabia o que ele havia visto e feito.

Trevor nunca perguntara. E aquele também não parecia o momento de indagar.

— Ele tinha uma faca — disse, recordando o brilho da luz do fogo na lâmina quando o homem a erguera bem alto. — Também não era pequena. Eu estava preparado e bati no braço dele com um castiçal, derrubando a arma.

Tierney acenou com a cabeça.

— A faca caiu, suponho que no chão. O que ocorreu depois?

Tudo lhe parecia confuso; sons e sombras, raiva, necessidade de proteger-se, choque e medo. Nada mais era tão claro e distinto quanto no momento em que tudo acontecera, quando ele fora forçado a se defender. A mente era assim mesmo. A violência e a agitação causavam coisas estranhas à memória, deixando-a, às vezes, nebulosa e confusa e, outras vezes, absurdamente clara.

— Ele correu — disse Trevor, forçando-se a lembrar. — Eu o persegui com a intenção de pegar o canalha antes que pudesse fazer algo mais. Corri atrás dele pelo corredor e pela galeria, até chegar à escada.

— Leve-nos ao seu quarto — disse Sutton. — Precisamos encontrar aquela faca. Talvez nos dê alguma pista.

Excelente ideia. A mente de Trevor estava tão dispersa antes, quando ele pegara o robe, que nem sequer pensara em procurar a arma do crime.

Ele inclinou a cabeça, de novo grato pela amizade daqueles dois homens de confiança.

— Acompanhem-me.

Subiram as escadas de pedra, testemunhas da queda do homem morto. Trevor os conduziu pelo mesmo caminho que ele e seu agressor haviam percorrido havia pouco. As arandelas dos corredores já estavam acesas naquele momento, e cada canto da Hunt House estava cheio de luz, graças aos esforços de lacaios diligentes que passaram pelo cadáver, enquanto as criadas eram mantidas em seus aposentos.

Estavam passando pela galeria e seguindo pelo corredor quando uma porta se abriu. E lá estava Virtue, ainda vestida com nada mais que uma camisola, com seu cabelo escuro emaranhado ao redor de seu rosto adorável. Não deveria estar tão cativante naquele estado, mas estava.

— Ridgely, o que está acontecendo? — perguntou ela, olhando para os dois homens que o flanqueavam.

Por Deus, ele podia ver a silhueta do corpo exuberante dela, claramente delineada sob aquela camisola que nem deveria ser chamada de roupa. Mesmo em estado de alerta, ele não conseguia desviar o olhar daquelas gloriosas curvas lindamente iluminadas pela luz atrás dela. Um olhar cuidadoso para Sutton e Tierney revelou que eles haviam desviado os olhos em deferência ao estado de pouca roupa da dama. Graças aos céus. Ele odiaria ter que desafiar para um duelo pela honra de Virtue os únicos homens em quem podia confiar.

— Milady, por favor, volte a seu quarto até novas ordens — rosnou ele, não surpreso com a incapacidade dela de fazer o que lhe havia sido dito.

Quando fora diferente? Aquela encrenqueira era a própria e magnífica rebelião encarnada.

— Não enquanto não me contar o que houve — disse ela, teimosa, olhando para os companheiros dele. — Ah, Sr. Sutton, que prazer vê-lo de novo. O que está fazendo aqui a esta hora da noite? E o senhor...

Ora, será possível? Virtue esperava mesmo que ele fizesse as apresentações às quatro e meia da manhã, depois que um assassino acabara de rolar escada abaixo e morrer, ainda mais com ela *quase nua*?

— Isto não é um salão de baile, Lady Virtue — corrigiu-a bruscamente. — Nem você está vestida para receber visitas. Sugiro que volte a seu quarto e aguarde minhas orientações.

Como se só percebesse nesse momento o tipo de vestimenta que usava, Virtue olhou para sua camisola e sentiu o rubor subir por suas faces.

— Ah, nossa, eu deveria ter colocado um robe ao menos. Perdão.

— Está perdoada — disse ele, seco, recordando a terrível sensação de quando, por um instante, temera que algo de ruim houvesse acontecido com ela. — Dado o choque desta noite, era de se esperar.

Ela estava bem, graças a Deus. E Pamela também. Assim como ele, por enquanto.

Esse sinistro lembrete o fez voltar a si e acrescentar:

— Sr. Sutton, Sr. Tierney e eu vamos examinar meu quarto em busca de pistas. Se nos der licença, milady...

— Pistas para quê? — perguntou ela, teimosa e enlouquecedora como sempre. — Ouvi Lady Deering gritando, mas não consegui decifrar muito o que ela disse. Parecia algo sobre um homem morto na base da escada.

Sua compostura era impecável. Como conseguia? Sua irmã estava histérica, e Pamela era forte como uma bigorna.

Trevor pigarreou.

— Há, de fato, um corpo na base da escada.

— Quem é ele? — perguntou ela, demorando-se à porta e não fazendo nenhum movimento para pegar o robe que havia mencionado.

Aquela maldita tutelada acabaria matando-o.

Isso se quem quer que fosse que o queria morto não o conseguisse primeiro.

— Não sabemos — respondeu ele de má vontade. — Lady Virtue, por favor, volte para seu quarto.

— Ah, mas eu adoraria poder ajudar.

Por que isso não o surpreendia?

Trevor sufocou um gemido.

— Não.

— Por que não? — perguntou Tierney, dando a ele um sorriso diabólico.

Aquele miserável provavelmente farejara o desespero de Trevor para se livrar da tentação inoportuna e desnecessária que era sua tutelada. Archer Tierney era como um tubarão.

— Porque não — rebateu ele, *sotto voce*. — Ela é minha tutelada inocente.

Sutton bufou.

— Não será inocente por muito tempo com você como tutor dela.

Havia mesmo considerado esses dois seus amigos um minuto atrás? Por alguma razão que agora lhe parecia incompreensível, sim, havia.

Como pôde ser tão tolo!

Trevor olhou para Tierney e Sutton e, a seguir, para sua tutelada.

— Volte a seu quarto, criança, de uma vez por todas.

Ela ficou desolada, e ele se sentiu como se houvesse chutado um cachorrinho. Ele, que quase havia sido esfaqueado e morto em sua própria cama, fazia bem pouco tempo.

Sem dúvida, ele era um candidato ao hospício.

Trevor esperou que a porta se fechasse e continuou conduzindo Tierney e Sutton, que ainda riam baixinho, ao seu quarto, onde a faca — e, com sorte, algumas respostas — os esperava.

CAPÍTULO 8

Alguém havia tentado matar Ridgely.

Esse pensamento assombrou Virtue por horas. Desde que ela o espionara no corredor, às quatro e meia daquela manhã, e o vira sombrio, mas bonito como sempre, descalço e de robe de seda, conduzindo os amigos à cena do crime que quase ocorrera.

Ela estremeceu de novo ao pensar, enquanto ia furtivamente para a biblioteca, quão perto ele estivera da morte. Era... bem, esse pensamento ainda lhe roubava o fôlego, deixando seus pulmões constritos dentro do peito. Ridgely era tão vibrante, tão magnífico, tão grande, forte, poderoso e...

Não, era melhor ela não continuar a enumerar todos os atributos de seu tutor. Não lhe faria bem insistir neles. Melhor seria tirar proveito da distração dele — compreensível, dado o caos que se seguira após a agitação da noite, contaminando as primeiras horas da manhã e a tarde também. Sim, ela aproveitaria a distração dele para encontrar algo com que pudesse se entreter.

Ela não ousaria tentar roubar de volta um dos livros que Ridgely havia tirado de seu quarto. Mas que mal haveria em encontrar um livro entre as prateleiras da biblioteca dele sem ninguém para negar seu acesso? Eram tantos livros que ela não tinha dúvidas de que ele não notaria a falta de um. Trevor jamais saberia que ela havia desafiado as ordens dele mais uma vez.

Por fim, lá estava o aposento que ela procurava, com a porta convenientemente entreaberta, como se esperando para recepcioná-la. Como se a chamasse, ela poderia até dizer, se alguém perguntasse. Não que alguém o faria. Lady Deering estivera ausente no café da manhã e mais tarde também. Virtue fora informada de que a irmã de Ridgely estava com uma enxaqueca e ficaria em seus aposentos pelo resto do dia. Naturalmente, todos os anfitriões de suas obrigações sociais haviam sido informados de que por infortúnio não poderia comparecer.

Com Ridgely ocupado com os eventos da noite anterior e Lady Deering convenientemente indisposta, Virtue estava livre para vagar pela casa. Ao chegar a seu destino, escrutou o corredor diante da biblioteca, em ambas as direções, para se certificar de que não havia sido vista. Não viu uma vivalma sequer.

E isso era de se esperar também.

Não era todo dia que alguém tentava assassinar o dono da casa. Seu tutor havia tentado esconder a verdade dela, mas deveria saber que os criados tinham língua. A fofoca embaixo da escada era muito mais interessante que a do andar de cima. Sempre que Virtue queria saber alguma coisa, falava com as criadas. Nesse aspecto, a vida na Hunt House não era muito diferente daquela encontrada em Greycote Abbey.

Com um suspiro de alívio por não ter sido vista, ela fechou a porta atrás de si, ganhando total e absoluta privacidade. Nada além dela, das paredes de livros, de um fogo crepitante na lareira e...

O que *era* aquele som?

Parecia um urso.

Virtue adentrou mais o cômodo, e foi então que fez a descoberta. Não estavam ali simplesmente ela, uma parede de livros e um fogo crepitante na lareira.

Estava também um duque roncando em um divã.

O duque de Ridgely, mais precisamente.

Por que ele estava dormindo na biblioteca? Ela havia suposto que ele, depois do caos da noite e da manhã, desapareceria durante o dia. Mas ele ainda estava ali, injustamente bonito em repouso, como se todos os problemas do dia houvessem sido abandonados aos éteres do sono.

Seria melhor ela sair dali para lhe dar privacidade e uma leve sensação de paz depois de um acontecimento tão brutal.

Mas os pés de Virtue tinham outras ideias, porque a levaram para mais perto dele. Atravessaram o recinto sobre o tapete Axminster. Ela suspeitava que era o ângulo da cabeça dele, aparentemente desconfortável, que provocava aquele ronco de urso. Provavelmente ficaria com o pescoço dolorido quando acordasse.

Ela ficou ao lado dele, sentindo-se estranhamente protetora. Alguém tentara assassinar aquele lindo homem na cama dele. E apesar de Ridgely ser um tutor irritante, surpreendentemente ela descobriu uma forte explosão de emoção em seu coração enquanto olhava para ele. Uma onda de calor bastante única e incomum, um anseio elementar, como se ele fosse a gravidade e ela um corpo celeste sendo puxado.

Sim, ela *gostava* do duque de Ridgely.

Quando isso acontecera, e como? Seria uma reação natural nascida dos beijos hábeis dele? Havia começado quando ela o vira se despir e espiara a perfeição masculina das costas e do peito musculosos dele? Ou talvez a razão dependesse muito menos do aspecto físico e fosse outra: o choque de saber que alguém havia tentado tirar a vida dele.

Mas ela concluiu que a origem daquela afeição inoportuna não importava.

Estava ali, batendo dentro de seu coração, e ela não sabia como a extirpar enquanto sorvia com seus olhos ávidos cada detalhe dele. O maxilar forte ensombrado pela barba… Ele não havia se barbeado. Claro que não; ele havia se vestido apenas por necessidade. Involuntariamente, surgiu a lembrança dele descalço mais cedo, de robe de seda, e um calor proibido queimou em seu ventre. Ela o vira como as amantes dele o viam, naquela rara e privada ausência de polimento, sem gravata, colete, botas ou sapatos reluzentes. Mais de uma vez.

E o estava vendo então como as mulheres com quem ele havia ido para a cama deveriam tê-lo visto. Em repouso, com sua respiração regular fazendo seu peito subir e descer, e o ardor natural e o charme quase libertino que ele possuía ausentes de suas feições relaxadas. Parecia inocente até, pensou ela. Jovem e livre das pesadas responsabilidades que normalmente mantinham seu maxilar tenso e seus olhos insensíveis.

Menos ducal.

Menos o tutor arrogante que a punira tirando-lhe seus livros.

O ar da biblioteca era frio, apesar do fogo na lareira, pois o segundo andar de livros circundando sua periferia a tornava cavernosa. E Ridgely não estava coberto. Ela procurou algo que pudesse ser usado para cobri-lo; uma ternura indesejada tomava conta dela. O certo seria ela simplesmente pegar o livro mais próximo e sair, contentando-se com qualquer um que conseguisse para se distrair, antes que Ridgely soubesse de sua incursão proibida à biblioteca.

Mas, em vez disso, ela pegou uma manta de pele que estava sobre uma das poltronas que ladeavam o fogo e a estendeu sobre ele com cuidado. Já ia sair dali quando ele se mexeu e a pegou pelo pulso, apertando-o com uma força quase bruta.

— Virtue? — Ele se sentou, carrancudo, e a soltou. — Que diabos está fazendo aqui? Por um momento, pensei… Por Deus, eu poderia ter machucado você! *Acaso* a machuquei?

Ele estava cansado, com olheiras escuras sob os olhos devido à falta de sono, o que estragava a impecável perfeição de seu semblante.

— Não me machucou — disse ela baixinho. — Está frio, eu só quis mantê-lo aquecido.

Ele estreitou o olhar.

— Tem certeza de que não estava tentando me sufocar enquanto eu dormia?

— Claro que não! — disse ela, franzindo a testa, assustada por ele fazer piada sobre um assunto tão sério logo após ter sido atacado. — Posso não gostar de você, Ridgely, mas não lhe desejo nenhum mal. Talvez um respingo oportuno de dejetos de um pássaro em seu chapéu favorito, ou um passo em falso no esterco de cavalo com suas botas preferidas, ou muito sal em sua sopa, ou um súbito ataque de espirros…

Virtue se interrompeu quando se deu conta de que estava tagarelando como uma insensata e revelando demais sobre as fantasias que o tratamento presunçoso dele para com ela lhe inspirava. Ela pigarreou, nervosa.

— Bem, como pode ver, nada tão diabólico quanto tramar seu assassinato.

Mas outra pessoa, sim, tramara o assassinato dele. Ela mordeu o lábio e desejou poder retirar suas palavras quando seus olhos se encontraram.

— Estou imensamente aliviado com sua munificência — disse ele com ironia, afastando a manta que ela havia estendido sobre ele e se erguendo. — Tenho uma tutelada muito carinhosa e terna.

Ela estremeceu.

— Sinto muito, Ridgely.

Ele ergueu uma sobrancelha.

— Sente muito pelo que, criança? Por ter invadido a minha biblioteca?

Bem… Sim, havia isso… Ele a havia proibido de entrar ali, não é?

— Pelo que aconteceu com você — disse ela. — Um homem tentou matá-lo no meio da noite… Você deve ter ficado apavorado.

Ele esfregou o queixo e franziu a testa.

— Você não deveria saber disso. Quem lhe informou?

— A casa inteira sabe — respondeu ela, evasiva, pois não queria causar mal a nenhum dos criados que haviam compartilhado confidências naquela manhã. — Não é segredo.

Ele deu um suspiro pesado.

— Pois bem, alguém me quer morto. Como não sei quem era o sujeito que morreu ao pé da escada ontem à noite, só posso supor que era um assassino de aluguel.

O que significava que quem havia planejado o atentado contra a vida de Ridgely ainda estava em algum lugar de Londres, pensando em uma vingança mortal contra ele. Uma onda gélida de medo se instalou no coração dela.

— Um assassino?

— Sim; mas, por sorte, não muito bem-sucedido — ele abriu um sorriso sombrio. — E agora está fora de serviço.

— Você não deveria brincar com um assunto tão sério, Ridgely. — Ela franziu a testa. — Pode estar correndo grave perigo.

Ele deu uma risadinha amarga.

— Não precisa temer por mim, criança. Esta não é a primeira vez que estou em perigo, e não tenho dúvidas de que não será a última.

Ele estava se referindo a seu passado, suspeitava ela. Ridgely havia sido membro de um grupo secreto conhecido como Confraria antes de ela chegar. Virtue sabia que o trabalho dele havia sido perigoso. De repente, ela olhou para aquele hematoma persistente na testa dele, parcialmente coberto por uma mecha de cabelo escuro.

Ela ofegou.

— Ah, o assaltante! Está sugerindo que ele era mais que um ladrão?

Ridgely confirmou.

— Parece que sim, dado o meu visitante noturno.

— Acha que foi o mesmo homem que o atacou antes?

O duque deu de ombros.

— Tenho vergonha de admitir que eu não estava atento. Fui emboscado pelas sombras e minha única lembrança é de um golpe terrível na cabeça. Agora, se não se importa, já estou farto de suas perguntas. Mas eu tenho uma para você: o que está fazendo em minha biblioteca?

Ah, ele não havia esquecido suas ordens, ao que parecia.

Ela juntou as mãos à frente do corpo, fazendo-se de recatada e inocente.

— Ouvi um ronco ao passar pelo corredor e vim investigar. Quando o encontrei dormindo, pensei apenas em seu conforto. Eu pretendia partir imediatamente, mas você me impediu.

Com aquele aperto firme. Ela o assustara, mas dado o que ele havia sofrido na noite anterior, era compreensível.

— Deixe-me ver seu pulso — disse ele, estendendo as mãos com as palmas para cima.

— Estou perfeitamente bem — respondeu Virtue, pois não queria que ele a tocasse ou a atraísse para mais perto, por medo do efeito que isso teria sobre ela. — Não sou delicada.

— Que bobagem. Quero ver.

Ele avançou, vencendo a pouca distância entre os dois, pegou os braços dela com suavidade e os virou para cima, fazendo-a soltar os dedos entrelaçados. E, então, ele simplesmente pegou as mãos dela e passou os polegares levemente sobre a pele pálida e as veias azuladas dos pulsos.

— Viu? Eu disse que não me machucou — disse ela, esforçando-se para usar um tom enérgico, mas sua voz deixava transparecer uma embaraçosa combinação de emoção e desejo.

— Eu não deveria ter sido tão rude com você.

A cabeça dele estava inclinada, perigosamente próxima à dela, e ele continuava passando os polegares sobre sua pele, provocando coisas surpreendentes em seus pulsos.

— Desculpe; eu não pretendia dormir na biblioteca, mas depois que Tierney mandou seus guarda-costas esta manhã, o cansaço finalmente me dominou. Eu não conseguiria dormir em minha cama ainda...

Guarda-costas? Fosse o que fosse aquilo em que Ridgely estava enredado, era claramente perigoso.

Ele ficou calado, olhando para ela, e aquele olhar abrasador a deixou sem fôlego. Seria pelas mãos dele nas dela, pelo remoinho enlouquecedor dos polegares dele acariciando uma carne que ela jamais percebera estar tão ávida de desejo? Ou pela menção de uma cama, pela proximidade dele, pelo choque de quase perdê-lo?

Estranho pensar em como ela dependia dele. Passara toda sua vida em Greycote Abbey e, tendo sido arrancada de sua casa e de todos que conhecia, o duque de Ridgely e a irmã dele eram tudo que ela tinha.

Mas não... não foi esse fato que a fez se inclinar para ele.

— Você tem uma pele tão macia — murmurou ele, quase como uma acusação, mas sem qualquer mordacidade na voz.

Virtue deveria se soltar, lembrar que Ridgely era um sedutor experiente. Que era o homem que lhe tirara os livros e exigia que Greycote Abbey fosse vendida e que ela se casasse com um homem que ele escolhesse.

Mas ele também era o homem que a beijara com uma paixão doce e terna. O homem que a tocava com carícias gentis, que provocava nela um fogo que ela jamais havia conhecido e que a queimava por dentro, despertando-a e fazendo-a vibrar. Que dançara com ela no baile na noite anterior com uma elegância impecável.

E era o belo pecador que a observava com um olhar envolvente, tão intenso que ela o sentia como se fosse um toque. Sentia-o em todos os lugares, desde os lábios e os mamilos tensos contra o espartilho, até o calor no ventre e entre as pernas.

Desejo. Proibido e imprudente, mas poderoso demais para resistir. De todas as iscas que já a atraíram, o duque de Ridgely era a mais forte; seu charme magnético a puxava quase contra sua vontade.

— Ridgely — sussurrou ela, quase em súplica.

— Eu estava sonhando com você — disse ele, e sua voz de barítono acariciou os sentidos dela. — À noite, quando aquele maldito entrou em meu quarto, e agora, aqui, na biblioteca.

Sonhando com ela? Pensar em como era íntimo ela habitar os pensamentos dele a emocionou tanto quanto os polegares errantes do duque.

Sem fôlego, ela perguntou:

— Como era o sonho?

— Eu estava correndo atrás de você em um prado. No segundo sonho, você tinha uma coroa de não-me-esqueças azuis adornando seu cabelo.

Ele estava sério, com uma expressão inescrutável. O ar entre eles parecia pulsar.

Ela engoliu em seco, tentando controlar uma crescente onda de volúpia.

— Conseguiu me pegar?

Ele franziu a testa.

— Não.

Mas ele a estava pegando ali, na biblioteca, e ela estava gostando. Não queria se mexer e interromper o contato. Não naquele momento. Talvez nunca. Sentiu-se chocada e desapontada com sua própria tolice. *Ele é Ridgely*, lembrou a si mesma com severidade. *Seja cautelosa com ele*. Mas não importava. Porque Ridgely havia se tornado muito mais que o tutor libertino que zombava dela e a chamava de criança. Ele também fora o primeiro homem — o único — a beijá-la. E ele quase havia sido assassinado. Ela quase o perdera. O horror absoluto do que havia ocorrido estava escrito nas sombras dos olhos dele. E ela estava furiosa por alguém ter ousado entrar na casa dele com a intenção de lhe fazer mal.

— Estou tão aliviada por você estar a salvo — disse ela, apressada. — Aquele homem...

— Shhh — ele a silenciou. — Não quero pensar nele agora.

E então, lentamente, olhando-a nos olhos, ele levou os pulsos dela aos lábios e pousou beijos gentis em cada um, depois passou para a palma das mãos, pousando a boca primeiro em uma, depois na outra, antes de abaixar as duas.

Com o coração batendo forte, ela apertou os punhos, como se pudesse manter aqueles doces beijos ali para sempre. Ela poderia ter lhe perguntado no que ele *queria* pensar. Mas, no momento seguinte, a boca de Ridgely estava na dela. Os lábios quentes e deliciosos dele tomavam os dela, ousados e possessivos, sábios e lascivos, tudo ao mesmo tempo. Ele a tomou nos braços, atraindo-a para o calor que irradiava de seu corpo alto e esbelto.

Ele a estava beijando, e era errado, mas também indecentemente, deliciosamente *certo*.

E nada nem ninguém mais importava naquele momento.

Os lábios de Virtue eram tão sedosos e sedutores quanto a parte interna de seus pulsos. Doces, macios, proibidos para ele. Ela era sua tutelada. Ele deveria parar de beijá-la. Ele *iria* parar de beijá-la...

Só mais um pouco.

Talvez em alguns minutos.

Um ano, uma década.

Ele não sabia quando poderia suportar afastar sua boca da dela. Talvez nunca. Nem se passasse a vida inteira tentando. Deus, como era bom sentir as curvas femininas dela coladas em seu corpo, tão maravilhosamente enroscadas nele. E os seios dela esmagados em seu peito, os braços envolvendo seu pescoço, os dedos enroscados em seus cabelos, puxando-os. Meio selvagem de repente, sua inocente atrevida. Como se estar colada nele não fosse suficiente, como se quisesse mais lábios, língua e dentes, e o corpo que ele queria dentro dela, tanto que doía. Eles se moviam juntos, frenéticos e inquietos, as mãos de um passavam pelo corpo do outro entre beijos ofegantes e ávidos. Não só cheios de desejo, mas desesperados. Ela gemeu baixinho, e esse som foi direto para o pau dele.

Era como se ele não quisesse nada além da boca de Virtue para sempre, como se nenhum beijo jamais houvesse sido tão excitante, tão necessário, naquela doce inocência misturada com sedução carnal. Ele precisava beijá-la, do contrário morreria. Nenhum outro beijo, nenhuma outra mulher serviria.

Só Virtue.

Ele a beijava com voracidade, esquecendo-se de ser gentil, esquecendo-se de ser um cavalheiro, esquecendo-se de tudo, menos dela e do caminho que ela abria para ele, em uma busca ousada pela língua dele. Ela tinha gosto de açúcar e isso também parecia certo. Ele queria degustá-la, lambê-la, devorá-la e deleitar-se com ela. Saboreá-la como o doce mais sensual que jamais provara.

Trevor estivera perigosamente perto da morte poucas horas antes, mas a mulher que tinha nos braços, o suspiro inebriante de prazer que ela soltou quando as mãos dele deslizaram pelas costas dela, e ele a apertara firmemente contra seu pau duro, eram todos lembretes de como estava bem vivo. De quão preciosa era cada respiração, cada segundo, de como ele poderia perder tudo a qualquer instante.

Alguma parte vaga e cavalheiresca de seu cérebro lhe disse para se refrear. Aquilo não era como a brincadeira que havia acontecido no quarto dele, quando descobrira que ela estava debaixo de sua cama e ele a provocara; nem como a lição de beijo. Aquilo era diferente.

Mas sua inocente ovelhinha pegou o lábio inferior dele com os dentes e o mordeu, e o pau dele prontamente mandou sua consciência para o inferno.

Restrição, controle, honra, capacidade de pensar com clareza… Tudo foi por água abaixo. *Desapareceu.*

Sem nem saber como, Trevor estava com ela no colo. Carregou-a, atravessando o tapete Axminster, enquanto seus pensamentos rodopiavam, tomados por uma necessidade possessiva. Ele só pensava *minha, minha, minha* a cada passo que dava. Queria consumi-la, levá-la embora dali, tê-la só para si.

Ela o levara quase à loucura. Morando em sua casa, deixando seu cheiro e seus livros por onde passava, como um fantasma o assombrando, tentando-o a cada passo. Sorrindo para ele com aqueles lábios cheios e rosados, lábios que qualquer cortesã daria tudo para possuir, de tão carnudos e convidativos. Invadindo seu território. Observando-o se despir.

Beijando-o.

Ela não sabia beijar da primeira vez. Ele fingira rir dela, agira como se a falta de conhecimento dela o divertisse. Na verdade, isso o havia inflamado, conduzido àquele precipício de lascívia que seria sua ruína; o desejo de torná-la sua era mais forte que a razão.

Ele a desejava com um furor que o dominava implacavelmente. E por que não podia tê-la sem arruiná-la? Por que não podia se deliciar por estar vivo, render-se aos beijos dela? Tudo fazia completo e absoluto sentido em sua mente fragmentada enquanto ele a beijava com cuidado e a deitava no divã grego; seu corpo seguindo o dela.

O divã era enorme, deixava espaço suficiente para se deitarem juntos, um de frente para o outro. A manta que ela estendera sobre ele ainda estava ali, macia e escorregadia embaixo deles. Ele só conseguia pensar em Virtue nua sobre uma manta perto do fogo, com nada além de diamantes no pescoço enquanto ele entrava nela.

Esse pensamento o guiava enquanto seus lábios procuravam os dela com intenção lasciva e singular. Seu desejo por ela o deixava louco. Queria seduzi-la. Não totalmente, lembrou a si mesmo. Ele acabaria com aquilo em breve. Mas antes, tinha Virtue ali, a manta e os lábios suculentos dela, e os dois juntos no sofá, corpos encaixados em todos os lugares certos. Tão suaves eram os movimentos dele, guiando-os como se fossem um só, que seus lábios não se separaram. Eles se beijavam como se o mundo estivesse prestes a virar do avesso e esses momentos finais e fugazes fossem tudo que lhes restava.

Ele fez algo que normalmente não fazia quando beijava uma mulher: abriu os olhos. Os olhos de Virtue estavam fechados, com seus cílios grossos e luxuriosos pousados sobre seus pômulos. Ela era linda; cada parte dela. E ele não queria perder nenhum detalhe, nem um segundo.

E então, como tinha necessidade de vê-la mais, ele interrompeu o beijo, passando seus lábios com reverência pela mandíbula dela, até o pescoço macio. Ela era tão delicada. Se fosse um artista, ele a pintaria assim, deitada, corada e linda em um divã da biblioteca, inocente no ato de ser deliciosamente corrompida. Ele capturaria o contorno de sua mandíbula, a preciosa curva de sua orelha. Alguns cachos haviam se soltado de seu coque elegante, dando-lhe um toque de desalinho totalmente fascinante.

Ele baixou a cabeça e enterrou o rosto naquele lugar milagroso onde pescoço e ombro se encontravam, acessível pela abertura do casaqueto spencer de cetim azul que ela usava por cima do vestido de musselina branca. Ela tinha uma pintinha ali que o encantava. Ele a beijou e inalou profundamente seu perfume glorioso.

O desejo que rugia dentro dele não diminuiu nem um pouco.

Pelo contrário, o fogo era intenso, as chamas subiam cada vez mais alto enquanto a mão dele passava do ombro delicado até um dos seios dela, redondo e pesado, que se derramava na palma da mão dele, mesmo espremido pelo espartilho. E mesmo sob as camadas do vestido e roupas íntimas, não havia como não notar o mamilo rijo. Ela estava receptiva, delicada e adorável, e suspirou quando ele mordiscou o lóbulo da orelha dela, como ela havia feito com o lábio dele.

Ele não pôde resistir; beijou-a atrás da orelha, mergulhando a língua para saboreá-la. Ela estremeceu e se aproximou mais, dizendo seu nome:

— Ridgely…

Mas esse era o título dele.

Ele não queria isso. Parecia errado, visto que estavam entrelaçados e ele estava determinado a dar prazer a ela. Porque ele havia decidido, entre o momento em que a pegara pelos pulsos até guiá-la ao divã, que faria tudo ao seu alcance para mostrar a ela como era a verdadeira paixão. Só desta vez. Nada irreparável. Ele não tiraria sua inocência. Não, pois não era seu direito fazê-lo. Mas beijá-la, levá-la às alturas da felicidade… isso ele poderia fazer.

E poderia fazer muito bem.

— Use meu nome de batismo, querida — murmurou ele no ouvido dela. — Eu lhe permito.

Só desta vez, ele quis dizer. Deveria ter dito. Assim como deveria ter angariado um pouco de honra e a deixado sozinha no divã. Mas tampouco fez isso.

Ele passou o polegar ao redor do mamilo de Virtue, e com os lábios traçou constelações sobre o pescoço dela, voltou para a pintinha, subiu para a mandíbula mais uma vez, para o queixo, os cantos dos lábios dela. Lábios inchados e rubros devido aos beijos. Deus, como ela era deliciosa! Ele nunca quisera tanto estar dentro de uma mulher, enterrado profundamente, reivindicando-a como sua.

A profundidade de sua reação a ela o surpreendeu, pois estava sendo ainda mais potente que antes. Ele estava perdido nela, e era totalmente ridículo. Ele, que seduzia mulheres por Londres inteira, caído de joelhos por uma mera mocinha que acabara de aprender a beijar. A última mulher que ele deveria querer, e ainda mais ter em seus braços. A última mulher que ele deveria tocar, beijar ou corromper.

— Não sei qual é — sussurrou ela, segurando o rosto dele em um gesto hesitante que desmentia a ferocidade de seus beijos.

Ele deveria ter se barbeado. Ficou imaginando se sua barba não estaria arranhando as mãos macias dela. E então teve vontade de esfregá-la pelos seios, barriga e coxas nuas dela. Em sua doce boceta também, para marcá-la como se fosse sua. Mas, apesar desse arroubo, ele sabia que isso nunca seria possível.

Do que ela estava falando? Ele se sentia embriagado por ela.

— O que você não sabe? — perguntou ele, procurando seu olhar e mergulhando no calor daquele mel com manchas douradas de suas íris.

Ela passou os polegares pelos pômulos dele, em uma carícia lenta e aprazível.

— Seu nome de batismo.

— Trevor — disse ele, e não resistiu a beijá-la profundamente de novo.

— Hmmm — murmurou ela, ainda com a boca colada na dele

Era o som do prazer carnal, como se ela houvesse mordido algo delicioso. Ele conhecia a sensação. Não deveria ser tão bom. E ele também não deveria estar beijando sua tutelada em sua biblioteca. Nem em qualquer outro lugar, aliás. Não que pensar em decoro e dever o tenha impedido. Ele estivera muito perto de morrer e comemoraria sua vitória contra a morte da melhor maneira que podia imaginar: cobrindo os lábios de Lady Virtue Walcot com os dele e abrindo-os, enfiando neles sua língua para que ela a chupasse, como se quisesse engoli-lo inteiro.

E então ele pensou em outras partes que ela poderia chupar e seu pau ficou mais duro ainda, empurrando a carcela de suas calças. Ela não disse o nome dele. Talvez Trevor devesse afastar os lábios dos dela por um momento, permitir que ela recuperasse o fôlego e que sua ereção feroz se aplacasse antes que ele fizesse algo ainda mais tolo que as liberdades que já havia tomado.

Aquilo estava errado, e ele estava em agonia.

Aparentemente, Trevor William Hunt, sexto duque de Ridgely, marquês de Northrop, barão de Grantworth, gostava de coisas erradas. Coisas proibidas, lascivas. Mas ele nunca alegara ser um bom homem, e ninguém jamais o acusara disso. Achava que ninguém ficaria surpreso se as mais sombrias suspeitas sobre ele se confirmassem.

Trevor a observou por um momento ali, deitado de lado, ainda vestindo o que quer que houvesse colocado naquela manhã entre a partida de seus amigos e a chegada dos Bow Street Runners, os guardas que haviam chamado, que fizeram perguntas sobre o homem morto. Ele não se lembrava de seu coração ter batido tão rápido como ali na biblioteca naquele momento. Nem nas profundezas mais escuras da noite, quando ele estava correndo atrás daquele vilão assassino escada abaixo.

Ele queria dizer a Virtue como ela era bonita; dizer o poder que ela seria capaz de ter sobre cada homem de Londres, se assim quisesse. Se ele tivesse um pouco de poesia na alma, teria composto um soneto naquele momento sobre as maravilhas do fascínio sensual dela. Mas tudo em que conseguia pensar era nela puxando-lhe os cabelos, moldando suas curvas contra ele em todos os lugares certos, e na maneira como ela o mordiscara.

Ela era uma tigresa, e por Deus, ele estava *adorando*.

— Você me mordeu — disse ele, com o lábio ainda latejando onde havia sido mordido, feito um gatinho malcriado.

Ela estava com os olhos bem abertos, ofegante, ainda com o seio subindo e descendo contra a palma ansiosa da mão dele.

— Não mordi.

— Mordeu, sim. — Ele soltou seu seio com relutância e mostrou seu lábio com o dedo onde ela o havia mordido. — Aqui.

Ela ficou vermelha.

— Perdão, não quis machucá-lo.

Só uma coisa o machucava em relação a ela: não poder tomá-la como queria.

— E puxou meu cabelo — acrescentou ele, sem saber ao certo por quê.

Talvez para se distrair daquela luxúria desesperada. Talvez para celebrar a ferocidade dela. A ousadia dela o irritava e atraía na mesma medida desde o momento em que se conheceram.

— Desculpe — pediu ela, mais corada ainda.

— Não peça desculpas — disse ele, sustentando seu olhar, segurando-lhe o rosto e forçando-a a olhá-lo quando ela tentou desviar os olhos. — Eu gostei.

Ela abriu a boca, tentando entender o que ele havia revelado.

— Gostou?

— Você é meio selvagem, não é, Virtue?

Claro que sim. Ela o desafiava em todas as oportunidades, cruzava espadas verbais com ele sempre que podia. Roubava sua maldita égua e ia para Rotten Row às seis horas da manhã. Entrara no quarto dele para encontrar os livros que ele havia tirado dela. Ela era selvagem e rebelde e, de repente, ele queria muito que toda aquela energia se concentrasse nele. Queria se perder nela, com ela. Adorá-la como ela merecia.

Que idiota ele havia sido ao supor que poderia casá-la às pressas! Virtue merecia muito mais que um casamento de conveniência com algum lorde tépido que não era páreo para a sagacidade e paixão desenfreada dela. Mas que momento inconveniente para se dar conta disso, quando havia alguém tentando assassiná-lo e ele estava a ponto de arruiná-la!

— Não sou selvagem — negou ela, baixinho, afastando uma mecha de cabelo da testa dele. — Sem dúvida, você é mais que eu.

Ele sorriu, acariciando o lábio inferior dela. Ela o lambera na manhã anterior, atrevida... E ele gostara demais. Testando os limites entre eles, ele fez uma leve pressão com o polegar na boca de Virtue, esperando a reação dela.

Ela entreabriu os lábios e o chupou. *Ah, Deus.* Ele sentiu a sucção em seu pau latejante. Suas bolas doíam de uma necessidade quase cega. Ela era perfeita.

— Quer outra aula? — perguntou ele suavemente, já sabendo a resposta.

Eles podiam até ser inimigos no campo de batalha, mas ali na biblioteca haviam chegado a uma paz temporária, movidos pelo choque de ambos com os eventos que se desenrolaram na noite anterior. O corpo de Virtue respondia ao dele de maneiras que ele jamais havia experimentado. E o corpo dele ao dela.

Ela soltou o polegar dele.

— Quero.

Ah, que efeito a concordância — simples e descarada — de Virtue teve sobre ele! Sua excitação começava a fluir pela ponta de seu pau, deixando uma mancha úmida em suas roupas de baixo, como se fosse um virgem ansioso prestes a se deitar com uma mulher pela primeira vez. Mas isso não poderia mais ser evitado. Ele havia chegado longe demais e não poderia parar enquanto não desse prazer a Virtue. Queria ser o primeiro homem a levá-la ao clímax, assim como havia sido o primeiro a beijá-la. Mesmo que não pudesse tê-la por inteiro, podia ter isso. Podia mostrar a ela como era, ensinar-lhe. Seria uma lição de moderação para ele e de desejo para ela.

Ele a pegou pela cintura e se deitou cuidadosamente de costas — o que não era fácil no divã —, puxando-a consigo, de modo que ela ficou montada nele, como se estivessem transando. Trevor a segurou ali, preso entre as coxas dela, com seu pau rígido apertado contra a carne macia dela. O peso dela, as curvas deliciosamente moldadas ao corpo dele, quase o fizeram se desmanchar. Não havia nada mais erótico que estar à mercê daquela sereia atrevida enquanto ela descobria a própria sensualidade inata.

Ela estava com as mãos espalmadas no peito dele, o cabelo despenteado e o coque começando a se desfazer, e era a coisa mais linda que ele já havia visto. Fitava-o maravilhada, com os lábios levemente abertos, rosados de tanto beijar.

— O que estamos fazendo?

Sim, o quê?

Estavam sendo imprudentes. Tolos. Flertando com o escândalo e a ruína. Mas o que poderia ser melhor que isso?

Ele acariciou a cintura dela.

— O que quiser fazer. Você está no controle.

Virtue franziu a testa, e ele poderia jurar que ouvia a mente inteligente dela maquinando.

— Mas pensei que fosse uma lição.

— E é. — Ele sorriu, pensando que havia uma possibilidade de ela o castrar com uma rapidez recorde. — É uma lição para você aprender a conseguir o que quer, a impor seu poder sobre um homem.

— Eu tenho poder sobre você?

Ah, se ela soubesse... Mais do que ele jamais gostaria de admitir. Naquele momento, ele rastejaria até ela sobre cacos de vidro só pela oportunidade de lhe dar prazer.

— Meu Deus, e como tem — confessou ele, passando as mãos pelas costas dela.

Agora que ele a tinha onde queria — bem, em um dos lugares onde a queria, pois suas fantasias eram bastante abundantes, não abriria mão da oportunidade de tocá-la onde quisesse. Passou as mãos por suas omoplatas e subiu até a nuca. Levou os dedos ao coque dela e começou a tirar as presilhas. Pesadas mechas de cabelos sedosos acaju começaram a cair.

A expressão do rosto dela era um poderoso afrodisíaco. Saber que tinha poder sobre ele a excitava.

— Poder suficiente para fazer você devolver meus livros? — perguntou a atrevida.

Trevor riu, e então ela o beijou, e o riso dele morreu instantaneamente, porque ficou evidente que não era ele quem estava ensinando. Era ela. E a lição era sobre quão rápido Lady Virtue Walcot poderia fazê-lo cair aos pés dela.

CAPÍTULO 9

Virtue tinha certeza de que Ridgely havia lançado um feitiço sobre ela, que deixava áreas proibidas de seu corpo doloridas e latejantes; que a levava a querer abraçá-lo com força e nunca mais soltá-lo. Era também um feitiço que a fazia esquecer todos os motivos pelos quais não gostava dele; a querer tomar aqueles lábios sorridentes e pecadores.

E foi o que ela fez.

Porque aquele corpo grande, forte e quente estava embaixo dela, a virilidade dele insistente e grossa cutucando-a, e o duque dissera que ela tinha poder sobre ele, e ela acreditara. Porque era o que sentia naquele beijo. Ela sempre aprendia qualquer tarefa com rapidez; seu grande orgulho era se destacar em tudo que tentasse fazer. E não foi diferente com o beijo. Ela seguiu os movimentos dele, mexeu seus lábios em sincronia, até que encontrou o ritmo, até que soube o que o fazia gemer baixinho.

Ele a puxou com mais força contra si, desmanchou o coque até que seus dedos passaram pelas mechas de cabelos dela, e agarrou um punhado, prendendo-a enquanto ela se banqueteava nos lábios dele. Ridgely correspondia a cada beijo, sua boca voraz, e logo ela estava sem fôlego de novo.

Uma pequena parte de sua mente que mantinha um ponto de apoio na razão dizia que ela nunca mais teria essa oportunidade. Que nunca mais seria tão livre e ousada com o delicioso e musculoso duque de Ridgely. Que deveria aproveitar enquanto podia. E assim o fez.

Ela tirou os lábios dos de Trevor e passou a beijar sua mandíbula angular, o resvalar de sua barba provocando seus sentidos. O perfume almiscarado e característico dele a envolvia como um abraço. Virtue o explorou como ele havia feito com ela; beijou sua orelha, desceu por seu pescoço até a gravata, que a impedia de ir além. Enroscou seus dedos no nó, desfazendo-o e tirando-a do caminho para poder continuar; então, com a boca, foi roçando lugares novos e ainda inexplorados.

O duque havia dito que gostara quando Virtue o mordera, então, ela mordiscou levemente seu pescoço, encantada quando ele soltou um profundo gemido de aprovação. Mas logo, a carne que ela revelara não era mais suficiente. Ela o queria como ele estava no quarto no dia em que o observara debaixo da cama. Queria-o nu e magnífico, queria tocar e beijar seu peito, suas costas e seus braços.

Ela ansiava por ele, com uma inquietação crescente entre suas pernas; era uma deliciosa agonia que nada acalmava. Virtue se esfregava nele, buscando mais contato, buscando o alívio que parecia que só ele poderia lhe dar. Ela gemeu, em parte pela frustração, em parte pelo desejo. Ele passava as mãos por todo lado, acariciando Virtue com uma ternura que a surpreendia.

— Quer que eu a toque? — perguntou ele com voz rouca e sedutora.

Ela se esfregou mais nele; seu corpo procurava respostas que sua mente não compreendia. Beijou o pomo de adão dele, e a parte inferior da mandíbula.

— Mas você *já* está me tocando.

E ela estava gostando. Muito.

— Não assim — disse ele, com um toque de diversão em seu tom.

Ela beijou o rosto dele.

— Como?

— Por baixo do vestido. Nesse lugar onde você sente dor, entre suas pernas. Vou acariciá-la aí e lhe dar prazer. Quer isso?

A curiosidade dela era profunda, mas não mais que o desejo. Ele poderia perguntar qualquer coisa que ela concordaria, de bom grado e com ardor.

— Sim — murmurou ela no ouvido dele, saboreando a proximidade que estavam compartilhando.

Como ela conseguiria ficar *sem* tocá-lo depois daquilo? Olhar para ele sem se lembrar, com detalhes vívidos, dos lábios dele nos dela?

Ele rolou com ela, conseguindo não cair do divã, antes que seu cérebro frenético pudesse formar mais pensamentos coerentes. E então, ela ficou deitada de costas, com o peso inebriante de Ridgely a ancorando nas almofadas. Ele estava sobre ela, apoiado nos antebraços, e uma mecha libertina de cabelo caía sobre seus olhos enquanto a fitava com um olhar ardente, com o mesmo anseio inquieto.

— Você ainda está no controle — disse ele baixinho. — Se quiser que eu pare, é só dizer.

Virtue assentiu, hipnotizada com ele em cima dela, com o queixo à altura dos lábios dela, até que ela se ergueu e o beijou.

Ele estremeceu, esfregou o rosto no dela.

— Vou devagar.

Ela respirou fundo, enchendo seus pulmões com o aroma delicioso dele.

— Se for mais devagar, vou explodir antes de você terminar.

Ridgely riu.

— Paciência, querida.

Querida.

Como parecia lasciva essa forma carinhosa de falar na voz profunda dele! Muito melhor do que *criança*, como ele costumava chamá-la, zombando da idade dela. Se ao menos ela pudesse insistir para que ele sempre a chamasse assim, daquele momento em diante… Mas aquilo era apenas uma loucura temporária entre eles, e ela sabia que, mesmo que lhe pedisse, Ridgely nunca concordaria.

Ele apoiou o joelho na lateral externa da coxa de Virtue, distribuindo seu peso enquanto subia o vestido e as anáguas dela acima das panturrilhas. Céus, as meias dela estavam à mostra. Ele observava seus movimentos com grande concentração, como se nada pudesse desviar seu olhar da carne dela, lentamente revelada.

Mas onde ele pretendia tocá-la? A espera só serviu para que Virtue tomasse mais consciência de Trevor, do calor vital que emanava do corpo grande e poderoso dele. Com a ponta dos dedos, ele roçou as canelas de Virtue, enquanto a musselina e o linho subiam, até que as ligas e a parte superior das coxas dela ficaram à mostra. Ele continuava a observando com intensidade total, sorvendo a visão das pernas abertas dela como se quisesse gravá-la na memória.

Mas, sem dúvida, ele pararia por aí, deixando-lhe um pouco de recato, pensou ela.

Mas não, ele não parou. Suas saias subiram por seus quadris e foram descansar em sua cintura, e ela sentiu o ar fresco beijar sua pele nua.

— Ridgely, eu…

Ela estava sem fôlego de novo, mas não de tanto beijar. Pela expectativa, pelo anseio.

Ficou chocada ao perceber quanto queria que ele a tocasse ali, na junção de suas coxas, onde parecia ser o centro de seu ser.

— Trevor — relembrou ele, olhando-a através de seus cílios longos. — Quer que eu pare?

Ela morreria se ele parasse.

— Não — murmurou ela, lambendo os lábios que, de repente, tinham se ressecado, e engoliu em seco. — Não pare.

— Linda — disse ele, rouco, acariciando a parte interna da coxa de Virtue, ainda apoiado em um antebraço, seus corpos alinhados.

Ela nunca pensara nessa parte de si mesma como algo mais que útil. Pernas e pés serviam para levá-la aonde ela desejasse; o corpo tinha necessidades a que ela atendia discretamente no refúgio escuro de sua cama, à noite. Mas nunca havia sonhado como seria luxurioso um homem a vendo daquela maneira, devorando-a com um olhar faminto como se ela fosse a visão mais fascinante que ele já houvesse contemplado.

O elogio fez o sangue dela ferver. Ela não havia percebido que estava apertando as coxas — uma reação nervosa, supôs, por não saber o que esperar —, mas logo relaxou, permitindo que se abrissem e mostrassem mais de si mesma para ele.

— Meu Deus — disse ele, com admiração na voz, enquanto seus dedos iam subindo. — Tão bonita, rosada, reluzente. Este é o ponto que está dolorido, querida?

Os dedos experientes dele deslizaram para mais perto de onde Virtue mais queria, e ela respirou fundo, levantando os quadris e afastando-os da manta ainda espalhada sobre o divã.

— Sim.

— E quer que eu a toque aí?

Dedos lascivos percorreram seu montículo, fazendo um círculo ao redor da pulsante protuberância que ardia de desejo, desesperada pelas carícias dele. Ele a estava provocando. O sangue corria pelo corpo de Virtue, pulsando em seus ouvidos. Ela estava tonta e alucinada de volúpia.

— Por favor — ela conseguiu dizer, pois ele não lhe dava o que ela queria.

— Gosto da forma como implora.

E então, pronto: o mais breve indício do dedo indicador dele deslizando sobre sua carne inchada. Mas ela queria mais. Precisava de mais. E ele sabia disso, o miserável.

Ela disse algo e se agarrou aos braços dele, contorcendo os quadris, sentindo que sua alma estava prestes a deixar seu corpo.

O nome dele. *Trevor*.

Sim, foi isso que ela disse, e como foi bom sentir o nome dele deslizando por sua língua.

Ele dedilhava o sexo dolorido de Virtue como se fosse um instrumento.

Mas não era suficiente. Ele a estava torturando. Mas logo ela se lembrou de que tinha suas próprias mãos, prontas para a tarefa, e começou a trabalhar com seus dedos furiosamente em si mesma.

— Nossa! — sibilou ele. — Você *é* mesmo selvagem, não?

Talvez ela fosse, afinal.

Virtue estava tocando seu lugar mais íntimo, e o duque de Ridgely a observava. Ela deveria sentir vergonha, e sabia disso. Mas algo na natureza escandalosa e proibida daquele ato a excitava. Ela esfregava seu clitóris inchado, deleitando-se com o órgão escorregadio e a deliciosa sensação, e pequenas faíscas disparavam dali e subiam por sua espinha, um estímulo que vinha desde seu ventre.

Ele esfregou a parte interna da coxa dela e deu um beijo no seio ainda coberto.

— Isso mesmo, querida. Goze para mim enquanto eu assisto.

Era demais. O ressoar das palavras lascivas dele, seu toque, o ímpeto de luxúria dentro de si, a boca dele em seu seio, o corpo de Trevor pressionado ao seu lado, ardendo contra o dela, e seus olhos escuros a devorando. Ela voava cada vez mais alto, seu coração batendo forte, a espiral de desejo estreitando-se feito uma mola.

Ela não podia mais se segurar.

O êxtase puro e líquido a atingiu com tanta força que ela não conseguiu conter o grito, e logo os lábios dele estavam nos dela, sufocando seu gemido. E ele a beijava com vigor, tomando a boca de Virtue com a língua como se lhe pertencesse, como se sempre lhe houvesse pertencido e para sempre pertenceria. E na cabeça dela, ela não duvidava da veracidade dessa afirmação. Sentia e entendia isso nas profundezas de sua alma. Ela apertou as coxas, segurando sua mão e a dele ali enquanto o êxtase a percorria.

E quando o estrondo em seus ouvidos começou a desvanecer devagar, ela ouviu um arquejo feminino, atordoado, do outro lado da biblioteca, e a voz acusadora de Lady Deering.

— Ridgely, o que você *fez*?

Até onde Trevor sabia, a questão não era tanto o que ele *havia* feito, e sim o que *não havia* feito. Poderia ter feito muito mais; queria, inclusive, mais ainda do que queria respirar.

Ainda queria, de fato, e não havia como negar.

Mas não havia cura melhor para uma ereção furiosa que enfrentar a desaprovação estridente de sua própria irmã depois de perverter completamente sua inocente tutelada no divã.

No turbilhão que se seguiu à desastrosa descoberta de Trevor e Virtue por Pamela no divã grego da biblioteca, sua tutelada fora mandada para o quarto dela e Trevor pegara um copo de conhaque antes de enfrentar a irmã para o inevitável ajuste de contas em seu escritório. Bebeu quase de um gole só, em um movimento fluido, aguardando chegar o esperado entorpecimento de seus sentidos. Para sua vergonha eterna, ele havia lambido o dedo para limpar todos os vestígios de Virtue pouco antes de Pamela invadir a biblioteca como um general prestes a derrotar um inimigo. Ainda sentia o doce gosto de almíscar dela em sua língua, e isso o estava levando à loucura.

Sem dúvida, precisava de mais um conhaque.

— Vai me contar o que aconteceu, ou terei que adivinhar? — perguntou Pamela, pálida, os lábios contraídos, quando ele estava enchendo o copo de novo.

Ele demorou um pouco para responder, erguendo o copo para a irmã, fingindo um brinde debochado.

— Preciso dar detalhes?

Trevor preferia não ter de fazê-lo, pois ele mesmo mal conseguia entender, na verdade. Em um momento, ele estava dormindo no divã da biblioteca e, no seguinte, sua tutelada estava lá, tentadora e terrivelmente adorável. E houvera uma estranha confluência de alívio por ainda estar vivo misturado com a atração desenfreada que sentia por ela. Não deveria tê-la tocado… Isso fora o começo de tudo. Aqueles punhos sedosos e quentes dela…

— Ridgely.

Pamela não se admirou com a pergunta dele. Teria ela esquecido que ele era seu irmão mais velho e que sua generosidade lhe fornecia seu farto guarda-roupa, as joias que tinha no pescoço e o teto sobre sua cabeça? Deering fora um perdulário; Pamela o amara desesperadamente, mas ele morrera na miséria, depois de esvaziar os cofres de sua família, e a deixou sem nada.

Mas ele não faria sua irmã recordar as dores do passado; isso seria errado. E por alguma razão, Trevor decidiu que já havia cometido erros suficientes naquele dia.

Tomou um gole fortificante de seu conhaque, suspirou, e por fim cedeu.

— Depois que os guardas se posicionaram, fui até a biblioteca e adormeci.

— Isso não explica como foi parar em cima de Lady Virtue no divã — apontou sua irmã em voz baixa.

Felizmente, nenhum criado havia ouvido sua indignação de momentos antes, e Pamela estava sendo extremamente cautelosa agora para preservar a ilusão de que nada de desagradável havia ocorrido. Ninguém saberia das transgressões dele contra o cordeiro inocente sob seus cuidados. Um ser inocente que, do jeito que ela o havia provocado, não era tão inocente quanto ele supunha.

Ela sabia como se dar prazer.

Céus!

Lady Virtue Walcot, corada e despenteada no divã, com as saias em volta da cintura, as coxas macias separadas revelando sua gloriosa boceta enquanto seus dedos trabalhavam sobre seu clitóris entumescido; era uma lembrança que viveria dentro dele para sempre.

Além da eternidade.

Uma escultura deveria ser encomendada para preservar o momento e celebrá-lo dali a cem anos, para que os homens pudessem ver que, outrora, uma deusa vagara pelas ruas de Londres, subjugando meros mortais como vira-latas. E nenhum deles era um vira-lata maior que Trevor.

— Não tem nada a dizer? — perguntou Pamela, cuja voz baixa vibrava devido à intensa indignação que sentia.

— Esqueci completamente sua pergunta — admitiu ele, irônico.

Ele estava pensando em Virtue. *De novo.* Isso quando deveria estar pensando nos desdobramentos de suas ações e na possibilidade bem real de que alguém estivesse tentando matá-lo.

A expressão de Pamela endureceu-se. Trevor e sua irmã sempre foram opostos. Ela puxara à mãe, com seus cabelos louros e seus olhos de um azul-claro. Ele fisicamente se parecia com o pai, de cabelos e olhos escuros. Essa era uma das razões, suspeitava ele, de sua mãe o detestar. E enquanto Trevor evitava o decoro e passava os anos se evadindo de seus deveres familiares como se fossem uma praga, Pamela era a filha obediente que se casara com o filho de um duque. Não havia sido culpa dela que Deering houvesse morrido antes de receber sua herança, deixando-a sem nada além da pensão a que tinha direito como viúva. Tampouco era culpa dela que seu marido fosse um péssimo jogador.

— Minha pergunta foi — repetiu a irmã, com um tom de voz que inicialmente estivera ausente em seu estado agitado — o que aconteceu entre você e Lady Virtue na biblioteca?

O que aconteceu foi que tudo que ele achava que sabia sobre si mesmo havia desmoronado e sido reorganizado. Ele se sentia como um mapa que parecia completo; mas que, na verdade, havia sido desenhado incorretamente.

Mas não estava disposto a confessar nada disso à sua furiosa irmã.

— Ela ainda é virgem, se é isso que quer saber — informou ele, tentando evitar dar mais detalhes.

O rosto de Pamela assumiu um tom profundo de vermelho.

— *Não* foi o que eu perguntei, embora esteja satisfeita por ouvir isso. Deus do céu, Ridgely, isso foi demais até mesmo para você.

Ela se envergonhava fácil demais para uma viúva. Trevor achou que nunca havia visto sua irmã, normalmente composta, tão agitada.

— Bem, permita-me livrá-la de qualquer preocupação quanto a isso — disse ele, com um gesto e um sorriso de desdém.

— Há quanto tempo isso vem acontecendo? — perguntou Pamela entre os dentes. — Vem abusando da moça durante toda a estadia dela na Hunt House, bem debaixo de meu nariz?

— Tais assuntos são delicados e exigem privacidade — respondeu ele devagar. — Eu jamais sonharia em abusar de minha tutelada debaixo de seu nariz, Pamela. Que tipo de canalha acha que sou?

— Pare de deboche! — gritou ela, e sua voz ecoou pelo aposento cavernoso feito o estalido de um chicote. — Como ousa escarnecer disso, Ridgely? Acaso é tão insensível e frio, acaso não tem consciência? Não se sente mal pelo que fez a Lady Virtue?

O que ele havia feito? Ora, a atrevida o mordera! E puxara seu cabelo. Depois, ficara impaciente com a provocação dele e cuidara de si mesma. Aquela encrenqueira era um perigo.

— Não estou escarnecendo, irmã querida — disse ele, mudando de tom. — Estou perfeitamente calmo. Você, por outro lado, está fazendo um espetáculo.

A zombaria dele aparentemente foi demais para Pamela.

Ela avançou com os olhos cintilando de raiva, algo incomum nela.

— Quanto tempo, maldição? Quantas vezes você se aproveitou dela? Eu a adverti contra os perigos que os pretendentes poderiam fazer à reputação dela, mas nunca imaginei que o maior perigo estaria aqui, em sua própria casa.

Ele não era um perigo para Virtue. Na verdade, estava tentando protegê-la mostrando-lhe os caminhos do mundo para que ela pudesse se casar melhor. Ela merecia um marido que a valorizasse, ora, não um almofadinha pomposo com as pontas do colarinho nos globos oculares.

A lembrança do visconde Mowbray foi oportuna. O que acontecera com os protestos de amor de Virtue por aquele idiota? Ela ficara bem calada sobre o assunto com a língua de Trevor em sua boca.

— Foi um erro — disse ele friamente. — E não vai acontecer de novo. Isso é tudo que você precisa saber.

Só que ele não tinha certeza disso. Não confiava em si mesmo quando se tratava de Virtue. Especialmente depois do que acontecera entre eles na biblioteca.

— Eu sou a dama de companhia dela. Pense no dano que causaria não só a Lady Virtue, mas a mim, se isso acabasse se tornando alvo de fofocas e se comentassem por aí que o próprio tutor a desencaminhara bem debaixo de meu nariz!

Pamela jogou as mãos para cima em desespero e depois olhou em volta, como se estivesse procurando um objeto que pudesse jogar.

No entanto, isso não fazia sentido. Era Pamela. Pamela era calma, nunca sentia raiva. Era sempre tranquila e implacavelmente educada.

Mas enquanto ele tinha esses pensamentos conflitantes, sua irmã pegou o tinteiro na escrivaninha e o jogou na lareira. Ele se quebrou, espalhando tinta pelos tijolos em seu interior.

Ele ficou olhando para aquilo por um momento, sem conseguir acreditar. Talvez finalmente houvesse conseguido fazê-la perder a cabeça. E com razão. Afinal, ele mesmo tinha quase certeza de que estava louco. Trevor nunca tivera a intenção de perverter sua tutelada. Vinha fazendo tudo ao seu alcance para evitar isso desde que ela chegara à Hunt House. Mas simplesmente... acontecera.

— Fico muito feliz por você ter uma excelente pontaria — disse ele, mantendo seu sangue-frio, tanto pelo bem de sua irmã quanto de si mesmo. — Detestaria ver toda aquela tinta no papel de parede.

Mas Pamela não havia terminado. Ela levantou o dedo indicador, para melhor repreendê-lo.

— Se você a tocar de novo, vou mirar em sua cabeça da próxima vez. Leve sua devassidão para qualquer outro lugar de Londres. Vá para sua sórdida casinha de má reputação. Arrume uma amante, se já não tiver uma, mas deixe Lady Virtue *em paz*.

Por que todos insistiam em dizer que The Velvet Slipper era um bordel? Não era. Mas a expressão obstinada de sua irmã indicava que essa não era a hora de discutir o assunto.

— Pretendo fazer exatamente isso. Como eu disse, o que aconteceu foi um lapso lamentável. Não vai voltar a acontecer.

Não poderia acontecer, por maior que fosse a força de seu desespero ao ansiar por isso. Mas o que sua irmã não sabia, e o que Trevor não poderia lhe contar, era que havia apenas uma mulher que ele desejava. E essa mulher não seria encontrada no The Velvet Slipper. Não havia cura para o que o afligia, exceto Virtue, e ele não podia tê-la.

— Se isso acontecer, não terá escolha a não ser se casar com ela você mesmo — alertou Pamela. — Não haverá outra maneira de protegê-la dos danos.

Algemar-se ele mesmo a Virtue? Por que essa ideia não o fez estremecer de repulsa? Ele nunca quisera se casar; essa instituição não o atraía. Mas pensar em Virtue em sua cama todas as noites…

Não. Isso não aconteceria. Ele não era o homem certo para ela. Alguém o odiava a ponto de querer vê-lo morto, pelo amor de Deus. Ele não podia esquecer que havia um prêmio por sua cabeça. Tierney tinha quase certeza de que o maldito que quebrara o pescoço na escada era um assassino de aluguel.

— Esteja certa de que não tenho nenhuma intenção de me casar com Lady Virtue nem com qualquer outra — disse ele suavemente. — Prometo manter distância dela. Você, entretanto, vai incentivá-la a se casar, e depressa. — Ele fez uma pausa, pensando melhor nessa ordem em particular. — Mas *não* com Mowbray.

— Qual é a objeção ao visconde? — perguntou Pamela, indignada.

— Não gosto dele. Ele não é bom o suficiente para ela.

— Hmmm — Pamela estreitou os olhos, analisando-o. — Eles pareciam encantados um com outro ontem à noite no baile de Montrose, quando dançaram juntos.

— Eu disse que não — replicou ele com tom seco. — Agora, há mais alguma coisa pela qual deseja me repreender, ou já terminamos?

— Vai me dizer por que de repente há rufiões perambulando pela Hunt House? — perguntou ela, pois aparentemente não havia terminado. — Há um homem chamado *Fera* vagando por aí como se fosse um convidado de honra. É tudo muito escandaloso, até mesmo para você.

Ele não gostava muito dessa nova Pamela.

— São homens de confiança para garantir a segurança da casa — disse ele com firmeza. — Não precisa se preocupar com eles.

Em poucas horas, Tierney reunira os melhores e mais temíveis homens que conhecia para a tarefa. Ele não dava a mínima se o nome deles era Belzebu ou Mefistófeles. Se Tierney dizia que eram guardas confiáveis, então eram e ponto. Não pretendia arriscar sua vida nem a das pessoas sob seus cuidados.

— É por causa do homem morto, então? — perguntou sua irmã, seu semblante ficando mais sério. — Achei que fosse um ladrão comum.

Pelo visto, Pamela não era tão bem-informada quanto Virtue. Mas Trevor não ficou surpreso por sua tutelada diligente ter descoberto a verdade antes de qualquer outra pessoa.

Ele suspirou, cansado, pois depois de ser repreendido por sua irmã durante a maior parte da última meia hora, não queria explicar também as complexidades do fato de haver alguém tentando matá-lo.

— Existe a possibilidade de que não fosse — afirmou simplesmente. — Os guardas permanecerão até que eu considere não serem mais necessários, para a segurança de todos dentro da Hunt House.

Pamela empalideceu de novo.

— Não gosto disso, Ridgely. O que está escondendo?

Ele abriu um sorriso falso e tranquilizador.

— Nada, minha cara. Estou apenas sendo cauteloso em demasia. Agora acabou?

— Espero que sejam acomodados para dormir nos estábulos — rebateu Pamela.

Ele soltou outro suspiro.

— Agradeço pela preocupação, irmã. Vou levar isso em consideração.

Ela fez uma reverência relutante.

— Obrigada. Mas esteja avisado, irmão. Não se esqueça do que eu disse a respeito de Lady Virtue. Se você a comprometer ainda mais, terá que se casar com ela.

Casar com ela... Como se ele fosse tolo o suficiente para se encontrar sozinho com Virtue e se deixar tentar por ela de novo.

CAPÍTULO 10

Virtue olhou para a pilha de livros que havia sido levada a seu quarto mais cedo por uma das criadas e soube muito bem o que significava essa devolução inesperada. Ela não tinha mais nenhuma dúvida, nem uma pontinha sequer.

Ridgely a estava evitando.

Ela havia suspeitado disso nos últimos dias, quando notara sua ausência à mesa do café da manhã e de todas as outras refeições posteriores. A princípio, havia suposto que ele estava limitando sua presença na Hunt House devido ao potencial perigo que o cercava. Mas os dias se passaram e, com os guardas presentes e nenhum outro atentado contra sua vida, ficara claro que havia outro motivo para sua ausência.

A própria Virtue.

Ela não podia perdoá-lo por tal insensibilidade. Tocá-la com tanta ternura e abraçá-la tão forte — eles haviam sido quase um — e depois simplesmente desaparecer e agir como se nada daquilo houvesse acontecido?

Ela não deveria ter se surpreendido. Tampouco o abandono dele deveria ter sido como uma adaga entre as costelas de Virtue. Ela não deveria ter passado os dias esperando que ele aparecesse, pensando em seus beijos deliciosamente lascivos, imaginando o que mais poderia ter acontecido se sua acompanhante não os houvesse interrompido.

Lady Deering, enquanto isso, andava soturna e desaprovadora após o incidente na biblioteca. Alertara Virtue dos perigos de se deixar envolver em situações comprometedoras.

— Ridgely é um libertino, minha cara — advertira ela com severidade. — Você nunca deve ficar sozinha com ele. Se o fizer, as consequências poderão ser muito maiores do que pode imaginar.

Consequências.

Virtue seria arruinada, insinuara Pamela. Se sua ruína significasse que ela retornaria a Greycote Abbey, teria seus méritos. Mas, por ora, ela ainda estava bem presa em Londres, onde menos desejava estar. Suspirando, Virtue decidiu ir à biblioteca. Os livros que Ridgely lhe havia devolvido não lhe interessavam muito no momento, e ela supunha que sua clemência sugeria que não estava mais proibida de entrar naquele aposento em particular.

Ela teria tempo suficiente para se vestir para o próximo baile, ao qual compareceria com Lady Deering, celebrado pelo marquês e a marquesa de Searle. Deixou seu quarto e seguiu pelo corredor. Passando por um dos quartos de hóspedes, ouviu vozes altas provindas de seu interior e parou. A voz feminina foi facilmente reconhecível: Lady Deering. Mas a voz masculina não pertencia a Ridgely. Curiosa, Virtue se aproximou e descobriu que a porta do quarto de hóspedes estava entreaberta.

E lá dentro estava sua acompanhante, estoica e composta, nos braços de um dos guardas que Ridgely levara para a Hunt House. O sujeito que era conhecido apenas como Fera, a menos que ela estivesse enganada.

— Sabe o que penso, marquesa? — dizia o homem de cabelos escuros com um leve indício de um sotaque desconhecido, e tão baixinho que Virtue quase não podia ouvi-lo.

— Não, e nem me importa saber o que pensa — respondeu Lady Deering. — O senhor é um bruto.

— Um bruto cuja boca você desfruta plenamente — replicou o guarda, irônico.

Virtue arregalou os olhos ao perceber que estava testemunhando um momento íntimo entre os dois. Lady Deering não estava se afastando daquele homem, e sim com os braços em volta do pescoço dele.

— Você é vil — disse ela, e puxou a cabeça dele para um beijo tão apaixonado que as orelhas de Virtue ficaram quentes e seu estômago deu um salto só de olhar.

Lady Deering sempre tão preocupada com o decoro! Era uma defensora dos ditames sociais. Virtue nunca havia imaginado que sua dama de companhia tivesse este outro lado...

Então se deu conta de que os estava bisbilhotando.

Virtue se afastou da porta e se voltou para sair dali, mas colidiu com um peito masculino bem familiar.

Ridgely a segurou pela cintura, firmando-a para não cair, pois ela perdera o equilíbrio.

— Virtue? O que está fazendo no corredor? — perguntou ele, franzindo a testa.

Deus do céu, e se ele descobrisse que Lady Deering estava beijando o guarda? Virtue precisava distraí-lo. Mas, no momento, ela mesma estava bastante distraída. Seus seios foram esmagados contra o peito dele e, sem a barreira do espartilho, ao qual ela havia renunciado esta tarde, seus mamilos ficaram instantaneamente duros com a colisão.

Ele estava com roupa de esgrima, com as mangas da camisa arregaçadas revelando seus antebraços, um nó simples na gravata sobre um colete bem-cortado e pantacourt em vez das calças habituais. Sua falta de formalidade o tornava ainda mais perversamente bonito.

— Eu estava… — ela se esforçou para formar uma resposta adequada à pergunta dele.

Não podia dizer que pretendia ir à biblioteca e que, em vez disso, descobrira a irmã dele em um abraço acalorado com um dos guardas.

Com ninguém menos que o homem chamado Fera!

— Você estava… — incitou ele, impaciente.

— Eu estava procurando uma coisa — retorquiu ela, aproveitando a primeira desculpa que lhe ocorreu.

— Procurando o quê? — perguntou ele com tom frio, mas sem a soltar ainda.

Ele a estava segurando bem perto, como se temesse que ela fugisse se a soltasse.

— Um livro — disse ela, usando o primeiro objeto que lhe ocorreu, pois havia ido à biblioteca para isso mesmo.

Ele estreitou o olhar.

— E em um dos quartos vagos?

Maldição, ele a havia visto à porta do quarto onde Lady Deering e o guarda estavam.

— Não está lá dentro — informou ela, abrindo um sorriso brilhante, ciente de que estava falando alto demais. — Pensei que talvez o houvesse deixado lá antes, enquanto explorava.

— Explorava?

— Sim — mentiu ela alegremente. — A Hunt House é tão grande que ainda estou descobrindo novos aposentos.

— Hmm — tornou ele, irônico, e deixando claro que não acreditava nela.

Era justo; afinal, ela *estava* mentindo. Mas ela precisava afastá-lo do quarto onde Lady Deering e o guarda estavam escondidos. Virtue devia isso à sua acompanhante, pelo menos.

— Talvez você possa me ajudar a encontrá-lo — sugeriu ela.

Ridgely a soltou.

— Acabo de voltar da esgrima. Estava a caminho de meu quarto quando você me interceptou.

— Acho que o deixei na sala de música — mentiu ela. — Ou foi na biblioteca?

— Você e bibliotecas são um perigo — murmurou ele.

E ela sabia a que ele estava se referindo. Àqueles beijos. Àqueles momentos insuportavelmente eróticos que compartilharam juntos no divã. Seu estômago revirou de novo, e ela sentiu um calor no ventre.

— Vai me ajudar a encontrá-lo, Ridgely? — perguntou ela com toda a sua doçura. — Por favor!

— Se for necessário — cedeu ele. — Mas só para eu não precisar me preocupar com você invadindo todos os cômodos em busca dele. Como o perdeu tão depressa? Acaso os livros não acabaram de lhe ser devolvidos?

Ela foi em direção à escada em espiral.

— Não foi um daqueles livros que perdi. Foi outro.

Ridgely a seguiu, acompanhando-a com seus passos largos. Ele estava com botas de Hesse brilhantes que junto com a pantacourt para esgrima acentuavam ainda mais suas panturrilhas musculosas.

— Achei que tinha lhe dito que estava proibida de pegar mais livros — afirmou ele com ironia.

Virtue deu-lhe um sorriso.

— Lady Deering me levou a uma livraria.

Isso era verdade, mas ela não seria tão frívola a ponto de abandonar um de seus preciosos achados na sala de música. No entanto, Ridgely não precisava saber disso.

Ele murmurou algo que pareceu a ela ter sido *Pamela e suas malditas compras.*

— Falando nisso, você devolveu meus livros — relembrou ela. — Houve alguma razão para sua mudança de opinião quanto à minha penitência?

— Lady Deering sugeriu que se você tivesse algo com que ocupar a mente, talvez se metesse menos em apuros. — O tom dele era lúgubre; desciam as escadas juntos, quase de braços dados, quase se tocando. — Parece que ela estava errada mais uma vez.

— Tenho sido uma tutelada muito zelosa nesses últimos dias — defendeu-se ela.

Eles estavam chegando ao salão principal, e ela se preparou para ser assombrada pela lembrança do que havia acontecido naquela mesma escada pouco tempo antes e o ataque que precedera aquele evento.

— Fui informado de que você foi passear no parque com Lorde Mowbray — disse ele.

E fora o que ela havia feito. Seu empenho em causar problemas a Ridgely não havia terminado, nem seu desejo de voltar a Greycote Abbey.

— Fui — replicou ela.

— Ignorando minha preocupação de que o visconde não seja um pretendente digno — disse Ridgely, com sua postura tão ereta e sendo formal de um jeito que ela nunca o vira ser antes.

Talvez fosse porque estavam à vista dos criados. Não que pudessem ver algum; os criados bem treinados da Hunt House eram silenciosos como ratos e muito difíceis de encontrar, a menos que alguém os chamasse.

— Lady Deering discorda — rebateu ela, indo para a sala de música.

— Lady Deering está errada — respondeu ele. — Mowbray é um dândi estúpido.

— O faetonte dele é adorável — declarou Virtue alegremente enquanto entrava na sala e começava a procurar seu livro inexistente.

Ela cometeu o erro de lançar um olhar para trás, onde estava o duque. Os antebraços dele, tão abertamente revelados a seus olhos ávidos, quase fizeram seus joelhos cederem.

— O faetonte dele — disse Ridgely, com um sorriso de escárnio — não se compara ao meu.

— Não sei dizer — asseverou ela, dando de ombros. — Nunca fui levada a passear no seu.

Além de ter sido deveras ignorada por você nos últimos dias, pensou ela, ainda magoada. Quatro dias. Não que ela estivesse contando.

— Talvez tenhamos que remediar isso — objetou ele. — E posso lhe mostrar a diferença entre as tolas pretensões de um almofadinha e o gosto refinado de um homem inteligente.

O que ele achava que o tornava tão superior? Ela pensou, subitamente irritada. Mas então lhe ocorreu que Ridgely era um duque e Mowbray, um mero visconde. E Ridgely era muito mais bonito e charmoso.

Não havia comparação, maldito homem!

— Que palavras duras você tem para Lorde Mowbray!

Ela se afastou de Ridgely, fingindo inspecionar as almofadas do assento da janela, como se pudesse ter deixado o misterioso livro ali.

— E não sem merecimento.

Em vez de vasculhar o aposento em busca do livro, como ela havia suposto que ele faria, Ridgely a seguia. Ele estava perigosamente próximo, e sua presença a queimava por dentro com um calor que não poderia ser contido.

Aquele homem era uma chama, e ela estava pronta para entrar em combustão.

— Hmmm — murmurou ela, repetindo a resposta irônica dele de antes. — Lady Deering disse que devo me casar logo, e o visconde deseja se casar. Ele já me falou isso.

— Quando, maldição? — rosnou Ridgely. — No faetonte dele?

A raiva no tom de voz de Ridgely pegou Virtue de surpresa. Ele costumava ser descontraído, e suas reações eram lânguidas e cheias de charme.

Ela se voltou e o encontrou bem perto; era a imagem do refinamento aristocrático com um toque de aspereza e perigo que ela não podia deixar de achar atraente.

— E se foi? — perguntou ela, testando-o.

Testando os dois, na verdade, e ela não sabia bem por quê. Virtue conseguira provocar a irritação de Ridgely. Ele vibrava com desagrado.

— Ele a beijou? — perguntou ele, em vez de responder.

Acaso o duque de Ridgely estava com *ciúmes* do visconde Mowbray? Isso era impossível. Mas se fosse verdade, a raiva que ele exalava faria sentido. Assim como seus ombros tensos e sua mandíbula retesada, e a fúria que cintilava nas profundezas escuras de seus olhos cor de chocolate.

Na verdade, o visconde havia sido um perfeito cavalheiro. Também provara ser o tipo de companhia que se delicia em falar sobre si mesmo, pois não fizera uma única pergunta querendo saber mais dela. Pelo número de vezes que ela havia falado, se Mowbray estivesse sozinho em seu elegante faetonte, não teria feito diferença.

Ela hesitou, pensando em que resposta daria a Ridgely. Ele quase desaparecera de sua vida após o que ocorrera na biblioteca. A paixão que ela conhecera com ele produzira uma mudança radical nela; cada parte de seu corpo ganhara vida de uma maneira nova e desconhecida. E ele simplesmente seguira seu dia a dia sem ela. Nem uma palavra. Nem um olhar, nem um toque. Nem mesmo um bilhete com os livros que ele mandara para o quarto dela.

Virtue ergueu o queixo e lançou ao duque um sorriso que ela esperava ao menos ser lascivo, que dissesse que Mowbray a havia beijjado até perder a cabeça e ela havia adorado cada momento de suas atenções imaginárias.

— Claro que sim.

As narinas de Ridgely se dilataram e ele apertou os punhos.

— Aquele canalha! Vou desafiá-lo para um duelo. Como ele ousa importunar minha tutelada com suas atenções inconvenientes? Isso não ficará assim.

Um duelo? Deus do céu! Ela não imaginava que ele ficaria tão furioso com sua mentira a ponto de desafiar Mowbray a tiros de pistola ao amanhecer.

— Não faça isso — pediu ela, acanhada. — Provocaria um terrível escândalo.

— Não mais escandaloso que ousar tomar liberdades com você no faetonte dele — rebateu Ridgely. — Vou arrancar as pontas daquele colarinho e enfiá-las nele goela abaixo.

Oh, céus!

Como sua ida à biblioteca se desviara tanto do que fora sua intenção?

— Ele não me beijou — admitiu ela depressa, envergonhada.

— Está negando o beijo para que eu mude de ideia? — perguntou ele com severidade.

— Não — ela desviou o olhar, encarando os desenhos do tapete Axminster. — Lorde Mowbray não me beijou em seu faetonte. Não me beijou em lugar algum. O único homem que me beijou foi você, e você tem me ignorado, seu estúpido insuportável, arrogante e ladrão de livros!

No instante em que essas palavras saíram de seus lábios, ela cobriu a boca com a mão, chocada com o furor de sua resposta. Ela não tinha a intenção de revelar tanto. Não queria que Ridgely soubesse quão profundamente a afetara aquilo que acontecera entre eles. Definitivamente, não queria que ele percebesse que sua ausência havia sido fonte de tanta consternação e mágoa para ela.

Ela mesma abrira o jogo. A própria Virtue acabara lhe contando tudo.

Trevor deveria estar envergonhado pelo orgulho possessivo que crescera em seu peito com a revelação de Virtue de que Mowbray não a havia beijado em seu faetonte, como ela havia afirmado inicialmente. A encrenqueira mentira, e com muita ousadia. Não havia nenhuma razão para que a descoberta de sua mentira o deixasse excitado. Exceto uma:

Ele era depravado.

Depravado a ponto de ficar absurdamente satisfeito ao saber que ele era o único homem que já beijara Lady Virtue Walcot, a tutelada que o levara à beira da loucura de tanto desejo. A mulher na qual ele pensava quase o tempo todo que passava acordado desde que ela se dera prazer no divã grego na biblioteca. Ele havia tentado aplacar seu pau mais vezes do que acreditava ser possível com a lembrança daqueles dedos delicados trabalhando sobre o clitóris inchado, aquelas coxas macias abertas revelando as pétalas rosadas do sexo de Virtue.

Ela estava com a mão sobre os lábios, que também haviam aparecido bastante nas fantasias sórdidas dele. Os olhos cor de mel dela estavam arregalados, e com razão. Ela mentira para ele e depois o insultara. Qualquer outro homem em seu lugar teria ficado indignado.

Mas ele não era qualquer outro homem. E tudo que Trevor queria era jogá-la no assento da janela atrás dela e entrar em sua boceta gotejante até que ambos perdessem a cabeça e ela esquecesse a existência de todos os outros homens.

Especialmente do visconde Mowbray.

— Você mentiu — disse ele baixinho, em vez de ceder àquele impulso tolo.

Ela baixou a mão e a culpa tomou suas feições expressivas.

— Sim, perdão. Não deveria ter mentido, Mowbray foi um cavalheiro. Ele não merece enfrentá-lo em um duelo por um pecado que não cometeu.

— Mowbray que vá para o inferno — redarguiu. — Diga-me por que mentiu.

— Para irritá-lo, suponho — admitiu ela, e então ficou mordiscando, pensativa, seu suculento lábio inferior antes de continuar. — Fiquei aborrecida com você, e você deixou clara sua desaprovação ao visconde. Aproveitei a oportunidade sem pensar nas consequências.

Esse era o momento de ele aceitar suas desculpas e se despedir. Para começar, ele nunca deveria ter ido à sala de música sozinho com Virtue, muito menos ser envolvido em uma conversa sobre beijos. Ela poderia muito bem encontrar o livro sozinha. Ficar ali de pau duro com sua tutelada diabolicamente tentadora, a quem não conseguia parar de tocar, era nada menos que uma loucura.

Mas Trevor era insano. Porque ele tinha que saber. Ele tinha que ficar. Ele tinha que testar sua própria determinação um pouco mais.

— Por que estava aborrecida comigo? — perguntou ele, de novo fascinado pelo acabamento do corpete dela, um X que cruzava aqueles seios abundantes e os fazia parecer maiores.

Meu Deus, acaso os mamilos dela estavam duros? Ele conseguia *mesmo* vê-los através do vestido e espartilho?

A resposta o atingiu quando ele forçou seu olhar para cima, de volta ao rosto adorável e os lábios em movimento dela. Virtue não estava usando espartilho.

— Você sumiu… — disse ela — … depois do que aconteceu na biblioteca. — Foi… você me beijou daquele jeito… e depois nada. Lady Deering me avisou que você é um libertino e que seduz uma mulher diferente a cada dia. Atrevo-me a dizer que eu deveria ter dado ouvidos a ela.

Franzindo a testa e abraçando a própria cintura, como se estivesse contendo suas emoções, Virtue tentou escapar dele.

— Não vá — ordenou ele, segurando-a pelo cotovelo e impedindo-a de fugir. — Espere.

Sua irmã realmente havia dito a Virtue que ele era um libertino? Que ele seduzia uma mulher diferente a cada dia? Se assim fosse, ela tinha uma opinião bastante exagerada das proezas dele.

O semblante de Virtue era uma máscara de indecisão e mágoa. A mágoa foi o que o atingiu no estômago como um soco. *Ele* é que a havia causado. Não tivera a intenção, mas a magoara. Sentiu raiva de si mesmo, não queria machucá-la nem por um segundo sequer.

— Afastei-me para seu bem — explicou ele gentilmente.

— Ora, como um libertino faz sua inconstância parecer heroica! — retrucou ela, irônica.

Ele merecia o desprezo dela. Era mais velho, infinitamente mais experiente, tutor dela. Deveria ter pensado melhor antes de tocá-la, de beijá-la.

De se deitar com ela no divã da biblioteca.

Mas ele não resistira. Assim como não conseguira conter-se ao estender a mão livre para colocar uma mecha perdida de cabelo acaju atrás da orelha dela. Nem impedir que seus dedos se demorassem naquela pele sedosa, sentindo o calor dela o queimar como fogo.

— Não é a inconstância que me afasta — admitiu ele, com a voz rouca de uma emoção que não conseguia entender. — É a necessidade de protegê-la de mim mesmo.

Ela estava imóvel, fitando-o com um olhar abrasivo, com uma expressão inescrutável.

— Não preciso de sua proteção, Ridgely. Sei me cuidar.

Trevor queria que ela entendesse quem ele era para afastá-la; para o bem dela.

— Precisa, sim — rebateu ele com firmeza. — Minha irmã estava certa, *sou* um libertino sem consciência. Eu poderia tomá-la agora e não me arrependeria nem por um momento.

Ele esperava que ela reconhecesse o perigo de continuar ali, ao seu alcance, sozinha na sala de música com a porta bem fechada e ninguém mais por perto. Esperava que ela recolhesse as saias, como a maioria das moças castas faria, e fugisse das garras do canalha dissoluto. Ele era o tipo de homem de que as mães alertavam suas debutantes para terem cuidado. Sua própria irmã o considerava capaz de seduzir uma inocente por diversão.

E a triste verdade era que ele, sem dúvida, *era* capaz de seduzir Virtue. Mas não por diversão, e sim porque a queria mais do que qualquer outra pessoa ou coisa que já havia desejado em seus trinta anos de vida.

Mas ela era Virtue, e Virtue era destemida, imprudente e, como ele havia dito a ela naquele dia na biblioteca, um tanto selvagem.

Então, ela ergueu o queixo, desafiadora.

— Eu também não me arrependeria se você o fizesse.

As palavras dela foram como um raio de luxúria caindo diretamente no coração dele. A reação de Ridgely foi instantânea e incontrolável. Uma mão, que estava perto do pescoço dela, tremeu, e então ele a puxou pela nuca, enquanto a outra soltou o cotovelo e pousou na parte inferior das costas dela. Ele não conseguia se livrar da sensação de que ali era o lugar de Lady Virtue Walcot.

Em seus braços.

— Não deveria pensar assim — murmurou ele, ainda tentando não a beijar, por maior que fosse a vontade de ter os lábios dela nos dele.

— Não me diga o que eu devo pensar, Trevor — decretou ela, cheia de coragem.

E foi isso. Ela o chamara pelo nome de batismo. Ela o *repreendera*. E por Deus, ele adorara. Amava cada segundo lascivo, errado e proibido de estar sozinho com ela, suas curvas exuberantes pressionadas no pau duro dele da maneira mais deliciosa, e seu doce aroma floral invadindo os sentidos dele.

— Sou seu tutor — recordou ele a ela.

E a si próprio também, na verdade.

Mas o alerta desapareceu quando ele acariciou a pele macia da nuca de Virtue. Seu polegar encontrou seu lar na convidativa depressão onde começava a linha do cabelo dela e, sem esforço consciente, ele aninhou a cabeça dela em suas mãos, perdido nas profundezas brilhantes daqueles olhos salpicados de ouro. Na selvageria daquele momento, Trevor pensou que ela era uma deusa destinada a ele. *Feita* para ele.

— Não quero que você beije Mowbray.

Essa admissão foi arrancada dele; ele não tivera a intenção de dizer isso. Quem era aquele homem em quem se transformara? O que aquela atrevida havia feito com ele?

— Nunca — acrescentou, para ter certeza de que ela entendera.

— Por que não? — perguntou ela, provocando-o, como sempre fazia.

Ele gostava da ousadia dela, de seu jeito desafiador. Gostava da marca de nascença que ele sabia estar escondida naquele ponto sensível do pescoço dela indo até seu ombro. Gostava da cor dos lábios dela, manchados pelos beijos dele. Gostava do trabalho ávido de sua mente, sua inteligência, seu espírito indomável. Ela era uma mulher diferente de qualquer outra que ele já conhecera; sua determinação de ser ela mesma e viver a vida segundo suas próprias regras era algo a ser não só admirado, mas também saboreado. Saboreado da mesma maneira que ele saboreava sua beleza, suas curvas, sua resposta sensual.

— Porque eu quero ser o único homem a beijá-la — respondeu Trevor.

Eles se fitaram depois dessas palavras que lhe escaparam. Palavras imprudentes e estúpidas. Como ele podia dizer que queria ser o único homem a beijá-la? Acaso era verdade?

Sim, era, Trevor deu-se conta, para seu espanto e consternação. Ele queria Virtue só para si. Era egoísta, ganancioso, queria possuí-la, beijá-la, dar-lhe prazer e...

E...

Não, ele não se permitiria esse último pensamento aberrante e totalmente inconveniente.

Casar-se com ela, *não*. Não?

Ela o beijou, e seus pensamentos loucos se dispersaram num instante, varridos por uma onda de pura luxúria animal. Quanto mais ele beijava e tocava Virtue, maior o efeito que ela exercia sobre ele. Bastava um toque da sua boca na dele, e ele estava perdido.

✖ 116 ✖

Grunhindo — sim, como um lobo com a intenção de devorar sua presa —, ele intensificou o beijo, deslizando a língua no calor úmido e acolhedor da boca de Virtue, doce como sempre, e Ridgely não se cansava dela. Virtue respondeu com a mesma intensidade, agarrando os ombros dele, empurrando aqueles deliciosos seios contra ele, fazendo-o jurar que podia sentir seus mamilos pressionados contra seu peito. Sem espartilho, pensou ele de novo. Quase nenhuma barreira para manter suas mãos, lábios e língua longe do que mais queriam.

Aquilo ia acabar mal.

Ou maravilhosamente bem.

De qualquer maneira, ele não conseguia parar. Nem queria.

Ele fechou os olhos e se rendeu à poderosa atração dos lábios de Virtue respondendo aos dele.

CAPÍTULO 11

Virtue se agarrava a Ridgely e retribuía seus beijos ferozes com toda a voracidade que crescia dentro dela. A raiva e a frustração foram anuladas pelo desejo. A admissão dele a deixara estranhamente tonta e lasciva. As palavras dele ecoavam em sua mente enquanto ele arrebatava os lábios dela. *Quero ser o único homem a beijá-la.*

Sim, por favor...

Corrompa-me, pensava ela enquanto a língua dele se enroscava na dela; e para sua vergonha, ela não estava pensando em Greycote Abbey nem nos eventos que sua reputação arruinada provavelmente desencadearia. Não, ela estava pensando apenas em si mesma. No que ela queria.

Corrompa-me, pensava enquanto ele a beijava até chegar à sua mandíbula, e lambia a curva de sua orelha.

Corrompa-me, pensava enquanto ele passava os lábios por seu pescoço e, a seguir, encontrava um lugar particularmente sensível na curva de seu ombro, onde ele afundou os dentes e fez a sensação repercutir entre suas pernas.

— Ah — suspirou ela, agarrando-se a ele e jogando a cabeça para trás. — Meu. — Trevor chupou o pescoço dela. — Deus...

— Por Deus, eu poderia devorá-la.

As palavras dele ditas em uma voz baixa e gutural acentuavam mais a pulsação e o incômodo do sexo de Virtue. Doía mais que naquele dia no divã, e ele ainda mal a tocara.

Ele encontrou as fitas do vestido dela e as soltou. O corpete cedeu e ele puxou as mangas, tirando sua chemise junto. O som de fios estalando e se rasgando se misturava com a aspereza da respiração dos dois. A chemise precisaria ser remendada. Talvez o vestido também.

Mas ela não se importava.

Ele puxou punhados de tecido até a cintura dela, e o ar fresco da sala de música, onde a lareira não estava acesa, fez seus mamilos se enrijecerem ainda mais. Seus seios eram grandes, ela sabia. Para seu constrangimento, pensava desde que haviam crescido, alguns anos antes. Mas não sentiu vergonha quando Ridgely os pegou nas mãos, e com os polegares começou a esfregar os bicos sensíveis.

— Céus, você é perfeita — disse ele com voz abafada. — Posso?

Ela não sabia para que ele estava pedindo permissão, visto que já a estava tocando. No que dizia respeito a ela, o único problema que eles teriam seria se ele parasse. Ele apertou suavemente os seios dela e, oh… ela adorou ver aquelas mãos grandes e habilidosas massageando sua carne, seus polegares atiçando seus mamilos, e depois ele os pegando com os indicadores e os girando até que faíscas de prazer a atravessaram.

— Sim — ela conseguiu dizer. — Sim para tudo. Faça o que quiser.

Ele abriu um sorriso diabólico, e as más intenções dele fizeram os joelhos dela quase cederem.

— Não me dê carta branca, querida. Ou nem sei o que posso fazer.

— Não importa — replicou ela, sua sinceridade explícita. — Faça o que fizer, vou gostar. Adorar, na verdade, disso não tenho dúvidas. Como não tenho dúvidas de que o sol nasce no leste e se põe no oeste.

— "Que luz se escoa agora da janela?" — citou ele, beijando-lhe o seio.

Ah, sim… Os beijos dele nela eram uma boa ideia, de fato. A pergunta dele lhe soava familiar. Virtue já havia ouvido essas palavras tão adoráveis antes.

Vasculhou em sua mente confusa de luxúria e encontrou a resposta que estava procurando.

— Shakespeare.

— *Romeu e Julieta* — confirmou ele, com a boca percorrendo o outro agora, como se quisesse marcar cada parte da pele dela com seu beijo. — "Será Virtue o sol daquele oriente?".

Ela poderia rir daquele jogo de palavras, mas ele tomou seu mamilo na boca e sugou com força. Virtue gritou e, dessa vez, seus joelhos cederam. Mas ele a segurou e a guiou suavemente para o assento da janela e suas almofadas. Foram tropeçando nos móveis, ele tomando cuidado para evitar que todo seu peso caísse sobre ela, enquanto a luz do sol entrava pelas frestas das cortinas, lançando neles um brilho dourado.

Podia ser um sonho, tão surreal era o duque de Ridgely ali, olhando para ela com uma expressão de desejo. Ele inclinou a cabeça e, com a língua, pintou um círculo preguiçoso ao redor do mamilo dela, e a dor pulsante entre as coxas de Virtue lhe disse que nenhum sonho jamais poderia ser tão delicioso.

— Isto…

Ele parou e tocou o bico do seio com a língua.

— É…

Outra pausa, e ele chupou forte e, ao liberar o mamilo, provocou um estalo vigoroso.

— Um…

Mais uma pausa, e ele deslizou os lábios sobre o bico rosado.

— Aviso.

Ele a beijou entre os seios.

— Vá embora. — Outro beijo. — Enquanto. — Mais um beijo. — Pode.

— Não vou a lugar nenhum — suspirou ela, com as mãos vagando sem rumo por onde o alcançava.

Ombros, braços, suas costas largas, os cabelos. Ela pegou um punhado, deliciando-se com os fios sedosos entre seus dedos exploradores.

Outro beijo de Ridgely, e então ele chupou seu mamilo com força. Levou as mãos por baixo das saias, anáguas e chemise, roçando suas meias, acima das ligas.

O aviso dele não a alarmou, nem um pouco. Ela queria aquilo. Queria o duque de Ridgely. Queria seu toque, seu beijo, seus lábios. Desejava-o com um furor que clamava e vibrava dentro dela, que era mais forte que o intuito de voltar para sua casa.

Como ele fazia aquilo? Como conseguia tirá-la do prumo apenas com aquelas mãos e lábios habilidosos?

Ele foi beijando o caminho de volta para a boca de Virtue, enquanto sua mão encontrava a parte interna das coxas dela. Ela as afastou um pouco enquanto ele acariciava mais acima, encontrando o centro do desejo dela. Ele passou os dedos por suas dobras e começou a esfregar em círculos no ponto em que ela era mais sensível, naquela protuberância que ela instintivamente sabia que estava inchada e molhada.

— O que eu quiser? — sussurrou ele com os lábios nos dela.

Eram palavras obscuras, misteriosas e pecaminosas, cheias de promessas.

— Sim — sussurrou ela, pois os dedos dele já estavam fazendo seus quadris se contraírem, querendo mais. — O que você quiser.

O rosto dele estava impossivelmente próximo ao dela, a respiração de ambos se misturava, os lábios se roçavam enquanto ele falava.

— Quero que você goze para mim. Como fez na biblioteca; mas, desta vez, com o meu toque.

Ela queria isso, e o disse sem palavras, beijando-o avidamente e enfiando a língua na boca de Ridgely. Ele soltou um som baixo de prazer e enroscou a língua na dela, aumentando o ritmo e a pressão de seus dedos.

Eles ficaram assim, com os membros emaranhados no assento da janela, escondidos do mundo na privacidade da sala de música. Os beijos eram vorazes e profundos. Ridgely — ou Trevor, como ela devia pensar nele naquele momento de surpreendente intimidade — a envolvia. O ar que ela inspirava era dele. Cada batida do coração dela era um ritmo frenético que ele alimentava, tocando-a em um crescendo estonteante. Seus dedos trabalhavam nela cada vez mais rápido, enquanto sua língua invadia a boca de Virtue, até que tudo dentro dela se contraiu antes de explodir.

O êxtase foi tão repentino e forte que ela não conseguiu conter um gemido alto. Ele o encobriu com sua boca e continuou acariciando-a, até as coxas dela começarem a tremer e ela ficar tão insuportavelmente sensível que pensava que ia se desmanchar. Só então ele interrompeu o beijo e baixou a cabeça para esbanjar atenção aos seios dela mais uma vez.

Mas seus dedos não haviam terminado ainda.

Eles mergulharam mais fundo, encontrando outra parte dela que estava dolorida. Ele brincou ali, provocando a entrada com uma leve pressão. Era uma sensação nova para ela, enlouquecedora e deliciosa ao mesmo tempo. O corpo dela se contorcia, dominado pelos instintos que o controlavam, ondulando contra ele.

Um dedo mergulhou dentro dela depois de um leve impulso.

Ela ofegou ao sentir a intrusão desconhecida.

Ele beijou seu mamilo, lançando a ela um olhar acalorado.

— Diga-me quando parar.

Mas ela não queria que ele parasse.

Ela sacudiu a cabeça, que estava caída sobre a almofada, metade do coque desfeito, grampos espetando seu couro cabeludo. Mas ela não se importava.

— Não pare.

— Quero usar a língua — disse. — Você permite?

Usar a língua para quê? Ela não sabia. Não conseguia entender. Ele já a havia usado tanto, e ela sentira coisas maravilhosas.

— Sim — disse ela, pois não havia outra resposta.

Seja lá o que ele quisesse, ela queria mais.

Virtue ficou confusa quando ele se afastou, aliviando o peso sobre ela. Estendeu a mão para ele, em protesto, mas Trevor beijou seus dedos e caiu de joelhos no chão, ajeitando o corpo dela de modo que ficasse de frente para ele, não mais atravessada horizontalmente sobre as almofadas. E então ele fez uma coisa mais estranha ainda.

Ele levantou as saias com um movimento hábil e, com outro, colocou os joelhos dela sobre seus ombros. Segurou-a pela bunda e a puxou para si.

— Tr-revor — gaguejou ela, chocada. — O que pretende fazer?

Ela havia lido sobre tais assuntos, claro, nos livros pecaminosos que conseguira encontrar, mas achava que as cenas que lera eram a imaginação hiperbólica de autores devassos.

— Relaxe, querida — disse ele suavemente, dando um beijo na parte interna da coxa dela. — Deixe que eu lhe mostre.

Sem dúvida, pensou ela, um homem não colocaria seus lábios na…

Trevor acomodou a cabeça firmemente entre as pernas dela.

Ah.

Mas aquele homem colocaria. Ele começou a lambê-la gentilmente, a princípio, como se estivesse saboreando algo delicioso que não queria devorar de uma só vez. Como era maravilhoso sentir o calor dos lábios e da língua dele deslizando ali! Ele soltou um *Hmmm* baixinho, e o som retumbou na carne de Virtue.

— Doce — murmurou ele com a boca no sexo dolorido dela. — Doce como mel, assim como seus lábios.

Tudo que ela pôde oferecer como resposta foi um leve gemido enquanto ele a dominava, deleitando-se com seu sexo, até que ela começou a se contorcer, ofegante, desavergonhada, arqueando o corpo para a boca devassa dele, procurando com os dedos os cabelos dele mais uma vez. Ela puxou e ele respondeu dando mais atenção àquela protuberância, lambendo mais rápido antes de chupar.

— Ah — ela ofegou, já sentindo o estímulo dentro de seu ventre.

Ele a soltou e deu um beijo no ponto latejante.

— Ainda não — disse ele, notando a terrível necessidade do corpo dela. — Quero saborear você um pouco, primeiro.

Saboreá-la. Ela estremeceu, e não por falta de fogo na lareira. Ele a lambeu dentro, seguindo o mesmo caminho que seus dedos haviam feito, enfiando e tirando a língua. Ela soltou outro gemido e uma súplica em uníssono.

Se não tomasse cuidado, atrairia todos os criados.

— Morda as costas da mão — ordenou ele gentilmente, e subiu de novo até o clitóris.

Ela obedeceu, pegando os nós dos dedos com os dentes e mordendo, enquanto ele a chupava e levava um dos dedos à entrada dela. Ela sentiu a mesma pressão deliciosa, intensificada pela boca exigente dele, a forte sucção alternada com leves mordiscadas, até que começou a se contorcer de um prazer tão delicioso que mal podia suportar.

Ele deslizava o dedo devagar, para dentro e para fora, cada vez mais fundo, preenchendo-a de uma maneira que sua língua não conseguia. E então, mais. Outro dedo. O sexo de Virtue estava incrivelmente esticado. Trevor não dava trégua com a boca, exigindo o orgasmo, bombeando no ritmo ofegante dela.

Mais forte. Mais rápido. O coração de Virtue galopava em seu peito. Até que ela explodiu. Esse gozo foi mais rápido que o anterior, atravessou-a como fogos de artifício no céu noturno. Era uma explosão gloriosa, linda, deliciosa. Ela tinha certeza de que morreria de prazer.

Quando terminou, ela ficou ali, exausta e lânguida, e pensando que, de uma maneira bastante involuntária e ridícula, talvez estivesse apaixonada pelo duque de Ridgely.

O que Trevor havia feito?

Autocontrole? Pelo visto ele não tinha nenhum. Honra? Alguma vez já havia tido um pouco ao menos? Se tivesse, o último resquício foi obliterado no instante em que levantara as saias de Virtue e a chupara até fazê-la gozar com a língua e os dedos.

O gosto dela ainda estava em sua boca, em seus lábios.

Mel e almíscar. Doce e sensual. Assim como ela.

Arrependimento? Por Deus, nenhum!

Com as mãos trêmulas pela força de sua reação a ela, ele baixou suas saias, relutante, restaurando-lhe o decoro e estragando a visão mais fascinante que ele já havia tido: Virtue no assento da janela, quase nua, completamente arrebatada.

Por ele.

Ele se levantou e se inclinou sobre ela com a intenção de ajeitar-lhe o corpete. Mas parou, hipnotizado pela expressão sonhadora no adorável semblante dela. Ele estava enganado antes. Era *assim* que ele a pintaria: mechas escuras de cabelo escapando de seu coque e emoldurando seu rosto, lábios inchados, seios cheios saindo de seu vestido, macios e perfeitos, com mamilos duros e rosados. E luz do sol caindo sobre ela como uma teia dourada.

Nenhuma Vênus capturada em óleo sobre tela jamais fora tão sedutora.

Só havia uma solução para o atual dilema em que se encontrava.

Ele passara as últimas semanas convencido de que deveria casar Lady Virtue Walcot o mais rápido possível para poder seguir com sua vida. Mas era evidente que o único homem com quem Trevor poderia casá-la seria ele mesmo.

Seu pau dolorosamente duro lhe dizia que era a única maneira. Um dia, ele teria que se casar com alguém, gerar um herdeiro. Caso contrário, seu odioso primo Ferdinand Clutterbuck herdaria o título e levaria suas propriedades e todo seu povoado à ruína.

Por que não se casar com Virtue? Dois coelhos, uma cajadada etc.

Não era o ideal. Ele não estava preparado para se casar. Mas haviam ocorrido atentados contra sua vida, alguém o queria morto. Talvez até o primo Clutterbuck. Pensar nisso aplacou a necessidade furiosa de possuir Virtue ali, naquele momento, terminar o que havia começado e dar a ambos o que mais queriam.

Pensar na morte e no primo Ferdinand era um remédio e tanto para acabar com a ereção de um sujeito.

— Permita-me ajudá-la — disse ele, tentando colocar o corpete dela de volta no lugar bastante sem jeito.

O que não era fácil, com aqueles seios abundantes por todo lado. Eram como prisioneiros recém-fugidos da prisão e, agora que estavam em liberdade, não queriam ser contidos por linho e musselina.

— Creio que eu esteja indecente — replicou ela, ainda sem fôlego, com as faces lindamente coradas.

Ela se apoiou nos cotovelos, o que não ajudou as tentativas dele de ajeitar sua roupa.

— Maldição — murmurou ele —, seus seios são tão rebeldes quanto você.

— Deixe que eu mesma faço isso — disse ela. — Acho que você arrebentou a costura em alguns lugares.

Meu Deus, ele era um bruto!

Ele engoliu em seco ao pensar na maneira como ela o reduzira tão facilmente a nada além de pura luxúria carnal. Como o deixara de quatro. Fazia poucas semanas que Virtue entrara em sua vida com a força de uma tempestade de verão, e ele era incapaz de resistir a ela.

Com movimentos rápidos e eficientes, ela ajeitou a chemise e o corpete. Ele deveria tê-la ajudado. Deus sabia que ele havia ajudado muitas amantes a se vestirem depois de encontros frenéticos. Mas ainda estava abalado demais pela conclusão a que chegara para ser de grande utilidade.

— Nós nos casaremos, é claro — soltou.

Não exatamente da maneira como pretendia dar a notícia das núpcias iminentes entre eles, é verdade. E no momento em que Virtue ficou imóvel, com aquela expressão obstinada que ele conhecia muito bem, reconheceu o passo em falso.

Ele deveria ter feito uma proposta, em vez de um anúncio. Qual era o método comum para tal absurdo? Ele nunca havia pedido a mão de uma dama em casamento.

— Creio que ouvi mal — disse Virtue, levantando-se e ajeitando as saias.

As fitas ainda estavam desamarradas. Ele a pegou pela cintura e a girou com gentileza, grato por ter uma tarefa com que se ocupar.

— Não me ouviu mal. — Ele deu um nó em uma das fitas. — Depois das liberdades que tomei com você, não temos saída. Vamos nos casar.

E assim ele poderia tê-la em sua cama, onde era o lugar dela.

Ela virou-se, tirando as fitas restantes dos dedos dele.

— Não.

Ele pestanejou, um sentimento inexplicável de incômodo e descontentamento. Ele não era assim; era conhecido por seu charme, usara-o para persuadir muitas damas a se livrar do vestido e das roupas íntimas.

Com certeza, fora ele quem a ouvira mal.

Ele franziu a testa.

— Não? Como não? Exatamente o que está recusando: minha oferta de ajuda com seu vestido ou a de casamento?

Ela ergueu uma sobrancelha.

— Ofereceu-se para casar comigo? Confesso que não ouvi nenhuma oferta. Tudo que ouvi foi um pronunciamento.

— Neste caso, oferta e pronunciamento são a mesma coisa — disse ele, odiando-se por falar de maneira tão rígida e conformada até para seus próprios ouvidos. — Já fui longe demais.

— Que absurdo!

Absurdo? Acaso aquela encrenqueira teimosa pretendia castigá-lo?

— Você é uma jovem inocente — acrescentou ele. — O que eu fiz foi irracional.

— Não tão inocente — recordou ela incisivamente.

E embora ela já houvesse aludido à sua falta de inocência antes, naquela ocasião ele sabia quem era o responsável por ensinar-lhe as coisas. Trevor se amaldiçoou pelo orgulho que sentiu por esse fato. Ele era desprezível.

— Sou seu tutor, Virtue.

— Já perdi a conta de quantas vezes ouvi isso. — Suas faces ainda estavam coradas, mas ela estava de cenho franzido. — Não me interessa se você é meu tutor, e sua honra e senso de dever podem ir ao diabo. Não vou me casar com você.

Ele ficou em choque.

Recordou as palavras zombeteiras dela no baile. *Estou apaixonada por Mowbray*, afirmara. Ele se recusava a aceitar o absurdo de que ela pudesse achar que estava apaixonada por um dândi covarde como o visconde e se recusar a casar com o duque de Ridgely.

— Não vai se casar com Mowbray — advertiu-a com severidade. — Portanto, é melhor tirar esse verme da cabeça. Você vai se casar comigo, e ponto-final.

— E o que você fará se eu não aceitar? — perguntou ela, cruzando os braços. — Vai entrar furtivamente em meu quarto e levar os livros que acabou de devolver? Vai me banir da biblioteca de novo?

Ela estava zangada, ele percebia isso. A força de sua paixão rapidamente dera lugar à indignação, e ele era a fonte de ambas. Ela ficava bem menos irritada quando ele a beijava. Talvez devesse tê-la pedido em casamento quando sua língua estava nela e seus dedos profundamente dentro do calor encharcado da boceta dela. A resposta dela teria sido, com toda a certeza, um sim.

— As repercussões de nossas ações vão muito além de meros livros — disse ele. — Cruzamos limites que não podem ser descruzados. Devemos nos casar.

Três palavras que ele nunca pensara em dizer. No entanto, lá estava ele, dizendo-as a Virtue, entre todas as mulheres do mundo. Àquela mulher linda e magnífica, inteligente e ousada, teimosa e enlouquecedora. À filha de seu amigo morto.

Ah, Pemberton. O marquês provavelmente teria dito a ele para escolher um padrinho para o duelo, depois do que Trevor havia feito. E ele não o teria culpado nem um pouco. Nunca deveria ter se rendido à tentação. Nunca deveria tê-la tocado, beijado, provado.

Mas havia feito tudo isso. E agora, mesmo sem Pamela ali para socar verbalmente suas orelhas e emitir terríveis advertências sobre as consequências, ele sabia o que precisava ser feito. Só havia uma maneira de compensar sua falta de controle, e era o casamento.

Mas sua tutelada não parecia convencida.

— Por que devemos nos casar? Ninguém nos viu, ninguém sabe o que aconteceu aqui, exceto nós dois.

Enquanto ela falava, com os dedos investigava o estrago feito em seu coque.

Estava quase totalmente desfeito. Suas mechas lustrosas caíam sobre seus ombros, e ele sentia seus dedos coçarem de vontade de tocá-las.

— *Eu* sei o que aconteceu — disse ele com severidade —, e isso é pecado suficiente. Seu pai a confiou aos meus cuidados, é meu dever ser correto com você. E, neste caso, não há outra maneira de compensar minhas ações indesculpáveis exceto uma união entre nós dois.

— Meu pai mal se lembrava de minha existência quando estava vivo — rebateu Virtue. — Acho que ele não vai se importar com o que acontece comigo agora que se foi.

A avaliação que ela fazia de Pemberton era dura. Trevor recordou que nunca havia perguntado ao amigo a respeito de seu relacionamento com a filha. Céus! Pensando bem, ele imaginara que a filha do marquês era uma criança, nunca uma mulher feita. Virtue não estava totalmente errada, Pemberton mal a mencionava. Ao dar-se conta disso irritou-se por ela. Que tipo de homem simplesmente ignoraria sua própria filha, sangue do seu sangue?

— Independentemente do relacionamento que tinha com Pemberton, você é minha responsabilidade — disse Trevor, tão furioso consigo mesmo quanto com o velho amigo, agora que as névoas da luxúria haviam sido banidas de sua mente. — Eu transgredi; eu me aproveitei de você enquanto estava sob meus cuidados. Um cavalheiro nunca…

— Quer parar com essa bobagem? — interrompeu ela, irritada. — Por favor, não finja que é um cavalheiro, Ridgely. Você é um libertino. O que aconteceu agora deve ser tão banal para você quanto tomar o café da manhã.

Aquilo doeu.

Ele apertou a mandíbula. Queria segurá-la, mas se controlou.

— Nada do que acabamos de compartilhar foi banal.

Perversidade da parte dela insinuar o contrário.

Ele estava familiarizado com os esportes de cama, e prontamente admitiria isso. Não tinha certeza se era exatamente o libertino que Pamela sugeria, mas não era neófito na arte de fazer amor, isso era verdade. No entanto, ele poderia dizer honestamente que nunca, em todos os seus trinta anos, ficara tão profundamente afetado como quando estava na presença de Virtue.

Ela o paralisava.

— Você deve me achar uma tola, Ridgely — disse ela, sacudindo a cabeça. — Eu sei que não quer se casar comigo.

Ela não estava errada.

Ele não *queria* se casar com ninguém. Por Deus, o mero ato de pensar naquela pomposa instituição lhe provocava arrepios e fazia sua alma querer sair do corpo.

Mas se Trevor *precisasse* se casar, havia apenas uma mulher a quem consentiria algemar-se em sagrado matrimônio. Virtue. Virtue, com seus brilhantes olhos cor de mel, imprudentemente desafiadora, apaixonada por livros, questionadora e irreverente, depois de tê-la feito derreter-se com sua língua e seus dedos. Com sua rebeldia, sua franqueza e desrespeito pela sociedade e, acima de tudo, pelo título dele.

Deus, ela era enlouquecedora! E irritante. Ele queria beijá-la, transar com ela, desfrutar de sua presença e nunca mais deixá-la.

Dessa vez, ele a pegou pela cintura e a puxou contra si, sentindo suas deliciosas curvas se fundindo em seus músculos potentes.

— Não acho você uma tola, e preciso me casar com você.

— Precisa? — Ela franziu os lábios. — Olhe ao redor, Ridgely. Não há mais ninguém além de nós aqui.

— Isso não significa nada.

Não mesmo. Afinal, ele estava ali. *Ele* sabia o que havia feito. E com a filha de seu amigo, uma moça inocente.

Ele sabia o que mais queria fazer. Muito mais. Havia apenas começado. Era mesmo um depravado.

— Se minha reputação está arruinada, você deve me mandar de volta para Greycote Abbey. Essa é sua resposta, Ridgely, não casamento. Isso nunca.

Trevor demorou um instante para entender a implicação das palavras dela. Seria possível que ela acreditasse que sua ruína significaria um retorno a Nottinghamshire? Nesse caso, ela estava equivocada, e muito.

— Que história é essa de mandá-la de volta a Greycote Abbey? — perguntou ele. — Precisa saber que não posso mandá-la para lá, mesmo que quisesse. Já foi vendida.

Virtue entreabriu os lábios e ele notou a reação dela à notícia — que ele não pretendia contar dessa maneira — quando ela deu um passo para trás, pasma.

— Vendida?

Ele andara tão ocupado tentando descobrir quem diabos queria vê-lo morto, que não dera a devida atenção à correspondência que recebera sobre a propriedade do pai dela. Deveria ter lhe contado antes. Ele sabia quanto ela gostava de Greycote Abbey. Embora ambos soubessem que era inevitável — os termos do testamento do pai dela exigiam a venda —, ele não teve nenhum prazer em realizar os pedidos finais de Pemberton.

Especialmente porque magoariam Virtue.

Os olhos dela brilhavam pelas lágrimas não derramadas. Ele odiou ver aquele fogo afetado ao tomar conhecimento de que havia perdido o amado lar dela. Não tinha nenhum prazer em vê-la sofrer. Nunca pedira aquele maldito dever, aquela obrigação.

Desde a herança, sua vida ficara cheia de tarefas. Ele nunca quisera ser duque, não havia nascido para isso. Era o terceiro filho, nem estava na linha de sucessão, até que Matthew e Bartholomew adoeceram inesperadamente. A mãe não o perdoara pela morte de seus filhos de ouro, e Trevor sabia disso melhor que ninguém. Mas agora isso não fazia diferença.

— Já foi vendida, os trâmites legais foram concluídos há dois dias — repetiu ele baixinho, apertando suavemente a cintura dela. — Você não pode voltar.

— Você… não acredito. Como *ousou* vender Greycote Abbey?

Ela empurrou o peito dele, tão forte e inesperadamente que ele deu um passo para trás, soltando-a.

— E sem me comunicar? Como pôde, seu canalha, seu… seu *tirano*?

Ela era cerca de dez centímetros mais baixa que ele, mas nunca se poderia dizer que Lady Virtue Walcot não era forte. Ela *era* forte, física, emocional e mentalmente. Em todos os sentidos. E ele aceitou sua fúria. Sua tristeza.

— Não tive escolha — disse ele com firmeza; precisava que ela entendesse. — Os termos do testamento de seu pai eram claros. A propriedade tinha de ser vendida, Virtue. Por isso, *foi* vendida. — Ele fez uma pausa, observando o semblante dela. — Não me diga que você, esse tempo todo, achou que eu a mandaria de volta para Nottinghamshire!

Ela não disse nada; lágrimas espessas rolavam por sua face.

— Céus — murmurou ele —, pensei que você havia entendido.

— E eu p-pensava que deveria ser informada antes que a venda acontecesse — disse ela, fungando em meio às lágrimas, em uma valente tentativa de manter a compostura. — Eu não deveria opinar nesse assunto? Não deveria ter sido informada? Consultada?

De repente, ele sentia como se houvesse engolido uma pedra.

— Sou seu tutor — explicou ele, desnecessariamente. — Eu tomo as decisões em seu nome.

— Como pôde fazer isso comigo, com minha casa e as pessoas que amo? Nunca vou perdoá-lo.

A voz dela tremeu nessa última palavra e ela saiu correndo da sala de música.

Trevor ficou observando-a ir embora, sentindo-se totalmente destroçado.

CAPÍTULO 12

— *Casamento* — repetiu *Pamela*, incrédula, enquanto sua voz ecoava pelo escritório. — Você?

Trevor estremeceu. Era de se esperar que sua irmã tivesse aquela reação de choque ao anúncio de que ele pretendia se casar com Virtue. Ninguém gostaria de ver-se algemado pelo casamento menos que ele mesmo, mas ele não conseguia se controlar perto de sua tutelada.

Essa era a pura verdade. No que dizia respeito a Virtue, ele não tinha moderação nem remorsos. Nada além da necessidade que o dominava de tê-la avidamente, de qualquer maneira que pudesse, pelo resto de sua vida.

Trevor estava perdido.

E não só porque alguém o queria morto, mas devido à sua própria imprudência. Sua própria tolice. Essa necessidade ridícula e totalmente sem precedentes dela era como um veneno em seu sangue. Um veneno que não poderia ser retirado. Nada poderia curá-lo ou contê-lo.

— Eu — concordou ele, inclinando a cabeça e reconhecendo a ironia do destino.

Ele estava perto da janela, onde, momentos antes de sua irmã chegar, estivera observando um dilúvio cair do céu cinzento. A escuridão externa parecia um reflexo de seu dia.

— Casamento... com Lady Virtue.

— Mas você... ela...

Céus, Pamela estava gaguejando. A chuva açoitava a vidraça, como se zombasse dele.

— Sim. Pretendo me casar com ela. — Trevor fez uma pausa e suspirou. — *Preciso* me casar com ela.

— Precisa, você diz...

A compreensão logo transpareceu no semblante de sua irmã. Ela estava parada à soleira, mas começou a andar de um lado para o outro, agitando a musselina azul de seu vestido.

— O que você fez desta vez?

Tudo menos deflorar sua tutelada na sala de música.

Pamela não lhe dava trégua. Foi até ele, sustentando seu olhar, desafiando-o a declarar a terrível verdade em voz alta. As orelhas de Trevor estavam quentes. Ele não faria isso.

— Eu a comprometi — assumiu, recuando diante da indignação dela.

Afastou-se da janela e foi em direção à lareira, onde a evidência da última irritação dela com ele permanecia na forma de uma mancha de tinta preta nos tijolos. O fogo crepitava, as chamas queimavam baixinho. Não havia alívio para ele dentro das profundezas rubro-alaranjadas. Ele se voltou para Pamela.

— Muito além de qualquer possibilidade de reparo.

Sua irmã deixou cair os ombros, derrotada.

— Faz apenas três dias desde o último incidente.

— Quatro — murmurou ele, se perguntando se dessa vez ela jogaria outra coisa na lareira.

Fazia quatro dias desde que ele havia tocado Virtue pela última vez. Tempo demais, para ele. Trevor caíra sobre ela como um homem faminto diante da primeira refeição em uma década.

— Você *prometeu* — disse ela, sibilando a última palavra. — Jurou que ficaria longe dela.

— Pelo visto não consigo manter minha palavra, assim como nosso pai.

Era uma descoberta desagradável a fazer sobre si mesmo: que ele não era muito diferente do pai. Queria poder acreditar que não tinha nada em comum com aquele vilão de coração frio e sem consciência que o gerara. Como era humilhante perceber que estava errado! Mas seu pai havia corrompido sua mãe para tomar o dote dela, ao passo que Trevor havia corrompido Virtue por nenhum outro motivo além de sua necessidade desesperada de dar prazer a ela.

— Sua falta de controle é deplorável — sentenciou Pamela com frieza. — De verdade, Ridgely, não poderia ter procurado uma daquelas mulheres levianas e se engraçado com ela?

Poderia. Deveria. Teria procurado, inclusive. Mas ninguém mais era Virtue, e isso estava rapidamente se tornando o cerne da questão. Ele não queria ninguém além dela. Ninguém mais. Mas como explicar isso à sua irmã se o próprio Trevor não entendia bem as ramificações de tal revelação? Tomar consciência disso fora surpreendente para ele.

Ele nunca havia sentido isso por uma mulher antes; não tinha certeza se gostava daquilo.

— Sou um canalha — admitiu à irmã. — Ouso dizer que essa é uma das razões de minha própria família me ultrajar.

— Nós não o ultrajamos.

— Nossa mãe ultraja — apontou ele.

— Nossa mãe ultraja todos — rebateu Pamela, não sem razão.

— Desafio você a encontrar alguém que ela insulte mais que a mim — disse ele, erguendo uma sobrancelha.

— Por que estamos falando de nossa mãe se o assunto em questão é sua odiosa conduta? — questionou sua irmã, suspirando e sacudindo a cabeça. — As pessoas falarão. Todos presumirão que você desencaminhou Lady Virtue.

— Deixe que falem — retorquiu ele com desdém. — Não dou a mínima para fofocas. Nunca dei.

— Mas *eu* dou. Claro que você não pensou no efeito que essa notícia terá em Lady Virtue ou em mim. Tenho sido acompanhante dela e fracassei na tarefa de mantê-la a salvo de você. Ela será desprezada pela sociedade se houver o menor indício de escândalo.

As palavras de sua irmã o feriram; em parte, porque ela estava certa. Ele não havia pensado no que aconteceria com Virtue e Pamela.

— Ela será uma duquesa — tornou ele —, com certeza isso amenizará a dor de ter que se casar com um dissoluto. Quanto a você, ninguém a criticará. Você cumpriu bem seu dever de dama de companhia e é um modelo de virtude. Ninguém terá dúvidas de que sou *eu* o culpado.

O que era verdade.

O rosto de sua irmã ardeu.

— Eu tento, mas estou longe de ser perfeita. Fui negligente com meus deveres.

Ele não gostou de ver uma pontada de culpa na voz de Pamela.

— Você não foi negligente. Eu sou o culpado, não você.

— Mas isso refletirá em mim.

— Farei tudo que estiver ao meu alcance para que nenhum indício de escândalo macule qualquer uma de vocês — jurou ele. — Você tem minha palavra.

— Você será um bom marido para ela, não é? — perguntou Pamela, franzindo a testa, como se já soubesse a resposta à pergunta e a considerasse extremamente decepcionante.

Um bom marido. Ele nem sequer havia contemplado a ideia de ser um marido, muito menos um de mérito. O que dizer? Seus próprios pais eram um exemplo clássico da tragédia épica em que um casamento poderia se transformar. A inimizade mútua entre sua mãe e seu pai só havia sido eclipsada pelo grande egoísmo de ambos.

Trevor engoliu em seco e respondeu:

— Tentarei.

— Tentará? — retrucou Pamela, estreitando os olhos, ainda andando de um lado para o outro, fazendo seu vestido girar. — Isso não é nada tranquilizador.

— Se pretende jogar alguma coisa, por favor, reconsidere — rogou ele lentamente, tentando aliviar o clima sombrio. — Acabei de substituir o tinteiro.

— Fiquei arrasada quando joguei o tinteiro — defendeu-se ela. — E a culpa foi sua. Assim como a culpa é sua agora.

Sim, ele era o culpado, mas não conseguia sentir grandes arrependimentos. Na verdade, só o que queria era Virtue em sua cama. Curioso isso.

O calor do fogo tornou-se demais para Trevor. Ele voltou à sua vigília à janela.

— Como já ficou estabelecido, sou um canalha — disse, com ar lânguido.

— E totalmente sem escrúpulos — acrescentou Pamela em tom ácido. — Onde está Virtue? Precisarei falar com ela.

Ele pensou na fuga de Virtue da sala de música e estremeceu de novo.

— Receio que ela não esteja muito satisfeita comigo neste momento, pois acabou de saber que Greycote Abbey foi vendida. E recusou meu pedido; foi bem enfática, inclusive.

Sentiu-se culpado ao recordar-se dela aos prantos. Ele não imaginara que ela ficaria tão arrasada com a notícia, e vê-la angustiada acabara com ele. As palavras dela ecoavam em sua mente. *Nunca vou perdoá-lo.* Como ele desejara abraçá-la e confortá-la! Mas sabia que ela não teria gostado.

— Se ela está descontente com você, como foi que a desgraçou? Você não a *forçou*, não é? — inquiriu ela.

— Pelo amor de santa Apolônia, Pamela! — exclamou ele, enfurecido e ofendido. — O que pensa de mim? Eu nunca faria mal a uma mulher. Você deveria saber disso.

— Espero mesmo que não. — Ela soltou um longo suspiro. — Perdão, é que isso tudo foi um choque. Não foi bem uma surpresa, tendo em vista o que testemunhei na biblioteca, mas um choque.

Pamela interrompeu de repente seus passos furiosos.

— Disse que ela recusou seu pedido?

Trevor virou-se e ficou olhando pela janela, observando a chuva castigar o mundo mais além da Hunt House.

— Ela disse que não quer se casar comigo. Aparentemente, pretendia que eu a mandasse de volta para Nottinghamshire.

— Ela não pode recusar — proferiu Pamela com severidade. — Virtue não tem escolha agora.

— Talvez você possa conversar com Lady Virtue — sugeriu ele — e convencê-la a ouvir a voz da razão.

Ele ainda não havia se trocado depois que voltara da esgrima, e ao dar uma olhada rápida em seu relógio de bolso, viu que faltava apenas um quarto de hora para a visita que tinha marcado de fazer a Tierney e Sutton. Trevor não pretendia formalizar a proposta de casamento naquela noite;

estava muito mais preocupado em descobrir quem o queria morto, antes que fosse tarde demais.

— Você provocou um desastre e tanto, irmão — observou Pamela com ironia.

Ele não se preocupou em discutir, pois era verdade. Só havia uma maneira de consertar as coisas: tinha que fazer de Virtue sua duquesa.

E rápido.

Da janela de seu quarto, Virtue contemplava a rua e a praça, que formavam uma tapeçaria de carruagens e pessoas emaranhando-se, desnorteadas por causa da chuva. Todos seguiam seu dia, apesar da escuridão. Mas o mundo dela estava desmoronando.

Estava tudo acabado.

Sua casa havia sido vendida sem sua permissão. Sem prévio aviso. Ela nem tivera oportunidade de se despedir de Greycote Abbey e das pessoas que amava.

Não sabia o que era pior: saber que nunca mais os veria, ou que era *ele* o responsável.

Trevor. Não, Trevor não. Ridgely, como ela deveria referir-se a ele agora. Seu inimigo, mais uma vez.

Ouviu uma batida na porta de seu quarto. Ficou tensa, torcendo para que não fosse ele. Precisava formular um novo plano, agora que sabia que Greycote Abbey estava perdida para sempre. E esse plano não envolveria casamento com o duque de Ridgely.

— Quem é? — perguntou.

— Lady Deering — disse a voz familiar de sua acompanhante. — Posso entrar?

Ah… Aparentemente, ele mandara uma representante. Covarde!

Ela suspirou e se voltou para a porta.

— Entre.

Lady Deering entrou com o semblante tomado de preocupação e consternação.

— O que aconteceu com seu vestido?

Ah, céus! Virtue olhou para o corpete e viu que as costuras das mangas estavam estouradas. Esquecera, quando voltara para seus aposentos aborrecida, que Ridgely havia desmanchado a costura.

Sentiu seu rosto ficar vermelho com a lembrança, e seu corpo traidor esquentou em lugares pecaminosos antes de ela conseguir reprimir os desejos inoportunos.

— Meu vestido ficou preso — ela tentou mentir, mas foi pouco convincente. — Terei que consertá-lo.

— Preso? — indagou Lady Deering, astuta. — Preso em quem?

O tom da voz de sua acompanhante disse a Virtue que ela sabia exatamente em quem.

— Suponho que ele a mandou aqui — disse, em vez de responder, cruzando os braços na cintura.

— Sim — respondeu Lady Deering, aproximando-se, séria. — Não há alternativa para vocês agora, exceto o casamento.

A resposta de Virtue foi instantânea e veemente.

— Não vou me casar com ele.

Não depois do que ele havia feito: vender Greycote Abbey sem avisá-la. Nem mesmo antes disso ela considerara a alternativa. Ela não tinha intenção de se casar com ninguém, muito menos com Ridgely. A atração que sentia por ele era enlouquecedora, mas ela não tinha dúvidas de que o tempo e a distância a curariam desse mal.

— Você não tem escolha — disse Lady Deering gentilmente, dando um tapinha consolador em seu ombro. — Sua honra foi comprometida.

Honra comprometida era uma maneira delicada e fria de descrever o que havia acontecido na sala de música. Pensar no que Ridgely a havia feito sentir com aquela boca habilidosa em seu corpo provocou um calor em Virtue. Muito calor.

Mas sua reação a Ridgely era puramente carnal. Ela não gostava dele; não se casaria com ele. A insistência dele para que se casassem era o cúmulo da tolice, considerando que eram as duas únicas testemunhas daquela loucura.

— Ninguém sabe — retrucou Virtue, assim como fizera antes com Ridgely.

— Não, mas *eu* sei — disse sua acompanhante, franzindo a testa. — E existe a possibilidade de que os criados saibam também. Bastaria que uma pessoa sussurrasse um comentário e haveria um escândalo. Acredite, minha querida, as más notícias correm muito mais rápido que as boas.

Ela não duvidava disso; mas, mesmo assim, não cederia. Ridgely a havia traído, seu coração havia sido estilhaçado e ele era o responsável por isso.

— Não me casarei com ele, milady — objetou ela.

— Já que será minha cunhada, deveria me chamar de Pamela — disse Lady Deering, dando outro tapinha no ombro de Virtue. — E você se casará com Ridgely sim, querida. É preciso, depois das indiscrições de hoje.

A frustração crescia vertiginosamente dentro de Virtue.

— Desde o momento em que meu pai morreu, todos me dizem o que devo fazer. Devo ter um tutor, devo ir para Londres e deixar Greycote Abbey, o único lar e a família que já conheci, devo arranjar um marido e agora devo me casar com Ridgely. Estou farta de ouvir o que devo fazer. E quanto ao que eu quero fazer?

Lady Deering ficou melancólica, quase triste.

— Nossa existência é uma vida de deveres, não de desejos.

A tranquila aceitação de Pamela só serviu para aumentar a frustração de Virtue.

— Você nunca quis algo mais que tudo e lhe disseram que não poderia ter?

Claro que Lady Deering já havia passado por isso. Virtue pensou no que havia visto e ouvido antes entre sua acompanhante e o guarda conhecido como Fera.

— Isso não faria diferença — disse Lady Deering depressa.

Rápido demais, pensou Virtue.

— Somos todos regidos pela sociedade — prosseguiu Pamela. — Devemos seguir seus ditames ou sofrer as consequências. Acho que você não está preparada para pagar o preço, Virtue.

— Que preço é mais alto que o casamento? — perguntou ela, sacudindo a cabeça, mais determinada que nunca. — Não, não vou me casar com o duque depois de ele ter vendido Greycote Abbey sem me dizer nem uma palavra. Não tive oportunidade de me despedir nem de vê-la uma última vez.

Lágrimas brotaram de seus olhos ao pensar na Sra. Williams, de bondosos olhos azuis, faces rosadas e sorriso fácil. Na Srta. Jones, a cozinheira que ensinara a Virtue suas melhores receitas. No amoroso e bondoso mordomo, Sr. Smith, que havia sido uma figura paterna para ela, já que não tivera outra porque seu pai estava sempre ausente.

Estava tudo perdido agora.

Ela tinha esperanças de que eles ficassem com o novo dono da propriedade. Greycote Abbey era o lar de seus muitos criados leais, tanto quanto dela.

— Entendo que esteja aborrecida com meu irmão — disse Lady Deering —, mas ele agiu em defesa de seus interesses, cumprindo os desejos de seu pai. Greycote Abbey foi vendida e sua honra está comprometida, e não há nada que possa fazer para mudar isso.

Virtue por fim se afastou da janela e atravessou o tapete Axminster, agitada.

— Ele não pode me obrigar a desposá-lo. Vou deixar Hunt House e absolvê-lo de todos os deveres relacionados a mim.

Ela abriu seu guarda-roupa e começou a tirar seus pertences, organizando-os em cima da cama. Onde estavam seus baús? Ela teria que embalar seus livros devidamente. Eles iriam aonde ela fosse, é claro.

Lady Deering pousou a mão no braço de Virtue.

—Não seja tola, minha querida. Aonde você iria, uma jovem sozinha no mundo, sem ninguém para protegê-la? Você nem tem acesso a seu próprio dinheiro.

Maldição! Sua acompanhante estava certa. Virtue estava completamente aprisionada e Ridgely era seu carcereiro. Ela não tinha dinheiro suficiente para alugar um quarto; usara quase tudo que ele lhe dera para comprar livros. E para conseguir mais dinheiro, precisaria da ajuda do duque, o mesmo homem de quem pretendia fugir.

Ela desabou na cama, em cima de seus vestidos e anáguas, e ficou olhando para o teto e seus medalhões de gesso de inspiração romana. Eram lindos. Uma prisão régia, que ela odiava.

— Você vai se acostumar com a ideia de casamento — afirmou Lady Deering em tom tranquilizador.

— Não vou, não — disse ela para o teto.

O colchão afundou quando Lady Deering se sentou com cuidado à beira da cama.

— Eu acredito que Trevor possa ser um bom marido para você. Ele tem se comportado como um selvagem, só Deus sabe, mas nunca o vi tão atencioso para com outra dama antes de você. Quando você está presente, ele não vê mais ninguém. A reputação dele é bem conhecida, mas não é típico de meu irmão flertar com moças inocentes. Ele prefere viúvas e esposas infelizes.

Virtue odiava pensar em qualquer outra pessoa que ele houvesse beijado. Qualquer outra que houvesse recebido os sorrisos, as carícias experientes dele; qualquer pessoa que houvesse estado nos braços dele. Não fazia sentido, porque ela, sem dúvida, não desejava tê-lo para si.

Ou desejava?

Não. Claro que não.

Porém...

— Não quero pensar, neste momento, nas mulheres que o duque teria preferido — retrucou ela com severidade.

Porque ele *era* um libertino. Era o tipo de canalha bonito, charmoso e despreocupado que as mulheres perseguiam em bandos. E ela não era diferente. Fora seduzida por aqueles lábios lascivos e olhos escuros cheios de mistério e pecado.

— Nenhuma outra será a duquesa dele — disse Lady Deering suavemente. — Esse direito pertencerá somente a você.

E então, ela entendeu a magnitude e gravidade do que a irmã de Ridgely estava dizendo sem dizer com todas as palavras. Sentiu um arrepio quando voltou a cabeça para Lady Deering, cujo perfil elegante não mostrava nenhum indício de suas verdadeiras emoções. Estava tão imóvel que parecia uma estátua, e se Virtue não houvesse testemunhado anteriormente aquela cena chocante de demonstração de paixão com o guarda, não teria acreditado que fosse possível.

— Ele vai arranjar amantes, é o que quer dizer — articulou Virtue.

— Poderia — concordou Lady Deering. — Seria um direito dele.

Virtue sentou-se, sentindo um nó no estômago.

— Lorde Deering tinha amantes?

Lady Deering corou.

— Não.

— Como você se sentiria se ele tivesse? — perguntou Virtue.

— Teria partido meu coração — respondeu Lady Deering, solene. — Nossa união foi por amor. Mas você não está apaixonada por Ridgely, não é, querida?

Sim.

Não.

Ah, ela não sabia!

— Claro que não! — negou, talvez com ênfase demais. — E como se classificaria minha união com Ridgely? Uma união por pena? — Ela odiou essa possibilidade. — Não vou me casar com ele.

— Não será uma união por pena, e sim por bom senso — explanou Lady Deering. — Você precisa de um marido; Ridgely terá que se casar um dia, de qualquer maneira. Vocês dois têm algum tipo de conexão, é evidente; caso contrário, não estariam nesta situação.

Eles realmente tinham uma conexão, que ele estragara no momento em que vendera Greycote Abbey sem o conhecimento ou consentimento dela. E pensar que ele ousara repreendê-la por invadir o quarto dele! Os pecados do duque contra ela eram muito maiores.

— Não posso perdoá-lo pelo que fez — anunciou ela. — Nem posso me unir a ele para sempre. Não combinaríamos.

Combinaríamos de algumas maneiras, disse uma voz lasciva dentro dela.

Voz que ela prontamente reprimiu, junto com todas as lembranças inoportunas de como era maravilhoso sentir a boca do duque entre suas coxas, um prazer que estava além do reino de sua imaginação mais fantasiosa. Mas os devassos eram assim, ponderou ela. Eram mestres da sedução.

Ela não devia esquecer que o duque de Ridgely também era arrogante e autoritário. Era o homem que havia roubado seus livros e a impedido de entrar na biblioteca. Que havia vendido Greycote Abbey. Que a chamava de *criança* em tom zombeteiro, com aquela boca perfeita sempre se contorcendo em um meio-sorriso, como se ela fosse uma piada que só ele achava engraçada.

Ele que vá para o inferno! Por ela, o duque poderia pegar sua proposta de casamento e enfiá-la na orelha.

— Permita-se um tempo para refletir sobre o assunto — aconselhou Lady Deering. — Aposto que vai mudar de ideia.

— Nunca — jurou Virtue com firmeza.

Não, ela não se casaria com o duque de Ridgely. Nem sua opinião mudaria. Já havia tomado sua decisão.

CAPÍTULO 13

— *Entre.*

Com um rude sorriso de escárnio e um aceno de cabeça que nenhum criado bem-treinado jamais faria, o mordomo de Archer Tierney deu meia-volta e se afastou.

Trevor supôs que deveria segui-lo.

Ele entrou pela primeira vez na casa nova de seu velho amigo e viu a porta ser fechada logo em seguida. Ninguém se ofereceu para pegar seu chapéu e luvas, mas aquela não era uma visita social. Trevor havia saído da Hunt House em uma carruagem sem identificação, com um guarda armado acompanhando seu cocheiro. Depois de dois atentados fracassados contra sua vida, ele não queria correr mais riscos.

Se o maldito que o queria morto tentasse de novo, pretendia ter com ele a luta mais árdua de sua vida. Já era ruim o bastante Trevor não conseguir dormir devido aos sonhos que ainda tinha, fazendo-o acordar suando no meio da noite pensando que um novo assassino havia entrado para acabar com ele.

Trevor passou pela entrada de mármore e subiu um lance da escada acarpetada, seguindo o guarda grande e cheio de cicatrizes. A casa era decorada com elegância, com notável escassez de tapeçarias nas paredes. Não havia ali um busto ou retrato ancestral, nada que indicasse que Archer Tierney havia herdado sua riqueza; pois não a herdara, e sim a fizera.

— Aqui — rosnou o mordomo, abrindo a porta para, aparentemente, o escritório de Tierney.

Trevor cruzou a soleira e encontrou Tierney e Logan Sutton ali dentro, sentados cada um em uma poltrona perto da lareira. Tierney estava com um charuto fumegante entre seus dedos longos e aparência ameaçadora, como sempre. Levantaram-se, em deferência à sua chegada.

— Obrigado, Lucky — disse Tierney ao mordomo carrancudo. — Por enquanto é só.

O criado — cujo nome não combinava com seu semblante desagradável — acenou com a cabeça e saiu do cômodo, deixando Trevor, Tierney e Sutton a sós. Eram velhos amigos de heranças díspares. Sutton havia nascido nas colônias. Tierney era o filho ilegítimo de um aristocrata. Trevor era o terceiro filho, um rebelde genioso a quem ninguém dava a mínima. Trabalharam juntos como espiões em Whitehall, descobrindo os segredos de traidores e revolucionários, capturando homens perigosos.

Até que Trevor se tornara herdeiro inesperadamente, após a morte prematura de seu pai e seus irmãos. Primeiro seus irmãos, um após o outro, e depois seu pai. E de repente, Trevor era um duque improvável, com o peso do mundo sobre seus ombros. Propriedades e pessoas dependiam dele, tinha uma mãe rancorosa, agora uma tutelada. E em breve... *Deus*... uma esposa! Ele deixara a Confraria quando se tornara duque porque muitas obrigações familiares de repente exigiam sua atenção. E só aumentaram desde então.

De repente, sentiu saudades dos dias em que trabalhavam juntos. A vida era tão mais simples! Perigosa, mas havia no perigo uma camaradagem profunda e duradoura, um propósito que estava estranhamente ausente de sua vida naquele momento. Pelo menos até Virtue chegar a Londres.

— Ainda vivo, pelo que vejo — observou Tierney, sério. — Meus homens estão levando seus deveres a sério?

Graças a Cristo Tierney ainda possuía muitas conexões com assassinos. Ele era os olhos e ouvidos do submundo de Londres. E Trevor estava muito feliz por ter os guardas que Tierney lhe enviara vigiando a Hunt House. Se Tierney confiava neles, não tinha dúvidas de que eram leais e ferozes.

— Muito a sério — respondeu ele. — Obrigado.

— É o mínimo que posso fazer por um velho amigo — disse Tierney, magnânimo. — Além disso, acredito que será generoso em recompensar o esforço.

O lado agiota de Tierney estava emergindo. Mas não importava, os cofres ducais tinham moedas em abundância.

Trevor inclinou a cabeça.

— Com toda a certeza.

— Muito bem — sorriu Tierney. — Fiz algumas investigações e creio ter notícias quanto ao sujeito que fraturou a coluna em sua casa.

— Notícias de Bow Street? — perguntou Trevor.

— Estamos um passo à frente deles, como sempre — redarguiu Tierney.

— Um jovem ator desapareceu recentemente — acrescentou Sutton. — O irmão relatou que não é visto há quase uma semana e que não apareceu no teatro para a peça em que atuava.

Era uma notícia inesperada.

— Um ator? — repetiu Trevor, surpreso.

Ele havia flertado com seu quinhão de atrizes, inclusive com uma cantora de ópera, mas não conhecia nenhum ator.

Por que diabos um homem que ele não conhecia tentaria assassiná-lo em sua cama?

— Sim — respondeu Tierney. — Falei com o irmão. Ele me deu uma descrição do homem desaparecido, e acredito que seja seu cadáver. A idade, a cor do cabelo e a compleição que ele apresentou combinam.

— O nome dele é John Davenham — relatou Sutton. — Reconhece?

Trevor sacudiu a cabeça.

— Nunca ouvi esse nome.

Suas têmporas latejavam, prenunciando uma dor de cabeça. Após a agitação do dia, essa última informação era tão desconcertante quanto indesejada.

Tierney deu uma tragada em seu charuto.

— Tem certeza?

Ele rendeu-se à tentação de pressionar os dedos nos pontos doloridos de sua cabeça.

— Estou pensando… mas, para ser sincero, esse nome não me parece nem um pouco familiar. E não posso dizer que conheci algum ator; pelo menos não que eu saiba.

— E no The Velvet Slipper? — perguntou Sutton. — O primeiro ataque ocorreu lá, correto? É possível que Davenham seja um de seus clientes? Ou talvez um amante rejeitado por uma das mulheres que frequentam o estabelecimento?

Tum, tum, tum: latejava sua cabeça.

Só ele seria capaz de comprometer a honra de sua protegida enquanto um vilão misterioso tentava assassiná-lo.

— Não que eu saiba, porém são muitos os que entram e saem quando bem entendem do The Velvet Slipper — respondeu. — Por uma questão de privacidade, os clientes do clube não usam seus nomes ou títulos. Os membros costumam usar máscaras para evitar qualquer possibilidade de escândalo.

E como ele percebia agora, esse anonimato significava que praticamente qualquer um poderia estar ali a qualquer momento, incluindo aquele tal de Davenham. Quando abrira o The Velvet Slipper, Trevor queria que fosse um refúgio para quem buscava diversão fora das casas de prazer. Os membros do clube participavam de tudo que acontecia dentro daquelas paredes. Trevor era mais jovem, mais selvagem, mais imprudente na época, por mais difícil que fosse acreditar; nunca imaginara que o clube teria o potencial de levar à sua própria morte.

— Droga — murmurou Sutton —, eu esperava que você tivesse um registro de membros ou visitantes. Sem dúvida, facilitaria nosso trabalho. E a Sra. Woodward? Acha que ela teria informações que poderiam ser úteis?

— Vou perguntar a Theodosia se ela conhece Davenham — disse, referindo-se à mulher mais do que capaz que administrava as operações diárias do clube para ele.

A Sra. Theodosia Woodward era inteligente e perspicaz, e tinha um tino para os negócios que poderia facilmente eclipsar o de qualquer homem que ele conhecia. Exceto Archer Tierney.

— Talvez ela possa fazer algumas perguntas discretas entre os clientes — sugeriu Tierney. — Se o homem que tentou matá-lo era mesmo Davenham, precisamos descobrir qual foi a motivação dele para cometer esse crime. É muito improvável que um homem que você não conhece tenha tentado matá-lo sem um bom motivo.

— E acaso existe algum *bom* motivo para um assassinato? — indagou Trevor com a voz arrastada.

Mas logo notou para quem havia feito a pergunta. Aquilo não era uma conversa informal, e Archer Tierney era a última pessoa do mundo que alguém chamaria de um cavalheiro dotado de bons modos.

Tierney ergueu uma sobrancelha.

— Depende de quem será assassinado.

— Céus — murmurou Trevor —, não deveria ter perguntado.

— Não — concordou Sutton com um sorriso irônico. — Não deveria.

Trevor suspirou.

— Andei pensando que os atentados contra minha vida devem estar relacionados com nosso trabalho na Confraria. É bastante irônico que tenhamos enfrentado homens violentos e perigosos em nossos dias, e que agora a fonte de todos os meus problemas seja um clube que abri por capricho.

— Não descartamos a possibilidade de alguém ter rancor da Confraria — disse Tierney, tranquilizando Trevor. — Mas, se fosse esse o caso, logicamente você não seria o único alvo. Eu, Sutton e outros provavelmente teríamos sido atacados também. Além disso, você saiu da Confraria há mais tempo que nós.

— Meu instinto me diz que isso não tem nada a ver com a Confraria — declarou Sutton com severidade. — Como disse Tierney, outros já teriam enfrentado o perigo, não só você. Não, parece que você tem um inimigo que está com muita raiva a ponto de fazê-lo comer capim pela raiz.

Quanto jeito com as palavras tinha Logan Sutton...

— Que sorte a minha — disse Trevor, não sem um traço de amargura.

Ele já tinha problemas suficientes para enfrentar sem se preocupar com possíveis assassinos que não conhecia. Tinha que enfrentar Virtue, que estava furiosa por causa da venda daquela maldita propriedade, e só Deus sabia como conseguiria convencê-la a se casar com ele. Que ironia, o duque de Ridgely desesperado para convencer uma mulher a se *casar* com ele!

O mundo estava perdido.

— Precisamos ter certeza de que Davenham seja mesmo o homem morto — Tierney interrompeu os pensamentos de Trevor em tom profissional. — Se for, faremos as investigações necessárias. Temos que saber com quem ele estava envolvido e por que essa pessoa o quer morto. Se o maldito trabalhava para alguém, precisamos descobrir para quem antes que tentem de novo.

— Por enquanto, estará seguro com os homens de Tierney o vigiando — acrescentou Sutton. — Estamos investigando todas as pessoas que podemos, inclusive esse seu primo que herdaria tudo seu. Pelas informações que reunimos, parece improvável que esteja por trás dos ataques; mas, sem dúvida, ele tem motivo, visto que é o próximo da fila. Se puder pensar em alguém com quem há pouco teve algum desentendimento, sem dúvida nos ajudaria.

Ah, o primo Clutterbuck... Ferdinand era uma doninha avarenta, era verdade, mas Trevor duvidava que seu primo fosse capaz de cometer assassinato só para herdar o título e a fortuna. Mas não estava disposto a descartar a possibilidade.

Trevor estremeceu ao tentar pensar em outras pessoas com quem havia entrado em conflito recentemente, pois lhe ocorreu apenas uma pessoa.

— Só minha tutelada, mas nossos conflitos muitas vezes levam a circunstâncias bem diferentes de assassinato.

— Ah — disse Sutton, esperto, observando Trevor com um sorriso esperto. — Eu estava me perguntando em que pé estariam vocês dois.

Trevor havia abrigado a esposa de Sutton na Hunt House durante a missão final de Logan na Confraria, para mantê-la segura. O duque não gostou da expressão no rosto do amigo.

— Não há o que perguntar — vociferou.

Porque havia, claro. Mas ele não estava pronto para falar disso, menos ainda com Sutton e Tierney. Já havia sido ruim o suficiente ter que se humilhar revelando tanto à Pamela.

O tom zombeteiro de Sutton só aumentou.

— Essa expressão que você tem no rosto tem um motivo, velho amigo. Reconheço muito bem os sinais.

Trevor fechou a cara.

— Vá para o inferno, Sutton.

— Jamais diga que Ridgely foi acometido pela mesma doença que você, Sutton — disse Tierney em um tom carregado de desdém.

— Ah, o amor — cantarolou Logan Sutton. — Ridgely é um homem apaixonado.

Apaixonado? Ele?

Por Virtue?

Não. Não era possível. Sentia atração por ela? Com toda a certeza, em alto e bom som, sim. Isso acontecia muito com ele. Seu pobre pau nunca havia sofrido tanto como nas últimas semanas. Mas amor? Ele não acreditava nessa emoção terna. Nunca acreditara e nunca acreditaria.

— Você é louco, Sutton — tornou Trevor. — A única coisa que me apaixona é a minha capacidade de ficar longe dessas divagações. Agora, se os dois patifes me dão licença, tenho outros assuntos para resolver.

Como persuadir sua tutelada teimosa, enlouquecedora e deliciosa a se casar com ele. Mas Trevor sabiamente guardou isso para si. Sutton e Tierney se deliciariam com sua abjeta humilhação, disso ele não tinha dúvidas.

Sutton e Tierney se levantaram, o último dando outra baforada em seu charuto.

— Cuide-se, Ridgely.

— Tentarei — disse Trevor, sério. — Obrigado por seu empenho. Avisem-me se tiverem notícias de Bow Street sobre esse Davenham. Entrarei em contato com eles e, se Theodosia tiver informações, eu as passarei adiante.

— Não lute contra isso, Ridgely — aconselhou Sutton, sábio. — O amor é a melhor coisa que já me aconteceu.

— Vá para o inferno — murmurou Trevor, e se despediu.

Ele não estava apaixonado por Lady Virtue Walcot.

Nem agora, nem nunca.

Não, de fato. Sua principal preocupação era convencê-la a se tornar sua duquesa. E quando ele pegou suas luvas e seu chapéu na entrada da casa de Tierney, um plano perfeito começou a tomar forma.

Virtue precisava de um plano.

Ela soltou um suspiro, andando sobre os tapetes de seu quarto, tentando não olhar para o pacote que lhe havia sido entregue mais cedo, junto com um bilhete *dele*.

Para minha futura duquesa, dizia a missiva, escrita com a caligrafia forte e masculina dele. E assinado apenas como *Ridgely*.

— Futura duquesa, sei — murmurou para si mesma.

Ela se recusara a abrir o pacote a princípio; isso lhe custava muito, visto que o presente — um gesto que a surpreendeu, pois jamais esperava que ele o fizesse — era pesado, resistente e parecia muito ser um livro. Sem dúvida, era um livro.

Ridgely havia comprado um livro para ela.

Ela não mentiria, isso estava minando sua determinação de não o perdoar por toda a eternidade. Qual livro poderia ser? A expectativa fazia seus dedos coçarem de vontade de arrancar o simples papel de embrulho para ver o que havia dentro.

Seus pés doíam. Sua cabeça doía. Seu *coração* doía. E ela ainda tinha que encontrar uma solução para a terrível situação em que se estava.

Greycote Abbey estava perdida. Havia sido vendida. Ela nunca mais voltaria lá. Virtue sabia, claro, que o testamento de seu pai exigia a venda porque ela era solteira e os fundos da venda deveriam ser depositados em seu nome e usados em seu dote. Mas ela acreditara — erroneamente, ao que tudo indicava — que teria muito tempo para contornar os requisitos do testamento. Greycote Abbey não tinha nenhuma restrição delimitando que só beneficiários do sexo masculino poderiam herdá-la; não havia razão para que fosse vendida. Deveria ser dela. Era dela. Ou havia sido, até Ridgely ter providenciado a venda.

Agora, o futuro de Virtue era desesperadamente incerto.

E todas as pessoas que restavam em sua vida estavam convencidas de que ela deveria se casar com o homem responsável por sua perda. Ela havia alegado dor de cabeça naquela noite para evitar o jantar com Ridgely e Lady Deering, e solicitara que levassem uma bandeja a seu quarto. Ainda estava furiosa com ele por não tê-la consultado antes da venda. Ele estava muito mais preocupado em roubar os livros dela do que em avisá-la do que estava por vir. Pois por ela, ele que pegasse seu presente e fosse para o inferno.

Ouviu uma batida em sua porta.

Parou no meio do caminho.

— Quem é? — perguntou irritada, pensando que fosse seu tutor ousando invadir a privacidade de seu quarto.

Se fosse, ela puxaria suas orelhas de bom grado.

— É Abigail, milady — disse uma voz alegre.

Uma das criadas.

— Entre — disse Virtue.

A porta se abriu e Virtue viu a criada de faces coradas que com frequência a ajudava a arrumar-se. Mas em vez de segurar uma bandeja com o jantar, a moça estava com as mãos vazias. Ela usava um gorro de pano na cabeça e em seu semblante havia uma expressão de expectativa.

— Devo ajudá-la a se vestir para o jantar — explicou Abigail.

Virtue abriu um doce sorriso; afinal, seu problema não era com a criada.

— Não será necessário, não vou jantar esta noite. Já informei a Lady Deering que não comparecerei.

Abigail ficou parada à porta, incerta.

— Claro, milady. Mas Vossa Senhoria em pessoa me pediu para ajudá-la; disse que a milady mudou de ideia.

Ah, Vossa Senhoria havia decidido que Virtue mudara de ideia, então? Ela apertou a mandíbula.

— Pedi o jantar em meu quarto esta noite. Creio que houve uma falha de comunicação. Está dispensada, minha querida.

— Eu... por favor, milady. — A criada retorceu o tecido de suas saias, e sua incerteza deu lugar à consternação. — O duque foi bem claro em seu pedido. Disse para eu *não* aceitar um não como resposta.

Sua vontade de puxar as orelhas dele aumentou.

— Entendo. Quais seriam as consequências para você se eu não ceder aos desejos de Vossa Senhoria?

— Não sei, milady, mas desejo agradar Vossa Senhoria — disse Abigail, sincera. — Eu dependo deste emprego; mando dinheiro para minha mãe, para ajudar com as crianças em casa.

Claro, como acontecia com muitas criadas. Virtue cedeu, por não querer causar problemas para Abigail; não por estar preparada para enfrentar Ridgely.

— Muito bem, pode me ajudar a me vestir para o jantar.

O sorriso desdentado da criada era ofuscante.

— Obrigada, milady.

Virtue precisou angariar toda a paciência e boa vontade para não resmungar enquanto permitia que Abigail a ajudasse a se vestir para o jantar. Escolheu seu vestido mais sem cor, de musselina branca simples, um fichu para cobrir o decote, e deixou o cabelo simples e sério: um coque bem apertado. Sem adornos; era uma mulher de luto de novo. Se houvesse levado seus vestidos pretos para Londres, teria colocado um deles para enfatizar seu descontentamento.

Seus vestidos... Essa lembrança provocou um gosto amargo em sua boca enquanto ela descia para jantar na hora marcada. E todos os livros que ela havia deixado para trás! A biblioteca de Greycote Abbey, que tanto lhe fizera companhia...

O que acontecera com os fragmentos da vida que ela abandonara em Greycote Abbey, pensando em voltar para buscá-los em breve?

Ridgely a estava esperando para acompanhá-la à mesa, com a elegância de sempre, o rosto bem barbeado, o cabelo recém-aparado, e o hematoma havia desaparecido. Se ela não o conhecesse bem, teria dito que ele tivera um cuidado extra com sua aparência naquela noite, ao passo que ela, sem dúvida, fizera o oposto.

Ele se curvou formalmente.

Ela fez uma reverência rápida, e não sorriu.

— Vossa Senhoria... Onde está Lady Deering?

Ele sorriu; seus olhos escuros brilhavam.

— Ela tinha um compromisso. Não jantará conosco.

Ah, céus!

Sem a adequada Lady Deering e sua gélida formalidade, quem manteria os dois sob controle?

Virtue franziu a testa.

— Não podemos jantar sozinhos. É inapropriado.

Ele apertou seus lábios finamente moldados, como se quisesse evitar um sorriso.

— Eu sou seu tutor, é perfeitamente aceitável.

Ela jamais teria concordado em descer para jantar se soubesse que jantaria com Ridgely. Só os dois. E suspeitava que ele estava bem ciente desse fato. Na verdade, a ausência de Lady Deering havia sido o motivo pelo qual ele insistira para que ela descesse para jantar.

— Acho que perdi o apetite — disse ela. — Voltarei a meu quarto.

— Não voltará não, minha cara.

Ele a segurou pelo cotovelo quando ela tentou fugir.

— Você jantará comigo.

Ele a segurava com firmeza, mas ela sabia que poderia soltar-se, se realmente o quisesse. Mas também sabia que os criados observavam em silêncio para servir a refeição. Convenceu-se de que não queria fazer escândalo e de que essa era a razão pela qual ficaria perto demais do duque, cujo cheiro a instigava. Por que ele tinha que ter um cheiro tão irresistível, como de uma iguaria rara e cara?

— Não quero jantar com você — sussurrou. — Dispensou sua irmã de propósito esta noite?

Ele abriu mais o sorriso, e os cantos de seus olhos se enrugaram.

— Claro que não.

Ele estava mentindo, ela tinha quase certeza disso.

— Não acredito em você.

Ele riu, então, baixinho e convidativo. Deus do céu, como ele era belo quando sorria! Pecaminosamente bonito. Como ela poderia seguir firme se a risada encantadora dele era como uma salva de tiros de canhão? Isso sem falar da mão no braço dela, que a fazia queimar por baixo da luva de pelica.

— Não acredite, então — disse ele suavemente, soltando o braço dela. — Mas jante comigo, precisamos conversar.

— Não tenho nada a lhe dizer — informou ela.

— Pretende ficar com raiva de mim para sempre? — perguntou ele com voz provocante. — Se assim for, nosso casamento será um tédio mortal.

Aquela insistência absurda em se casar com ela de novo, não! Ela havia tido esperanças de que, como um libertino experiente, ele ouviria a voz da razão depois que as névoas da luxúria desaparecessem de sua mente.

— Não vamos nos casar, Ridgely.

— Vamos, sim — ele pegou a mão dela e a colocou na dobra de seu cotovelo. — Discutiremos isso no jantar.

O estômago dela teve a ousadia de roncar naquele momento, jogando por terra sua ira.

Ele ouviu, claro.

— Vê? Até seu estômago concorda comigo.

O estômago de Virtue era um traidor, assim como o restante do corpo dela. Felizmente, ela tinha sua inteligência, que era muito mais forte que a fraca parte física de seu corpo.

— Muito bem — cedeu ela, mas só porque estava com fome.

E que mal poderia haver em jantar com ele? Afinal, ele não planejava arrebatá-la no primeiro prato, não é?

O sorriso dele se tornou predatório, lupino.

— Excelente decisão, minha cara. Venha comigo.

CAPÍTULO 14

O segundo prato havia sido colocado na mesa. Trevor estava separado de sua presa por um luxuoso mar de comida. Galinha assada, codorna, aspargos na manteiga, geleia de framboesa, suflê, ervilhas à francesa. Pena que ele não estava com fome de nada além da beldade de cabelos acaju vestida como um fantasma que lhe fuzilava com os olhos durante o primeiro prato.

Ele havia feito o possível para encantá-la, mas fracassara. Pois não mais bancaria o cavalheiro; já a tinha à sua mercê. Os criados haviam sido dispensados e os dois estavam sozinhos, e a porta da sala de jantar estava fechada a pedido dele.

Para o inferno com a boa conduta.

Ele a conquistaria esta noite, nem que fosse a última coisa que fizesse. E como era bem possível que seu suposto assassino ainda estivesse vagando por Londres planejando seu próximo passo, cortejar Virtue *poderia* de fato ser a última coisa que Trevor faria.

Era um pensamento sombrio. Ele faria o possível para protegê-la dos perigos que enfrentava. Maldição, ele a salvaria dando a própria vida, se fosse necessário. Ele sabia que não deveria tê-la seduzido com aquele terrível assunto pairando sobre sua cabeça, mas fora incapaz de resistir. Agora, a responsabilidade pela segurança dela era dele, ainda mais que antes.

Ele tomou um gole de vinho para lhe dar forças, voltando a mente para pensamentos mais agradáveis. Como Virtue em sua cama, nua. As coxas macias dela ao redor da cabeça dele enquanto ele chupava sua boceta até levá-la ao êxtase. O rosa perfeito de seus mamilos tão deliciosamente sensíveis. Ficou imaginando se ela estaria usando espartilho naquela noite e olhou para os seios lindos dela, escondidos pelo corpete e um fichu horrível.

— Por favor, pare com isso — disse ela baixinho, irritada.

Pego no flagra.

Ele ergueu o olhar, fingindo inocência, e levantou a taça.

— Parar com o quê, ó futura esposa?

Ela bufou, mas suas faces estavam coradas, e ele notou a leve contorção dela na cadeira, o que significava que não estava tão impassível quanto fingia. A atração entre eles era palpável. Seu pau esteve meio duro durante o primeiro prato.

— Primeiro, parar de agir como se fôssemos nos casar — disse ela. — Pode ter certeza de que não vamos. E segundo, pare de me olhar como se eu fosse mais um prato do menu para você devorar.

Devorá-la seria absolutamente maravilhoso. Nada poderia ser melhor.

Ele sorriu, pois ela havia caído na armadilha.

— Mas nós *vamos* nos casar, e *pretendo* devorá-la quando for minha esposa. Todos os dias, se possível. Pelo menos uma vez, se não duas.

— Ridgely!

Era errado que o tormento dela fizesse sua ereção aumentar? De repente, ele se perguntou até onde poderia levar Virtue. Não seria divertido tentar ao máximo escandalizá-la?

— Choquei você? — perguntou, sustentando o olhar dela enquanto brincava com a haste de sua taça de vinho. — Claro que não, não é? Afinal, eu não disse que queria jogar todos esses pratos no chão, colocá-la na mesa diante de mim, levantar suas saias e me banquetear com você.

Os olhos castanho-dourados de sua tutelada brilharam, o rubor de suas faces se aprofundou e ela separou os lábios.

— Você é desprezível.

— Você não imagina quanto. Posso lhe mostrar agora, se pedir com educação.

As narinas dela se dilataram e ela ergueu o queixo, desafiadora.

— Não vou pedir nada.

Por Deus, como ele adorava aquele espírito rebelde! A mágoa que vira nos olhos dela mais cedo, quando ele lhe dissera que a venda de Greycote Abbey havia sido concluída, perseguira-o o dia inteiro. Nunca havia visto Virtue chorar, e saber que ele era a causa de seu transtorno foi como uma adaga enfiada em suas costelas.

O fogo dela estava voltando. Ele pretendia mantê-lo ali, queimando, pronto para incendiá-lo.

— Não tenha tanta certeza, querida — disse ele, e deu uma piscadela. — Nós dois sabemos que você não consegue resistir a mim.

— Sua arrogância nunca deixa de me surpreender.

Ele queria provocá-la. Queria que ela lutasse com ele. E queria vencer, ouvir aqueles lábios macios e exuberantes admitirem a derrota.

— É uma verdade universalmente conhecida que sou bastante irresistível para o sexo feminino — provocou ele. — Você, sem dúvida, não é imune. Não ouse sugerir o contrário.

A verdade era que ele não dava a mínima para o resto das mulheres do mundo que o desejavam. Tudo que ele queria era a que estava diante dele. Todas as mulheres de Londres poderiam irromper naquela sala de jantar e cair a seus pés, implorando para que se deitasse com elas, e ele não se comoveria nem um pouco. Nem se sentiria tentado. Por motivos que ele se recusava a analisar e não conseguia entender, tinha que ser ela, ou mais ninguém.

Lady Virtue Walcot lhe arrebatara por completo. Mais um sinal de que ela havia sido enviada pelo próprio Belzebu para orquestrar a queda de Trevor. Mas que melhor maneira de ser conduzido ao fim havia senão nos braços daquela mulher? Ele não conseguia pensar em nenhuma forma melhor.

— Sou imune agora — informou ela friamente —, depois do que você fez com Greycote Abbey. Onde estão todos os meus pertences que deixei lá?

— Foram tomadas precauções junto ao mordomo e aos criados de lá, meu administrador e o mordomo de Ridgely Hall. Tudo que lhe pertence está esperando por você em minha casa de campo. Depois que nos casarmos, você poderá buscá-los quando quiser.

— Quanta eficiência! — Havia amargura em sua voz, em vez de elogio. — Você conseguiu encaixotar toda minha vida e vender tudo que me restava sem que eu soubesse.

— Você não perguntou nada — apontou ele, sentindo a culpa o cortar como uma faca.

Ele não queria cumprir suas obrigações e causar dor a ela, mas a cláusula do testamento de Pemberton não lhe deixara escolha. Ele limpou a garganta, reprimindo a emoção, e prosseguiu.

— Como eu disse, pensei que você havia entendido os termos do testamento de seu pai. A cláusula relativa àquela propriedade era bastante clara. Greycote Abbey era uma propriedade falida; você tem sorte por receber a boa quantia que ela rendeu, em vez da dor de cabeça e das dívidas incorridas da sua má administração. E não precisa temer que eu tente tomar sua herança. Seus fundos continuarão sendo seus, mesmo depois que nos casarmos. Você tem minha palavra.

— Meus fundos também continuarão sendo meus se eu não me casar com você — disse ela com aspereza.

Eles poderiam continuar fazendo rodeios, ou ele poderia ser direto. Trevor optou pelo último.

— Não se casar comigo não é mais uma escolha, depois que minha língua esteve dentro de você — recordou-lhe.

Ela desviou o olhar, mostrando-lhe seu perfil.

— Precisa mesmo falar nisso?

— Sim, preciso. — Ele se levantou, abandonando completamente a farsa do jantar para cortejar sua futura noiva. — Porque foi glorioso, e porque pretendo repetir quantas vezes você permitir.

— Você é escandaloso!

Ela empurrou a cadeira para trás e se levantou também, fitando-o com os olhos arregalados enquanto ele contornava a mesa, deixando o segundo prato intocado e cada vez mais frio.

— O que está fazendo?

— Mostrando por que deveria se casar comigo.

Para alívio de Trevor, ela não se afastou nem tentou recuar quando ele a alcançou. Ficou onde estava e permitiu que ele a tomasse nos braços. Deus, como era bom tê-la ali! Bem ali. Perfeitamente ali.

— Mostrando por que você *precisa* se casar comigo.

— Ridgely — disse ela, mas a voz ofegante a denunciou. — Trevor.

Seu nome nos lábios dela o agradou. Ela estava com as mãos no peito dele, não o afastando, e sim o acariciando. O prazer foi crescendo, quente e denso em suas veias. Ele adorava quando ela o tocava, não queria que parasse.

— Duquesa — disse ele, experimentando o título e gostando muito de como soava, e da implicação de que ela seria dele, ainda mais. — Virtue. Pronto, nós dois nos chamamos por dois nomes distintos.

Ela estreitou os olhos, mas suas mãos continuaram a exploração audaciosa do corpo dele, subindo para os ombros.

— Há outros nomes pelos quais eu poderia chamá-lo.

Ah, que atrevida!

— Quais?

Ele baixou a cabeça levemente. O cheiro inebriante de Virtue o estava distraindo, e os lábios dela estavam bem perto dos dele.

— Tais como… — ela fez uma pausa e franziu a testa. — Estúpido sem consideração.

— Como posso ser sem consideração? Você é minha única consideração desde o momento em que me tornei seu tutor — rebateu ele, e era verdade.

Todas as suas decisões e todos os seus dias giravam em torno de Virtue e de suas obrigações para com ela. Ele não tivera a intenção de magoá-la vendendo Greycote Abbey, mas também não estava acostumado a lidar com tuteladas nem a perder a cabeça por uma mocinha inocente. Nenhuma mulher antes dela o havia capturado tão completamente.

— Até parece — debochou ela. — Isso é um absurdo. Se você pensasse em mim, teria me avisado que minha casa estava sendo vendida e que eu não teria oportunidade de voltar para lá.

Ele lhe devia um pedido de desculpas. Mesmo que houvesse apenas cumprido o testamento de Pemberton, como era seu dever perante a lei, deveria tê-la consultado e informado sobre o processo. Pelo menos, deveria tê-la advertido.

— Desculpe — disse ele, e não foi tão difícil quanto ele imaginava, pois tinha o hábito de viver sua vida sem remorsos ou arrependimentos. — Eu deveria ter me certificado de que você havia entendido as cláusulas do testamento e deveria tê-la mantido informada. Quando recebi a notícia do encarregado por meus negócios, eu deveria ter procurado você imediatamente.

A contrição dele a pegou de surpresa. Por um bom tempo, ela o encarou com um olhar perscrutador, como se procurasse alguma alegria oculta ou um toque de insinceridade. Sim, ele merecia que ela duvidasse. Mas ela poderia olhar quanto quisesse que não encontraria nada além de franqueza.

— Está falando de coração?

— Claro que sim.

Ele estava com as mãos na lombar dela, mas se permitiu movê-las, acariciando-a, absorvendo seu calor, suas curvas, sua força.

— Desde que me tornei duque, estou acostumado a que todos realizem meus desejos, mas sei assumir quando estou errado. Nunca foi minha intenção magoá-la, Virtue.

— Agradeço por isso. Mas você me magoou mesmo. Já lhe disse quanto Greycote Abbey significa para mim, quanto amo as pessoas de lá. Não imaginou que eu gostaria de me despedir?

— Pensei que já havia se despedido — respondeu ele, sendo franco. — Se pudesse desfazer o que foi feito, eu o faria. Mas mesmo que eu quisesse evitar que a propriedade fosse vendida, não conseguiria. A cláusula do testamento de seu pai exigia que isso fosse feito.

— Muito bem, aceito suas desculpas, mas não sua proposta. Não quero me casar, como já lhe informei inúmeras vezes.

— E quanto a seu amor pelo visconde Mowbray? — perguntou ele de propósito ao entender o jogo dela. — Pensei que estivesse completamente apaixonada e desejasse se casar com ele.

Ela ergueu uma sobrancelha.

— Talvez esteja. Tenho certeza de que o visconde não venderia minha amada casa sem pelo menos me informar primeiro.

Ele soltou um grunhido diante da ideia de ela se casar com aquele almofadinha. Não conseguiu se controlar. Virtue era *dele*, e quanto mais cedo ela percebesse isso, melhor.

— Não se casará com ninguém além de mim. Porque você é minha, e vou beijá-la agora.

Ele a avisou; ela poderia se afastar, empurrá-lo, esbofeteá-lo, se quisesse. Mas ela não protestou. Nem mesmo a aparição do próprio príncipe regente no meio da sala de jantar impediria Trevor de tomar os lábios de Virtue com os seus.

— Você é autoritário.

Trevor não discutiu. Era mesmo, e sabia disso.

Ele inclinou a cabeça.

— E irritante — acrescentou ela, pelo visto só para constar.

Sim, ele reconheceu que poderia ser isso também.

Ele sentia a respiração dela em seus lábios, misturada com vinho, quente e doce.

— E o homem que vai se casar com você — disse ele com firmeza.

Vencidos os poucos centímetros que os separavam, seus lábios se encontraram.

O homem que ama você, pensou ele.

Mas não disse isso em voz alta, porque havia tomado vinho demais durante o primeiro prato, e todo seu sangue havia descido para seu pau, já dolorosamente duro. Sim, essa devia ser a razão de ele estar tão sentimental.

Sem dúvida.

Tinha que ser.

Ele não poderia ter se apaixonado por aquela perdição enlouquecedora, sedutora, inteligente, teimosa, irritante, ardente, linda... sua ruína. Ou poderia?

Santa Apolônia.

Logan Sutton tinha razão, maldição! Trevor *estava* apaixonado por Lady Virtue Walcot, que logo se tornaria a duquesa de Ridgely.

Sua *esposa*.

Ele aprofundou o beijo, perdido demais nela para mais ruminações.

Ele a estava beijando de novo. Trevor, Ridgely, *ele*. O homem a quem ela não conseguia resistir por mais furiosa que estivesse pela maneira autoritária como a tratava.

Ele pegou meus livros, ela tentou fazer-se lembrar enquanto ele passava a língua por seus lábios. *Ele me proibiu de entrar na biblioteca. Ele vendeu Greycote Abbey.*

Mas o duque pedira desculpas, também pensou enquanto se abria para ele e seus braços enlaçavam o pescoço dele por iniciativa própria. Havia recitado Shakespeare para ela, dissera coisas bobas como *Será Virtue o sol daquele oriente?* E a beijava e tocava como se nunca fosse o suficiente.

E ela conhecia essa sensação.

Porque ela estava cheia de emoções confusas, mas quando estava nos braços dele, inexplicavelmente parecia que todas as peças se encaixavam dentro dela. E quando ele pousava os lábios nos dela, não queria que se afastassem. Com ele, ela experimentava a mesma sensação de pertencimento que vivenciara em Greycote Abbey, uma certeza que chegava a seus ossos, até a medula, até os espaços mais profundos e obscuros de seu coração.

Como era possível?

Ele desceu os lábios pelo queixo dela, depois pelo pescoço.

— Você é minha.

Ele pegou o fichu com seus dedos longos e o puxou, jogando-o para trás. O lenço caiu no prato de ervilhas à francesa, com um som indecoroso.

— Você sabe disso, Virtue.

Sim, ela sabia.

Mas, maldição, ele tinha que fazer por merecer, para compensar sua arrogância. Tinha que se esforçar mais por sua mão, se é que ela a entregaria.

Não! Estava pensando em se render? Em aceitar aquela proposta maluca dele? Em se unir a ele para sempre?

— Meu fichu! — protestou ela, em vez de dar-lhe o que ele queria.

Concentrar-se era cada vez mais difícil enquanto a boca quente dele descia por seu pescoço.

— Coisinha horrível — murmurou ele na pele dela. — Estava me afastando do que eu mais queria.

— Mas caiu nas… — Ele mordiscou o ponto sensível no pescoço dela e ela ofegou — … ervilhas.

Ele levou as mãos à cintura dela, ergueu-a e a colocou sobre a longa mesa elegante, onde não havia pratos.

— Danem-se as ervilhas.

Ele a estava seduzindo; era isso que ele estava fazendo, e ela nada podia fazer para detê-lo. Não, isso não estava certo. Porque ela poderia detê-lo, sim; o próprio Trevor havia lhe mostrado quanto poder Virtue tinha sobre ele.

Mas ela não *queria* que ele parasse, esse era o problema. Seu corpo e sua mente estavam em guerra, um ansiando por ele com um desespero que deixava suas mandíbulas tensas e seu corpo em chamas, e a outra a advertindo para manter suas reservas e não esquecer todas as razões pelas quais não deveria aceitar ser a esposa daquele homem.

— Minha — sussurrou ele no ouvido dela, antes de mordiscar o lóbulo de sua orelha. — Eu soube desde o momento em que a vi pela primeira vez, mas não queria acreditar que pudesse ficar tão completamente à mercê de qualquer mulher.

Ela levou os dedos ao nó da gravata dele.

— Como pode pensar que está à minha mercê quando na verdade decidiu meu futuro por mim?

— Não decidi.

Ele beijou-lhe o rosto, os cantos da boca. Com suas mãos lascivas, pegou o vestido e as anáguas dela e as levantou, roçando os dedos nos joelhos dela.

— Seu futuro é escolha sua. Mas alerto-a, querida, de que farei de tudo para persuadi-la até que você capitule e admita que me deseja tanto quanto eu a desejo.

— O desejo nunca esteve em questão — disse ela.

Suas saias estavam amontoadas ao redor do seu corpo na mesa, e ele acariciou a parte externa das coxas dela. Ela precisava de uma pausa para organizar seus pensamentos, que se dispersaram como um bando de pássaros assustados no momento em que ele tocou sua pele nua acima das ligas que prendiam suas meias. Ah, o que ela queria dizer mesmo? Sem dúvida havia algo, um protesto, algo coerente.

Mas ele a beijou de novo, roubando-lhe o fôlego e a capacidade de pensar. Suas carícias subiam e desciam pelas coxas de Virtue, suaves, lentas e hipnotizantes. A dor em seu baixo-ventre se intensificou. Suas pernas abriram-se e ele entrou no espaço que elas criaram, e de repente não havia mais barreira entre eles. Ele colocou as coxas dela ao redor de sua cintura e pressionou seu pau grosso no sexo dela. Ela enganchou os tornozelos e se esfregou descaradamente nele.

Os lábios dele abandonaram os dela e foram descendo pelo pescoço de novo.

— Você me deseja, então? — perguntou ele.

Como ele podia fazer uma pergunta dessas? Só se quisesse ouvir sua confissão. Ele pegou um seio dela, e com o polegar acariciou o mamilo. Ah, como era bom, e provocava a mais pura lascívia no ponto mais íntimo de Virtue! Quem mandou não usar espartilho de novo naquela noite? Mas ela não estava com vontade e aquele vestido simples não o exigia. Quem mandou ela ceder aos beijos dele?

Ele sabia como fazê-la se derreter quase sem esforço.

Ele rolou o mamilo de Virtue entre o polegar e o indicador e o beliscou de leve.

— Ah... — soltou ela, sem querer, adorando aquilo.

A respiração dele saía quente sobre a orelha dela, e ele passou a língua ali, fazendo-a estremecer.

— Você sabe que sim, seu canalha implacável.

— Sou *seu* canalha implacável, querida — murmurou ele na orelha dela.

— Diga sim. Diga que você será minha esposa.

Havia muitas razões para Virtue não aceitar. Mais tarde ela lembraria quais eram, tinha certeza.

— Por quê? — conseguiu perguntar. — Por que está tão determinado a se casar comigo?

Ele cravou os dedos nos quadris dela, puxando-a ainda mais contra si, de modo que a bunda de Virtue quase saiu da mesa. Apenas o corpo dele a impedia de cair.

— Porque sim.

Ele puxou o lóbulo da orelha de Virtue com os dentes, mordiscou levemente a mandíbula dela e levantou a cabeça. Fitou-a com um olhar tempestuoso e sombrio, quase de obsidiana sob a luz bruxuleante do candelabro.

— Quero entrar em você, enterrar-me profundamente em seu doce sexo úmido, e não posso fazer isso enquanto não nos casarmos.

As palavras dele provocaram uma labareda de fogo puro que a atravessou. Naquele momento, tudo parecia possível.

— Você poderia fazer isso agora — sugeriu ela, pois o desejo a consumia por dentro. Ela queria essa ligação com ele mais que tudo. — Não precisamos nos casar primeiro.

Nem nunca. Ela podia não ser tão vivida quanto ele, mas sabia que a união entre um homem e uma mulher era muito mais baseada no científico que no espiritual. Era uma questão de dois corpos se unirem, nada mais era necessário.

— Ó tutelada lasciva, o que tem lido em todos aqueles seus livros? — Ele sacudiu a cabeça devagar, sua expressão era estranhamente terna. — O casamento é necessário, definitivamente. Como seu tutor, devo protegê-la. Mas o homem de quem mais preciso protegê-la sou eu mesmo, porque não consigo resistir a você. Você é desobediente, selvagem e se rebela contra mim a todo momento. Deixa seus livros em todos os lugares e me deixa louco. É inteligente e muito teimosa, e não consigo imaginar minha vida sem você. — Ele fez uma pausa, um sorriso libertino surgiu em seus lábios. — E sim, quero ir para a cama com você mais que ver o sol nascer amanhã. Mas isso só acontecerá quando você for minha duquesa. Até mesmo eu tenho honra suficiente para reconhecer isso.

As palavras dele a fizeram se sentir... ah, ela não sabia como descrever. Inexplicavelmente corada. Vibrantemente quente. Dentro dela fermentava uma curiosa mistura de desejo e emoção. Luxúria e afeição. Sua raiva estava desaparecendo. Como ele podia ser tão cativante e irritante ao mesmo tempo?

— Eu não deixo meus livros em todos os lugares — disse Virtue, em vez de abordar o resto do que ele havia dito, pois sua cabeça ainda rodopiava e não compreendia bem o que estava acontecendo.

Ele ergueu uma sobrancelha.

— Encontrei um no divã da biblioteca esta manhã e outro entre as almofadas do divã da sala de estar.

Ela andava perturbada demais para ler. Se não estivesse, sem dúvida teria notado a ausência desses livros. Hum, talvez ela deixasse, *sim*, seus livros por todo lado. Era comum que precisasse se esforçar para lembrar onde estivera lendo pela última vez e tivesse de vasculhar os muitos e vastos aposentos da Hunt House.

— Você os está guardando para pedir resgate? — perguntou ela, em vez de reconhecer que ele a conhecia tão bem.

Aparentemente, melhor do que ela mesma, em alguns casos. E essa foi uma constatação muito irritante, de fato.

— Excelente ideia — ele sorriu de novo, mas foi um tipo diferente de sorriso, que alcançava o fundo de seus olhos. — Obrigado pela sugestão.

— Eu não estava sugerindo nada, e você sabe disso.

Ele beijou a ponta do nariz dela.

— Não vou chantageá-la para se casar comigo. Espero convencê-la de outras maneiras.

— Eu sei a que maneiras você se refere. Estou sentindo uma delas agora.

Ela corou com sua própria ousadia de se referir ao grosso pau dele encostado deliciosa e frustrantemente nela, no lugar onde ela mais ansiava. Aquele abraço escandaloso com as pernas lhe permitia senti-lo inteiro.

— Atrevida safada...

Ele lhe deu um beijo devagar, profundo, voraz, entrelaçando a língua na dela.

Beijou-a até fazê-la perder o fôlego, a ponto de agarrar sua gravata e camisa e só conseguir pensar nele. Beijou-a, e beijou-a, e quando parou, deixou-a com a cabeça girando.

— Você é a única mulher com quem quero me casar, Lady Virtue Walcot — disse ele. — Nunca pensei que diria essas palavras a ninguém, mas aqui estamos nós, seguindo os caminhos misteriosos da vida. Tenha misericórdia de mim e diga que será minha duquesa. Seu lugar é ao meu lado, em minha cama. Você sabe disso tão bem quanto eu.

A constatação que Virtue evitava desde que soubera do destino de Greycote Abbey recaiu sobre ela. Durante todo aquele tempo ela estava apaixonada por Ridgely. Acontecera aos poucos; ele a havia encantado. Brigava com ela, deixava-a furiosa... e, agora, queria se casar com ela.

Mas acaso ela se atreveria a aceitar? Ela se atreveria a se entregar ao desconhecido com o duque de Ridgely, um libertino pecaminosamente bonito, arrogante e enlouquecedor?

Já era capaz de admitir que perdera sua casa para sempre. Talvez abraçar o capeta diante dela — a quem não conseguia parar de beijar e desejar — fosse a melhor decisão, afinal.

— *Se* eu concordar em me casar com você, será com algumas condições — disse ela. — E note que ainda não disse que aceitarei.

Ele sorriu.

— Claro que você teria condições…

— A primeira delas é não mais me negar meus livros — prosseguiu ela com severidade.

— Comprarei dez bibliotecas para você — disse ele com tranquilidade.

Muito fácil. Mas ela acreditava nele; o duque de Ridgely era muitas coisas, mas mentiroso, não.

Ela pigarreou e prosseguiu:

— A segunda condição é que vou cavalgar de manhã.

— Só comigo ao seu lado.

— A terceira é que você deve ser um marido fiel — prosseguiu ela, pensando que esse pedido, acima de todos, era o que ele provavelmente negaria.

— Espero o mesmo de você — disse ele solenemente. — Chega de declarações de amor por Mowbury.

O coração tolo de Virtue deu um salto, e ela não sabia dizer por quê.

— O nome dele é Mowbray.

— Se o chamássemos por qualquer outro nome ainda assim seria um almofadinha — rosnou ele. — Você não estará em outra cama que não a minha, Virtue. Essa é *minha* condição.

Isso não seria difícil.

Ela aceitou, mordendo o lábio enquanto tentava pensar em mais condições.

— Concordo com isso. Também peço que meus fundos permaneçam meus, para eu fazer com eles o que quiser, como você prometeu.

— Concordo.

Virtue pensou por um momento.

— E posso ter mais condições. Eu me reservo o direito de adicionar outras à minha lista a qualquer momento.

Os lábios dele se curvaram.

— Vou mandar meu administrador redigir um contrato. Você poderá acrescentar mais condições quando quiser.

Ele estava sendo muito gentil. Quase doce, Virtue ousaria pensar. E ela estava enrolada em torno dele como uma videira, sem nenhuma intenção de soltá-lo. Que dupla formavam!

— Muito bem — cedeu ela —, me casarei com você

O sorriso dele a deixou sem fôlego, tanto quanto os beijos.

— Excelente. Já providenciei a licença, então nos casaremos amanhã.

— Amanhã?

Era breve demais! Ela havia acabado de ceder à ideia de casamento, mas casar-se em poucas horas incitou seu instinto de fugir o mais rápido possível.

Mas aonde ela iria? Voltar a Greycote Abbey não era mais possível.

Ele a beijou de novo, sufocando seus protestos e se afastando um pouco para colocar os dedos por baixo do vestido e das anáguas, e tocá-la onde ela, molhada, mais desejava. Abriu as dobras e fez uma carícia indolente na pérola dela, fazendo-a gemer, impotente, com os lábios nos dele. Mas quando ela pensou que Trevor a levaria ao auge, ele tirou os dedos, deixando-a pulsando e incompleta.

Trevor afastou seus lábios dos dela.

— Amanhã — repetiu. — E farei você gozar quantas vezes eu puder.

De repente, casar-se amanhã estava muito bom para Virtue. Ótimo, de fato.

CAPÍTULO 15

Casaram-se ao meio-dia, tendo como únicas testemunhas Pamela e o guarda-costas chamado Fera, que foi obrigado a assinar seu nome de batismo no registro: Theo St. George.

Virtue estava linda com um vestido claro e flores azuis no cabelo. Quanto a esse toque delicado, Trevor se perguntava se acaso ela teria pensado no sonho dele quando se decidira pelas flores. Seja como for, a imagem dela enquanto pronunciavam seus votos ficaria marcada em sua mente para sempre.

Não foi um casamento como Trevor pretendia. Mas, afinal, nunca pretendera se casar, até Virtue entrar em sua vida e destruir todas as mentiras arquitetadas com cuidado que ele dizia a si mesmo. Pamela, como era de se esperar, ficara horrorizada com a pressa das núpcias. Ela queria organizar um grande evento na St. George. Ele lhe informara seus planos durante o café da manhã e, em uma hora, toda a preocupação havia acabado.

Agora, ele estava cavalgando em Rotten Row com sua esposa ao seu lado montada em Hera, a mesma égua que ela roubara dos estábulos dele mais de uma vez. Era dela agora. Ele lhe dera a égua de presente de casamento — um entre muitos. Virtue ainda não abrira o presente do dia anterior, mas não importava; ele era tolo o bastante para continuar enchendo-a de presentes do mesmo jeito.

O horário não era dos melhores, caía uma garoa do céu cinzento, estava frio e provavelmente alguém ainda o queria morto, mas Trevor nunca esteve tão feliz como naquele momento. Estava muito orgulhoso de Virtue, uma mulher e tanto: inteligente, ousada, corajosa e sem dúvida bonita. Sua verdadeira beleza estava em seu fogo, seu espírito e sua determinação.

Vejam, ele queria gritar alto, para que todos os cantos do Hyde Park pudessem ouvi-lo. *Esta mulher magnífica é minha duquesa. Entre todos os homens de Londres, ela escolheu a mim como marido.*

Mas ele não era tão louco, por isso olhou para ela, admirando sua presença escultural montada em Hera, vestindo um traje de montaria que ele pretendia tirar quando voltassem para a Hunt House. De preferência com os dentes.

A primeira coisa que lhe passou pela cabeça, depois de assinarem seus nomes no registro, fora jogar Virtue sobre o ombro e levá-la para seus aposentos, com a intenção de ficar trancado lá com ela pelo menos por toda a semana seguinte. No entanto, ele não era tão bárbaro, por isso perguntara educadamente o que sua esposa gostaria de fazer após o café da manhã do dia do casamento. Cavalgar, declarara ela, e ele concordara. Ela era uma excelente amazona, ele tinha que reconhecer. Mas isso não era de se admirar para uma mulher que passara quase toda sua vida escondida no campo.

Ele sentiu raiva de Pemberton de novo por não ter valorizado Virtue como ela merecia, por abandoná-la em Nottinghamshire. Mas também era estranhamente grato. Porque agora ela era dele, e se as coisas fossem diferentes, poderia não ser. Seus caminhos poderiam nunca ter se cruzado, e outro homem, sem dúvida, a teria arrebatado como prêmio para si. E pensar em outra pessoa a possuindo foi o suficiente para fazer Trevor querer desafiar aquele homem hipotético para um duelo.

— Algum problema? — perguntou Virtue enquanto guiavam suas montarias pela alameda.

— De jeito nenhum — disse ele em tom tranquilizador. — Por que pergunta?

— Porque estava me encarando.

Estava? *Céus!* O que ele deveria dizer? Que ele estava tão inebriado por ela que pretendia dizer a um rival inexistente que escolhesse seus padrinhos para um duelo?

Santa Apolônia, ele estava ficando louco.

— Estava pensando em seu pai, se quer saber — disse, em vez de fazer uma confissão tão humilhante, pois isso também era verdade. — Pensando no desserviço que ele lhe prestou por nunca a ter conhecido bem. Mas quem perdeu foi ele.

Ela inclinou a cabeça, observando-o por baixo da aba de seu vistoso quepe militar azul.

— Obrigada por dizer isso. Foi muita gentileza.

— Sempre considerei Pemberton um bom homem. Mas um bom homem não teria abandonado a filha.

— Você era amigo dele — observou Virtue.

Surpreendeu-o perceber que era a primeira vez que falavam sobre sua amizade com o pai dela e o relacionamento de Virtue com ele desde que ela fora morar na Hunt House, após o período de luto.

— Era, sim — reconheceu ele. — Pensei que o conhecesse, mas agora começo a me perguntar se realmente o conhecia.

Embora Pemberton fosse dez anos mais velho que ele, Trevor e o marquês ficaram amigos devido ao gosto mútuo por cavalos e mulheres. Era estranho pensar que podia conhecer alguém a ponto de considerá-lo um amigo; e, no entanto, não conhecê-lo de verdade. Que poderia haver profundezas ocultas e mistérios nunca abordados.

— Pois eu o desprezava, sabe? — disse Virtue, tão baixinho que sua voz mal se ouvia devido ao barulho dos cascos dos cavalos. — Quando eu era pequena, desejava que ele chegasse de repente, de onde quer que estivesse hospedado, Londres ou Pemberton Hall, ou qualquer lugar do mundo. Eu o imaginava me dizendo que havia errado por me manter longe dele, e tudo seria perdoado.

Pensar em Virtue como uma menina ansiando pelo amor do pai era como uma adaga no peito de Trevor.

— Meu Deus, amor! Sinto muito.

— Não precisa ter pena de mim — ela lhe lançou um sorriso triste. — Quando fiquei um pouco mais velha e percebi que minhas fantasias de menina nunca se concretizariam, eu me perdi nos livros. Encontrei um vasto mundo à minha espera.

Nunca ocorrera a ele que ela procurasse consolo nas páginas dos livros que sempre carregava consigo. A leitura a distraía das dores do passado. Saber disso agora lhe provocou um doloroso sentimento de culpa por ter sido autoritário e negado os livros a ela.

— Desculpe — disse ele, pesaroso. — Se eu soubesse, nunca teria tirado seus livros.

— Sim, mas se nunca houvesse tirado meus livros, eu nunca o teria visto sem camisa — disse ela com um sorriso travesso.

Mais uma vez, a resiliência dela o impressionou. E aumentou seu desejo por ela. Trevor passara metade da manhã em agonia, contando as horas até que pudesse tê-la em sua cama.

Mas essa conversa entre eles era outro tipo de intimidade, percebeu, da qual também estava gostando. Muito. De repente, ele queria saber tudo que havia para saber sobre ela.

— Fale-me de Greycote Abbey — pediu ele, arriscando-se ao mencionar o amado lar dela depois de isso quase a levar a se recusar a casar com ele. Mas ele precisava conhecê-la melhor. — Como era para você lá?

— Era lindo — disse ela, com um sorriso melancólico naqueles lábios que ele ansiava por beijar. — Não me sentia só, se é isso que quer saber. Tinha uma preceptora que cuidava de mim e, quando ela não foi mais necessária, nossa governanta me fazia companhia, além dos outros criados. Eles me tratavam como se eu fosse da família; sem dúvida, eram a minha.

— E seus primos, sua tia e seu tio? Nunca a procuravam?

— Papai estava brigado com o irmão, suponho que foi por isso que ele nomeou você como meu tutor. Nunca conheci meu tio, minha tia, nem nenhum dos meus primos. A família de meu pai era pequena, apenas os dois irmãos, e a de minha mãe menor ainda. Ela era filha única. Você tem muita sorte por ter Lady Deering tão perto. Sempre desejei ter uma irmã.

O tom dela era melancólico. Ele queria tomá-la nos braços, e essa necessidade tão repentina e forte o pegou de surpresa. Queria tranquilizá-la, dizer que ela nunca mais ficaria sozinha.

— Você tem uma irmã agora — anunciou ele. — Pamela também está contente por ter uma irmã, visto que o irmão a desespera.

Virtue sorriu.

— Ela ficou bastante irritada com a cerimônia desta manhã.

— Prometi a ela um guarda-roupa novo para amenizar sua afronta — contou mal-humorado.

Pamela lidava com sua dor entregando-se às compras. Ele não havia entendido antes o que a motivava, até que conheceu em si mesmo esses sentimentos estranhos e avassaladores por Virtue. Não podia imaginar como seria perdê-la como Pamela perdera o marido. Não suportava sequer pensar nisso.

— Ela adora fazer compras, sem dúvida — disse Virtue com ironia. — Juro, ela me deixava esgotada com tantas idas à Bond Street.

— E esgotava meus cofres também.

Chegaram ao final da alameda e viraram os cavalos para voltar.

— Você faz parte de uma família um pouco maior agora. Somos apenas minha irmã, minha mãe e eu, além de um grupo bastante desordenado de primos, algumas tias dispersas e um tio.

— Lady Deering fala com frequência de sua mãe, mas notei que você não… — disse Virtue. — Acaso não se dão bem?

— Minha mãe não gosta de mim porque tomei o lugar de seus filhos prediletos — respondeu ele, com sinceridade. — Bartholomew é que devia ser o duque, e Matthew antes dele, não eu, e ela nunca me permitiu esquecer isso.

— Sinto muito — expressou Virtue. — Isso deve lhe entristecer. Não conheci minha mãe e sempre imaginava como ela seria, se teríamos uma boa relação ou não.

Virtue havia sido quase órfã, à deriva sem mãe e sem um pai capaz de lhe dar o amor que ela merecia. O coração de Trevor apertava-se ao pensar nisso. Não parecia possível que uma mulher tão cheia de vida e corajosa surgisse de um começo tão sombrio. Mas Virtue perseverara e ficara mais forte por isso.

Ele a observava enquanto cavalgavam em direção à Hunt House.

— Tenho certeza de que sua mãe a teria amado muito.

Porque, como ele se dera conta, era impossível conhecer Virtue sem amá-la.

O duque de Ridgely era muito charmoso quando queria.

E o marido de Virtue, ao que tudo indicava, estava decidido a ser muito, muito charmoso. *Marido.* Que pensamento estranho, e que palavra estranha! Mais estranho ainda era o sentimento que os acompanhava, fazendo seu estômago flutuar, enquanto um desejo profundo se instalava dentro dela.

Virtue ficara encarando o livro que ele lhe dera no dia anterior, mas que ela não havia desembrulhado ainda, sentada à escrivaninha de seu novo quarto. Tirara o embrulho, o barbante e vira um livro incrivelmente raro que devia ter custado uma fortuna. Mas ele o havia comprado.

Para *ela*.

Ele encontrara o presente perfeito, o único que ela poderia querer. Seus olhos se encheram de lágrimas, borrando sua visão. Ninguém nunca lhe havia dado um presente antes, e o fato de ter sido Trevor fazia com que significasse muito mais.

Ela tivera medo de tocar no livro, de virar as páginas, pois fora impresso no século XV. Depois de aberto o presente, levara o livro cuidadosamente à escrivaninha, onde residiria a partir de então. Era um tesouro do passado que ele havia confiado a ela.

Depois de voltar do passeio no parque, foram para seus quartos separados, trocaram de roupa e se encontraram com Lady Deering para tomar o chá. Em dado momento, Trevor sugeriu a Virtue que passasse um tempo se familiarizando com seu novo quarto.

O novo quarto dela que era contíguo ao dele.

Lady Deering lançou ao irmão um olhar de reprovação, mas disse que tinha que visitar alguns amigos na esperança de atenuar as fofocas que sem dúvida se seguiriam à notícia do casamento precipitado de Trevor e sua tutelada. Virtue já havia explorado o quarto, sentindo-se como uma intrusa lá dentro. Tudo havia sido preparado às pressas, naquela mesma manhã, pelos competentes criados da Hunt House.

Ela ouviu uma batida na porta adjacente, que lhe arrancou de seus devaneios.

Seu coração deu um pulo. Só podia ser seu marido.

— Entre — disse.

A porta se abriu e lá estava ele, bonito demais com uma calça social, camisa engomada e o colete combinando que usara para o chá, mas sem a formalidade da gravata e do fraque. Ele era elegante sem esforço, impecável como se estivesse em um salão de baile, mas o poderoso ar de sensualidade que exalava a deixou sem fôlego.

— Posso? — indagou ele, como se precisasse da permissão dela para entrar no quarto.

— Claro.

Ela foi até ele, atraída como sempre.

A atração entre eles era magnética, inegável. E eles eram casados agora. Tudo acontecera como um sonho febril, e às vezes Virtue pensava que acordaria a qualquer momento e descobriria que nada daquilo era real.

Ele a encontrou no meio do quarto e pararam perto um do outro. O desejo de se jogar nos braços dele era forte, mas ela sabia que não podia permitir ser dominada tão depressa. Trevor já a havia persuadido a se casar com ele, mesmo ela sendo inflexível e dizendo que nunca se casaria. O que mais ele poderia convencê-la a fazer com aquela boca lasciva e aquele toque experiente?

— Já se instalou? — perguntou ele. — Os móveis, papéis de parede e quadros... você pode mudar, se quiser. Pode escolher o que preferir e decorar a seu gosto. — Ele lançou um olhar irônico ao redor. — Dado todo esse dourado e rosa espalhafatosos, desconfio que o duque anterior deu carta branca a uma de suas amantes. Os gostos de minha mãe são muito austeros em comparação a essa decoração extravagante.

Ela havia suposto que a ocupante anterior havia sido a duquesa viúva. Que estranho e escandaloso que o pai dele houvesse mantido uma amante na Hunt House e lhe dado carta branca para decorar os aposentos da duquesa!

— Obrigada pela generosidade — disse ela, vendo o quarto com outros olhos.

E vendo Trevor com outros olhos também. Havia mágoa sob o exterior arrogante dele. Um passado sofrido não tão diferente do dela. Assim como ela, ele não tivera uma boa relação com o pai. E embora em um sentido diferente, também não tinha mãe.

— Não precisa me agradecer, querida. É lamentável de minha parte; se eu houvesse feito tudo corretamente, o quarto estaria pronto para você e estaríamos a caminho de nossa lua de mel agora. — Ele fez uma pausa e olhou ao redor mais uma vez antes de lhe estender a mão. — Venha comigo, por favor. Este quarto tem fantasmas demais para meu gosto.

Ela pegou a mão dele e entrelaçaram os dedos. Virtue se viu desfrutando desse novo luxo do toque fácil. Se havia algo de que ela gostara no casamento, até então, era esse agradável relaxamento do decoro entre eles. Não que houvessem se importado muito com isso antes, pensou ela enquanto ele a conduzia para o quarto dele. Afinal, a falta de adesão às regras fora o que levara ao casamento apressado deles.

Quando estavam acomodados no quarto dele, com a porta de comunicação fechada para afastar espíritos indesejados do passado, ele levou a mão dela aos lábios em um beijo reverente, fitando-a com seus olhos escuros cheios de fogo.

— Enfim sós, minha duquesa.

Virtue quase olhou em volta para encontrar a duquesa a quem ele se dirigia.

Ela.

Estavam casados. Diante dela estava seu marido. Ridgely. Trevor William — como ela descobrira naquela manhã — Hunt. O tutor com quem ela havia brigado, a quem havia beijado e com quem havia feito muito mais.

— Devo agradecer o livro também — disse ela baixinho, lembrando-se de novo daquele presente inestimável. — Nem imagino quanto deve ter lhe custado. *Decameron*, de Boccaccio… Pertence a um museu, não às minhas mãos indignas.

— Suas mãos são muito dignas.

Ele beijou a palma da mão dela, como para enfatizar suas palavras, e passou a língua pela linha entre o polegar e o indicador.

— E quanto ao custo, não se preocupe. Consegui comprá-lo pela metade do preço que o camarada antes de mim pagou; uma verdadeira pechincha de menos de mil libras.

Ela estremeceu quando ele chupou o espaço surpreendentemente sensível entre os dedos dela.

— Mas isso é uma pequena fortuna.

— O proprietário anterior superestimou sua capacidade de construir uma biblioteca. Felizmente, não terei nenhum problema para construir a sua.

— *Minha* biblioteca?

— Não — ele mordiscou a carne tenra que acabara de chupar. — Suas bibliotecas, no plural, querida. Eu prometi, não foi? Todas as bibliotecas que possuímos estão totalmente à sua disposição. Assim como eu.

Ah, como ela gostou de ouvir isso!

— Você e suas bibliotecas?

Ele sorriu, com os lábios na palma da mão dela e sustentando seu olhar.

— Ambos.

— Ah…

Ela pretendia dizer algo muito mais inteligente, mas estava envolvida demais por uma onda de sensações para conseguir dizer qualquer outra coisa.

Ele deixou outro beijo demorado em sua mão e endireitou o corpo.

— Meu Deus, você é deliciosa! Eu seria capaz de arrancar esse seu vestido, jogá-la sobre meu ombro, levá-la para minha cama e trepar com você o resto da tarde. E a noite toda também.

Palavras lascivas, pecaminosas… Ela estava pegando fogo.

— Por que não, então? — ousou ela.

— Porque Pamela me alertou para não cair sobre você como um leão faminto — respondeu ele, sorrindo. — Estou tentando ser um cavalheiro, mas é difícil demais, porque só o que quero é despi-la e cobri-la de beijos da cabeça aos pés.

O lado mais devasso dela não via problema algum nisso.

— Talvez devesse mesmo — soltou ela.

O sorriso dele ficou lascivo.

— Sabia que me havia me casado com você por um bom motivo.

Casados. Ainda parecia um sonho. Como se ela fosse acordar em sua cama em Greycote Abbey e perceber que o tempo turbulento que havia passado com o canalha mais sedutor de Londres havia sido a imaginação de sua mente adormecida. Mas não, era bem real. Ela era a duquesa de Ridgely e estava sozinha com seu marido no quarto dele. Ansiando-o.

Preciso proteger meu coração, pensou. Afinal, Ridgely era um libertino. Lady Deering a advertira para ficar longe dele. Ele havia jurado que seria fiel a ela, mas era fácil quebrar uma promessa. O relacionamento deles era bem fundamentado no departamento carnal, e devia continuar assim.

Ela sentiu uma pontada de incerteza.

— Não se arrepende de ter se casado comigo? — perguntou.

Ele ainda estava segurando a mão dela e a apertou de leve.

— Não, querida. Não me arrependo nem por um momento.

— Faz poucas horas, claro que não se arrepende ainda. Mas e se isso acontecer com o passar do tempo? Você está acostumado a ter todas as mulheres de Londres a seus pés.

— Sim, mas todas as mulheres de Londres não são você — ele a puxou para si, para o calor de seu peito robusto, com uma expressão cheia de ternura. — E você é a única mulher que quero neste maldito mundo.

— Desde quando? — Ela pousou as mãos nos ombros dele. — Sua reputação é bastante ruim, você sabe.

— As reputações mudam — disse ele simplesmente, acariciando a nuca da esposa. — As pessoas também.

Ali estava ela, complicando as coisas e se preocupando demais, sendo que pretendia se entregar à sensação. Mas como era possível que aquele belo e experiente duque, que podia escolher qualquer uma, houvesse escolhido logo ela, uma mulher que gostava de livros e que passara a maior parte da vida no campo, tendo um pai que nem a queria?

Ela mordeu o lábio, insegura de novo.

— Por experiência própria, aprendi que as pessoas não mudam, por mais que queiramos.

Com o polegar ele estava acariciando a nuca dela, apertando-a levemente com a mão.

— Não sou Pemberton, não vou abandoná-la nem me arrepender de ser seu marido. Eu prometo, Virtue.

— Quero acreditar em você.

E como queria.

— Então, acredite. — Ele lhe beijou a testa e o rosto. — Pode confiar em mim. Sou seu agora, e você é minha. Para sempre.

A barba que começava a espetar sua face a puxou de volta à realidade, arrancando-a do abismo da dúvida. A pele dele era quente, eletrizante, a proximidade fazia o corpo de Virtue pesar de desejo. O cheiro almiscarado e cítrico dele a provocava. Aquilo era tangível, algo a que ela podia se agarrar e esquecer o resto. Ele havia se barbeado naquela manhã, e a mandíbula bem definida dele estava coberta apenas por uma sombra. Ela esfregou o rosto no dele, procurando algo que não sabia definir. Não era só conforto; era muito mais.

Ela virou a cabeça e seus lábios se encontraram. Ele a beijou com doce reverência a princípio, com aquela boca suave e quente, e a seguir com mais profundidade, com necessidade e ardor, reivindicando a posse dela.

Virtue entregou-se ao feitiço sensual que ele lançava, e seus grampos de cabelo foram caindo no tapete, ecoando o barulho da chuva nas vidraças. Seu cabelo cada vez mais solto e ela também. Ele rolou a língua dentro da boca de Virtue, e ela sentiu o gosto do chá que eles haviam tomado antes. Quando encontrou as fitas do vestido e corpete dela começou a desamarrá-las.

Ainda o beijando, ela passou as mãos pelo peito dele, parando nos botões do colete e abrindo-os. Trevor era dela, exatamente como ele havia dito, e ela queria tocá-lo como antes, sentindo a firmeza de sua pele. Não precisavam se apressar, podiam se saborear sem medo de interrupção ou escândalo, mas ambos estavam frenéticos, não queriam perder tempo.

Ele interrompeu o beijo e chupou o pescoço dela, e a ajudou a lhe tirar o colete. E a seguir, ele tirou o vestido e as anáguas dela, e depois a própria camisa pela cabeça.

Os mamilos dela se projetavam através da blusa, enrijecidos e doloridos. Ele notou e lhe apalpou os seios, logo esfregando os bicos rígidos até que ela ofegou de desejo. Virtue o tocou também, passando os dedos pelos músculos daquele abdome e peito robustos, efeito da prática de esgrima.

Ele era muito forte, largo e cheio de energia. Como alguém poderia querer fazer mal àquele belo homem? Ela se perguntou se ele havia descoberto alguma coisa sobre o intruso da escada, mas logo afastou esse pensamento perturbador. Perguntaria a ele mais tarde. Por ora, não permitiria que nada nem ninguém interferisse. Ele estava ali, era dela, e havia guardas na Hunt House para mantê-lo seguro.

— Já imaginei este momento centenas de vezes — disse ele com voz baixa, tranquila, impregnada de reverência.

As palavras dele renovaram a urgência que ela sentia. O desejo pulsava entre suas coxas, tanto que chegava a doer. Ela o queria ali, ansiava por ser dele em todos os sentidos.

Ela tentou tirar as calças dele, atrapalhada, com dedos desajeitados devido à necessidade reprimida de tocá-lo e explorá-lo. Roçou a ponta grossa do pau dele, que empurrava a carcela.

Ele gemeu.

— Deus do céu, Virtue, quero tanto você…

Ela também o queria muito. Seu corpo parecia entender o dele e vice-versa, embora a mente de cada um ainda estivesse se acostumando com as novas circunstâncias. Ela estava mais ousada, segurou o pau dele pela primeira vez, por cima da calça, notando o comprimento e a firmeza, enquanto ele acariciava seus seios por cima da blusa.

Ele respirou fundo ao sentir o toque e ela recuou, imaginando se acaso não havia ido longe demais. Mas ele beliscou levemente os mamilos dela e a fitou com olhar ardente e anuviado.

— Continue, querida. Faça o que quiser comigo. Como eu disse, sou seu.

Era dela.

Ela conseguiu abrir a calça e aquele pau surgiu bonito, grosso e comprido, muito maior do que ela havia imaginado quando o sentira se esfregando nela. O instinto assumiu o controle quando ela o pegou, gentilmente a princípio, sem saber como deveria tocá-lo.

— Mais forte — disse ele, soltando um dos seios, apertando seus dedos ao redor dos dela. Ele a fez segurá-lo com mais força, guiando a mão dela para cima e para baixo pelo comprimento. — Isso, querida. Assim.

Era liso e mais macio que veludo, mas firme; um contraste estranho. Uma gota escorreu da ponta e deslizou sobre a mão dela enquanto ela o acariciava junto a Trevor. Ele estava com a cabeça inclinada, os lábios entreabertos, uma expressão de puro prazer naquele belo semblante. Ver isso a encheu de ousadia e urgência. Imaginou se poderia usar a boca nele como ele havia usado nela na biblioteca.

— Quero sentir seu gosto — disse ela, sem fôlego —, como você fez comigo.

Diante das palavras dela ele projetou os quadris para frente e seu pau pulsou, ficando mais duro ainda. Ele encostou a testa na dela.

— Céus, Virtue, está tentando me enlouquecer?

Ela o beijou, pois não sabia bem o que responder. Só sabia que gostava de vê-lo à sua mercê. O prazer dele alimentava o fogo do desejo dela, cada vez maior. Sentindo-se inexplicavelmente audaciosa, ela mordeu o lábio dele como havia feito antes. Ele aprofundou o beijo, até que se tornou avassalador e os dentes deles colidiam, ansiosos. A sedução lenta e mútua desapareceu quando se entregaram ao frenesi de lascívia.

Mãos corriam por todo lado, procurando, explorando, puxando tecidos e costuras. Ele tirou a chemise dela pela cabeça e, juntos, tiraram as calças dele.

— Para a cama, querida — disse ele sem fôlego. — Agora.

Caíram como um só corpo no colchão, nus e desesperados um pelo outro, Virtue de costas, Trevor entre as coxas dela. Virtue sentia o pau pesado e duro em sua barriga, mas ele não a penetrara ainda, como ela havia suposto que faria. Ele acariciou as curvas dela, apoiado no antebraço, e baixou a cabeça para pegar um mamilo com a boca. Chupou-o com força, contraindo os músculos de seus pômulos angulosos, e então passou a usar a língua, em movimentos lentos e deliberados no mamilo sensível.

Ela se arqueou na cama; estava tão ansiosa, desesperada por ele, sentindo uma dor que só ele poderia aplacar.

— Adoro ver esse rubor na sua pele quando você me quer. — Ele lhe beijou um seio, depois o outro, e lambeu os mamilos duros também. — Adoro suas curvas, sua suavidade, seu corpo respondendo ao meu. E seus mamilos desejosos.

Outro beijo, e ele desceu a mão, que estava na cintura dela, para o quadril. Depois, encontrou a parte interna da coxa e lhe abriu as pernas. Mergulhou os dedos nas dobras dela e a lambuzou com a umidade que encontrou ali.

— Sua boceta está encharcada. Meu Deus, adoro isso também.

Ele brincou com aquele botão já pulsante, formando um leve remoinho que a deixou ofegante.

— Depressa — disse ela, querendo mais.

— Tenha paciência, querida.

Ele a beijou na barriga, colocou seus ombros largos entre as coxas dela e substituiu seus dedos por sua língua. Ficou brincando com aquela proeminência ali, e logo deu-lhe uma mordidinha leve que provocou nela uma onda de sensações que lhe percorreu até os dedos dos pés.

Ela pretendia dar prazer a Trevor daquele jeito, mas agora era ele quem a estava devorando, fazendo-a se contorcer na cama sem poder controlar seu próprio corpo. Ele chupou e lambeu, e enfiou a língua quente e úmida bem fundo nela. Era agonia e êxtase, e era demais e não o suficiente ao mesmo tempo. Com uma mão, ele apertou deliciosamente a bunda dela, mantendo-a imóvel enquanto fazia amor com ela usando sua a boca e a língua.

Quando ele voltou ao botão e deu uma chupada vigorosa, levou a outra mão à entradinha, e ela sentiu a pressão de um de seus dedos a invadindo.

Devagar no início, nada mais que a ponta do dedo girando dentro de sua boceta molhada. Mas então, ele enfiou mais um pouco e a mordiscou novamente, o que a fez elevar o quadril, levando-o a entrar inteiro.

— Isso — sussurrou ele, com a boca nas dobras dela, que gemia e se contorcia embaixo dele. — Goze para mim.

Naquele momento, ela teria feito qualquer coisa para agradá-lo; mas mesmo que tivesse outra intenção, não poderia impedir o clímax. Ela sentiu aquela contração familiar se formando enquanto ele movia seu dedo para dentro e fora, e com a língua lambia seu botão com precisão impiedosa.

Pelos anjos do céu e da terra, seu coração batia forte, e faltava-lhe o ar. Ia morrer de prazer enlouquecedor, e não poderia haver melhor maneira de encontrar seu fim, disso ela tinha certeza. Agarrando e torcendo o lençol, ela arqueou as costas e gritou quando o orgasmo chegou. Ela pulsava em torno do dedo de Trevor, mexia os quadris enquanto ele fazia movimentos longos e firmes com a língua, até que pegou o botão e voltou a mordiscá-lo. O prazer explodiu de dentro para fora e mais uma série de espasmos a percorreu, consumindo-a de novo.

E então, ele deitou seu corpo quente e obstinado sobre o de Virtue, pressionando-a contra o colchão, com a cabeça firme de seu pau na abertura dela. Enterrou o rosto no pescoço dela e o beijou.

— Esta pinta me deixa louco — murmurou.

Ela nem sabia que tinha uma pinta ali, onde ele passou os lábios e depois a língua. Ele beijou mais embaixo, no ombro, e o mordeu suavemente enquanto seu pau afundava nela como seu dedo havia feito.

Mas essa intrusão era diferente. Maior, muito maior. Ela se agarrou aos ombros de Trevor, maravilhada com a sensação nova, cravando as unhas na carne dele.

— Ah! — exclamou, de admiração e alegria.

Então era isso que ela estava perdendo, pensou.

— Está tudo bem, querida? — murmurou ele na orelha dela, parando, com os ombros tensos. — Não quero machucá-la.

— Mais — pediu ela. — Quero sentir você inteiro.

Ele empurrou o pau mais fundo, dilatando-a e preenchendo, e ela sentiu uma pontada enquanto seu corpo se adaptava. Ele se sentiu subitamente enorme dentro dela, como se pudesse dividi-la ao meio caso se movesse. Mas o corpo dela precisava que ele se mexesse. Precisava que...

Ela não sabia.

Mas Trevor continuou. Tomou a boca de Virtue com um beijo suave, projetou os quadris de novo e a prendeu na cama com o peso maravilhoso de seu corpo quente e musculoso. Foi enfiando tudo, quase sem objeção do corpo dela. Como era incrível estar unida assim a ele...

Ele interrompeu o beijo.

— Preciso me mexer...

— Sim — disse ela, ofegante, porque também precisava disso.

Precisava do atrito, do movimento, precisava ser possuída da maneira mais primitiva.

Ele colocou as pernas dela ao redor de seus quadris e quase saiu dela completamente. Sentir o pau duro dele deslizar reacendeu as faíscas do desejo nela, neutralizando qualquer desconforto. E então ele a preencheu de novo, e se alojou bem fundo, e encontrou o ângulo que provocou a tempestade perfeita, bem no limite entre o prazer e a dor.

Dessa vez, ele não parou. Ficou entrando e saindo a um ritmo enlouquecedor. Ela se sentia capturada por uma espiral; cada parte do corpo dela muito sensível. Ele beijou o rosto, a orelha, o pescoço dela. Tomou-lhe a boca de novo enquanto tomava seu corpo, com uma insistência feroz e voraz. E então Virtue entendeu que eles eram verdadeiramente um só, que ela havia sido maravilhosamente feita para aquele homem, e ele para ela.

E justamente quando ela pensou que não poderia suportar mais prazer, ele levou os dedos entre seus corpos unidos e começou a acariciá-la, mantendo a pressão exata que já sabia que ela gostava. Tudo dentro dela se contraiu e ela se agarrou nele, jogando a cabeça para trás, afastando os lábios dos dele para ofegar com a alegria delirante do êxtase.

Ele enterrou o rosto no pescoço de Virtue, a mão nos cabelos dela e puxou, não para provocar dor, apenas o suficiente para aumentar o clímax e fazê-la gritar enquanto uma onda de prazer percorria seu corpo. Ele aumentou o ritmo, que foi ficando mais frenético, e seu pau duro entrava e saía mais rápido, até que ele gemeu, seu corpo forte ficou tenso e ela sentiu o jorro quente e úmido do gozo dele enquanto ele ofegava.

Ele desmoronou sobre Virtue, ainda dentro dela, com o pau pulsando. Ela o abraçou e ficou acariciando o cabelo dele enquanto ele voltava devagar à lucidez. E então, depois da descarga de sensações, sob o peso daquele corpo quente e musculoso ainda dentro dela, Virtue chegou à conclusão de que estava errada quanto à necessidade de proteger seu coração de Trevor.

Pois era tarde demais.

Ela já o amava.

CAPÍTULO 16

Ele acordou num pulo na escuridão, com o peito pesado e apertado de terror e pavor, ofegando e com a certeza de que alguém havia ido atrás dele para matá-lo.

Trevor se aprumou, com a cabeça girando enquanto tentava entender as sombras que o cercavam e a confusão de sua mente. Levantou as cobertas, em delírio, pensando que encontraria uma faca. Mas tudo que encontrou foram curvas quentes.

— Trevor?

Sentiu uma mão suave nas costas, entre as omoplatas. Encolheu-se, ainda preso no pesadelo que tinha desde a noite em que seu quarto fora invadido, enquanto a consciência retornava aos poucos.

Era a voz de Virtue. O toque também.

Ela estava na cama dele. No quarto dele. Por quê? Como?

Mais lembranças. A cerimônia improvisada, Pamela e Fera como testemunhas na sala de estar, assinando seus nomes no registro. A cavalgada pelo Hyde Park e pela Rotten Row logo cedo, só porque ela lhe pedira.

Santa Apolônia, Virtue era sua *esposa*! Ele se deitara com ela à tarde como um bárbaro, nem sequer esperara o anoitecer, e algum tempo depois, ao que tudo indicava, caíra em um sono profundo.

— Você está bem? — perguntou ela, alarmada.

— Céus! — murmurou ele, esfregando a testa, como se isso fosse tirar de sua mente os terríveis pensamentos que a habitavam, os sonhos selvagens que assombravam seu sono e a lembrança do homem que pretendia matá-lo.

O sonho voltava todas as noites desde que o atentado acontecera, sem falta. Em vez de desaparecer, parecia ficar mais vívido, mais assustador.

Ele não pretendia dormir com Virtue em sua cama; não enquanto os sonhos continuassem o atormentando. Não enquanto não tivesse certeza de que estava seguro. Isso se estivesse, um dia. Esse era o preço que tinha que pagar por ter levado uma vida perigosa, não era? Havia sido espião, despreocupado, vivendo cada dia como se fosse o último, porque não dava a mínima para ninguém, muito menos para si mesmo.

Mas isso havia mudado agora. Ele tinha uma esposa, uma mulher que, por mais incrível que parecesse, *amava*. Ele tinha Virtue.

— Está tremendo — murmurou ela, aproximando-se e encostando suas curvas nuas nas costas e flancos dele e dando-lhe um beijo no ombro. — O que aconteceu? Não vai me contar?

— Foi um sonho — conseguiu dizer, com voz tensa até para seus próprios ouvidos.

Deus, ele odiava essa fraqueza! Nunca se sentira tão vulnerável, nem mesmo na época em que trabalhava na Confraria.

— Está tudo bem.

Uma mentira.

Sentiu um nó no estômago no instante em que disse essas palavras, pois nunca mentira para Virtue e não queria começar. Ela merecia sua honestidade, mesmo que isso o humilhasse.

— Não totalmente bem — corrigiu ele, baixinho, enquanto ela acariciava suas costas para cima e para baixo, em movimentos suaves. — Eu sonhei com...

Ele parou; não queria estragar a sacralidade da intimidade dos dois abordando o infeliz assunto do responsável pela tentativa de assassinato dele. *Que inferno*, não deveria ter se casado com ela no meio daquele absurdo sórdido. No que estava pensando quando cedera à tentação e a corrompera?

Estava pensando, é claro, que a queria. Que precisava tê-la sempre em sua vida, ao seu lado, em sua cama. Que precisava torná-la sua duquesa e tê-la para sempre.

— Sonhou com o quê? — perguntou ela, ainda acariciando suas costas com gentileza e uma ternura que ele não sabia que desejava até aquele momento. — Com o homem que tentou matá-lo?

— Sim.

Ele esperou a vergonha que acompanharia essa admissão, essa fraqueza. Havia enfrentado mais vilões do que poderia se lembrar na época em que estivera na Confraria, e nunca fora assombrado por isso. Mas nenhum deles tentara matá-lo. Nenhum deles havia entrado em seu quarto enquanto ele dormia.

No entanto, por algum milagre, não sentiu vergonha. Na suavidade das sombras, com a mão doce de Virtue o acalmando, ele se sentiu tranquilizado, confortado.

— Descobriu mais alguma coisa? — perguntou ela baixinho, preocupada.

— Muito pouco. — Ele passou a mão pelo cabelo. — Sutton e Tierney estão investigando, assim como os Bow Street Runners. Até agora, há indícios de que talvez o homem seja um ator que está desaparecido.

Ela hesitou e parou a mão entre as omoplatas dele.

— Ator?

Ele entendeu a verdadeira pergunta subjacente. Sabia o que ela devia estar suspeitando. Os descuidos de seu passado nunca o haviam incomodado antes, mas agora, sim, e se erguiam como um fantasma hediondo entre eles.

— Não conheço o sujeito, se é isso que está imaginando — explicou. — Não estive com nenhuma atriz desde muito antes de você vir para a Hunt House.

Ele não havia flertado com ninguém desde que Virtue fora morar com ele em Londres. A princípio, pensara que seu desinteresse pelo sexo oposto fosse causado pela distração de ter uma tutelada sob seu teto e todas as responsabilidades associadas a isso. Agora, porém, podia reconhecer a verdade: sentira-se atraído por Virtue desde o início. E embora a moça fosse proibida para ele, o desejo por ela havia ofuscado todo o resto, inclusive a necessidade de ter uma mulher calorosa e bem-disposta em sua cama. Porque a única mulher que ele queria era ela.

— Não precisa se justificar para mim — disse Virtue baixinho, retomando as carícias, subindo e descendo ritmicamente pelas costas dele, calma de novo. — Conheço bem sua reputação.

Ele bem que queria não ter essa reputação. Queria ter sido mais cuidadoso em relação às amantes que tivera no passado.

Trevor se voltou para ela, virando as costas às sombras para vê-la melhor. Mas não sabia quanto tempo haviam passado dormindo, o dia estava nublado, cinza e chuvoso, e o céu carregado. Teria que acender umas velas, mas isso significaria afastar-se do toque, do calor dela, e ele não suportaria isso ainda.

— Não posso mudar o homem que fui antes de você — disse. — Só posso ser o homem que sou agora, seu marido, seu amante. E posso lhe garantir uma coisa: nunca desejei uma mulher como desejo você.

Era o mais perto que ele podia se permitir admitir seu amor. Não sabia bem por quê. Imaginou que era porque esse sentimento era muito novo. E assustador. Também havia o medo de que ela não sentisse o mesmo; afinal, não queria se casar com ele a princípio.

Ela beijou seu ombro de novo, uma bênção que ele se viu desfrutando. Não estava acostumado a tanto carinho com suas amantes. As ocasiões passadas foram apenas transações da carne, duas pessoas satisfazendo necessidades mútuas. Mas o que ele compartilhava com Virtue era diferente. Seria porque eram casados? Porque ele a amava? Talvez uma curiosa combinação das duas coisas.

— Não quero que mude o homem que você era — disse ela, com seu hálito quente e úmido sobre a carne nua de Trevor, dispersando os últimos vestígios do sonho da cabeça dele.

O desejo voltou, febril e pesado. Ele a havia possuído, e o prazer glorioso de entrar fundo na doce boceta de Virtue ainda corria em suas veias, fazendo-o desejar tê-la de novo. Mas recordou a si mesmo que precisava ser gentil com ela; afinal ela era inexperiente. Ele cuidara dela depois que fizeram amor, mas sabia que era provável que estivesse dolorida ainda.

— Não quer? — perguntou, sentindo uma vulnerabilidade desconhecida no peito.

— Claro que não. — Outro beijo, e ela subiu a mão, acariciando a nuca dele. — Acho que gosto bastante do homem que você se tornou. Por que eu deveria querer mudá-lo?

O coração tolo dele palpitou. De repente, sentiu-se mais alto que o telhado da Hunt House, acima da Grosvenor Square, como uma espécie de deus mítico. Como era rápido e fácil para ela fazê-lo se desmanchar e reconstruí-lo de novo! Trevor tinha razão naquele dia, quando dissera que ela tinha poder sobre ele. Dentro daquele corpo pequeno e feminino dela estava a habilidade de esmagá-lo sem sequer levantar a mão.

Ele baixou a cabeça e encontrou os lábios dela na escuridão, macios e quentes.

— Obrigado — murmurou. — Eu… isso é novo para mim.

Amar uma mulher, era o que Trevor queria dizer, mas as palavras estavam presas dentro dele e ele tinha muito medo de deixá-las sair. Então, descansou a testa na dela, inspirando quando Virtue expirava suavemente, sentindo-se unido a ela como quando estivera dentro dela.

— Isso é novo para mim também. E até que tem seus méritos ser casada — disse ela com voz baixa, quase tímida.

Ele a beijou de novo, simplesmente porque podia, e não resistiu ao desejo de provocá-la.

— Ora, é mesmo?

Perguntou porque era ambicioso; queria ouvi-la dizer que havia ficado tão comovida quanto ele com o ato de amor deles. Ele não era novato na arte de se deitar com uma mulher, mas o que acontecera entre os dois era como uma primeira experiência. Trevor nunca havia feito amor com uma mulher que *amasse*, e isso fazia toda a diferença. A conexão era mais profunda, mais forte. Ia além do mero prazer.

— Gosto de poder tocá-lo sempre que eu quiser — confidenciou ela, passando os dedos pelos cabelos de Trevor e pousando os lábios na mandíbula dele. — E de beijá-lo.

Ah, Deus! Ele a puxou com mais firmeza contra si, até sentir os seios dela em seu peito, e os mamilos duros o cutucando, sua tentação poderosa.

— Eu gosto disso também, sem as arengas de Pamela.

Virtue riu.

— Desconfio que Lady Deering seria capaz de encontrar outras razões para censurar você e arengar.

— Sim — concordou ele, beijando-lhe a face, — sou infinitamente "arengável".

— Tenho certeza de que essa palavra não existe — disse ela, e beijou sua orelha.

Como ele gostava dessa facilidade entre eles! Não sabia se era a calma da escuridão, a intimidade ou qualquer outra coisa que havia derrubado suas defesas. Fosse qual fosse o motivo, ele estava grato.

— Talvez eu reivindique a criação dela — disse ele, sorrindo enquanto beijava os cabelos sobre a têmpora de Virtue. — "Arengável: pessoa que precisa ser corrigida pelas mulheres obstinadas de sua vida. Diz-se que a palavra teve origem com o sexto duque de Ridgely, que era frequentemente arengado por sua irmã e esposa."

Ela puxou de leve o cabelo dele.

— Eu não arengo com você.

Ele ergueu uma sobrancelha, mas ela não pôde ver a expressão dele na escuridão.

— Não?

— Bem, não com frequência — corrigiu ela, dando outro puxão no cabelo dele, de brincadeira.

Ele o havia cortado, mas Virtue conseguiu encontrar o suficiente para puxar.

— Só quando você rouba meus livros e vende minha casa.

— Prometo nunca mais fazer nenhuma dessas coisas — disse ele com ironia.

Na verdade, ele já pensara que poderia haver uma maneira de consertar pelo menos alguns de seus pecados no que dizia respeito a Virtue. Instruíra seu administrador a investigar se o novo proprietário de Greycote Abbey poderia ser persuadido a vender a propriedade de novo; dessa vez, para Trevor. Ele não tinha o menor desejo de frequentar uma propriedade em ruínas em Nottinghamshire, mas vira-se surpreendentemente disposto a fazer qualquer coisa que deixasse sua esposa feliz. Mas não queria comentar nada ainda, pelo menos até saber se o novo proprietário aceitaria ou não o negócio.

— Não está mais em perigo já que aquele homem desapareceu, não é? — perguntou ela de repente, arrancando-o de seus pensamentos. — Há alguma prova de que o morto é a mesma pessoa que o atacou antes?

Ele suspirou e enterrou o rosto no pescoço dela, inalando seu perfume.

— Ainda não podemos ter certeza. Não faço ideia do motivo pelo qual um homem que não conheço estaria tão determinado a me matar.

— Tem certeza de que não é um marido ciumento? — perguntou ela, mas não havia censura em sua voz, apenas preocupação genuína.

— Suponho que seja possível — respondeu ele. — Mas, como eu disse, não me envolvi com mais ninguém desde antes de sua chegada e, pelo que sei, o ator desaparecido era um cavalheiro solteiro.

Trevor e sua última amante, a viúva condessa de Carr, haviam terminado pouco antes da chegada de Virtue a Londres. Adelina estava ficando cada vez mais possessiva e ciumenta, e ele não tinha tempo nem vontade de aplacar as preocupações infundadas dela. A separação rendera a ela um colar de diamantes e a ele uma quantidade incalculável de alívio. Mas Adelina deixara claro que buscava um novo marido, e não um protetor, e um ator pouco conhecido não teria riqueza ou influência suficiente para atender às aspirações dela.

— A ideia de que alguém ainda possa estar por aí querendo fazer mal a você me assusta — revelou Virtue.

Ele não queria pensar em sua mortalidade assim como não queria voltar aos pesadelos que o atormentavam desde aquela noite. Deu um beijo no nariz dela, depois nos cantos dos lábios.

— Cuidado, querida, ou ficarei ainda mais vaidoso do que já sou sabendo que você se preocupa com meu bem-estar.

Era mais fácil provocar para tornar mais leves situações desesperadoras; rir em vez de se permitir ficar atolado no pavor. Sempre fora assim para ele.

— Por que insiste em fazer gracinhas quando as circunstâncias são tão graves?

Ele notou a censura na voz dela e a imaginou com os lábios contraídos, o cenho franzido. Levou as mãos ao rosto dela e acariciou sua pele sedosa com o polegar, absorvendo seu calor, sua vivacidade. Parecia impossível pensar que aquela mulher impetuosa poderia se tornar o centro de seu mundo, mas era o que havia acontecido.

— Creio que, para mim, é mais fácil enfrentar a seriedade com o riso, combater a escuridão com a luz. — Trevor pensou por um momento. — Fico feliz por se importar a ponto de se preocupar, mas não quero ser a causa de sua apreensão.

— Claro que me importo. — Ela voltou a cabeça e beijou a ponta do polegar dele. — Ou eu não teria concordado em me casar com você.

Ouvir isso também foi gratificante.

Ele sorriu.

— Pensei que foi porque lhe prometi dez bibliotecas.

Ela suspirou.

— Ah, Trevor...

Ele a beijou de novo antes que ela pudesse repreendê-lo.

— Viu? Arengável.

Ela deu uma risadinha, que ele suspeitou ter sido inadvertida, e logo o beijou.

— Por favor, cuide-se. Isso é tudo que peço.

Ele poderia ter dito que seria necessário um exército de supostos assassinos para mantê-lo longe dela, de sua cama, mas ainda não estava preparado para tais admissões.

— Eu me cuidarei — disse ele. — Prometo. Bem, agora, por mais que adore tê-la nua em minha cama, creio que devemos pelo menos sair daqui para jantar, antes que Pamela mande um dos criados nos buscar. Além disso, você deve estar com muita fome.

Deus sabia que ele estava, mas não era bem de comida. Mas teriam muito tempo para isso mais tarde. Teriam o resto da vida.

Ou enquanto a vida dele durasse.

Esse era um pensamento sombrio, inoportuno, e ele o baniu e reprimiu a explosão de pavor que o acompanhava.

Beijou-a mais uma vez, incapaz de resistir.

— Venha, querida, temos que nos vestir.

Virtue escolhera o cômodo errado para ler o último presente de seu marido, que a esperava quando voltaram de seu costumeiro passeio matinal em Hyde Park: *Um conto de amor*, o livro que ele a proibira de ler na biblioteca antes — no que parecia ter sido uma vida atrás. Uma nota acompanhava o livro, cuidadosamente enfiada no frontispício, de modo que só uma pontinha ficasse visível.

Só para os olhos dela.

> *Querida,*
> *Pensei que talvez você finalmente pudesse desfrutar deste fruto proibido. Recomendo que leia em particular, e de todo o coração, a epístola de Lady X à sua amiga.*
>   *A seu inteiro dispor, Trevor*

O dia estava chuvoso de novo, sem graça e cinza. Também era quarta-feira, o que significava que Trevor passaria a tarde na Escola de Armas de Angelo. Virtue estava sozinha no divã grego da biblioteca, onde um fogo alegre crepitava na lareira, sem o marido para aliviar as dores causadas pela carta deliciosamente lasciva que ele lhe recomendara ler primeiro.

Ela fechou o livro, soltando um suspiro, e apertou as coxas, pulsante e corada. Se ao menos estivesse na privacidade de seu quarto, teria tirado o vestido vespertino e os sapatos e entrado sob o conforto fresco e macio de seus lençóis para se livrar daquele desejo terrível e corrosivo.

Era uma ideia atraente. Sua cabeça estava cheia de imagens lascivas geradas pelo relato do livro *Um conto de amor*. O cavalariço de Lady X a flagrara observando-o tomar banho e, embora a intenção dela não fosse espionar, ele a castigara por sua ousadia. E Lady X gostara bastante.

Virtue se sentira estranhamente excitada ao imaginar isso. Não o cavalariço nem a própria Lady X, mas a natureza proibida de tal união. Duas pessoas totalmente perdidas nos desejos carnais transcendendo papéis sociais. Quando o vigoroso cavalariço amarrara Lady X a um banco usando as próprias ligas dela…

Deus do céu!

Ela não sabia que acharia isso atraente, mas achara. E decidiu que se retirar para seu quarto para resolver aquilo não seria uma má ideia. Ninguém adivinharia o motivo, com certeza. Afinal, a luxúria não estava escrita em seu rosto. Ou estava? Claro que não.

Virtue saiu depressa da biblioteca, com seu livro impertinente firmemente preso ao corpete para que ninguém visse a capa e descobrisse o que estava lendo, e por que estava com tanta pressa de isolar-se na privacidade de seu quarto. Ah, por que a Hunt House tinha que ser tão assustadoramente grande? Seu tamanho tornava a navegação muito difícil quando se precisava de rapidez e privacidade. Ela teve que passar por duas camareiras e pela Sra. Bell no caminho e rezou para não estar corada.

Por fim, estava dentro do refúgio de seus aposentos, com a porta firmemente trancada. Devolveu o *Um conto de amor* a seu lugar, em sua escrivaninha, pensando em investigar mais seu conteúdo mais tarde. Decidindo não chamar sua nova criada, Abigail, desamarrou as fitas de seu vestido e ficou apenas de meias, chemise e ligas.

Foi quando ouviu uma batida familiar na porta contígua ao quarto dela com o de Trevor. Duas batidas, em rápida sucessão. Estranho pensar que até mesmo a batida dele se tornara algo que ela reconhecia, além do cheiro, do som da respiração quando ele dormia, das batidas do coração sob sua orelha quando ela deitava a cabeça no peito dele.

— V, é você? — perguntou ele, usando seu mais novo apelido para ela, que havia adotado após o casamento. — Pensei ter ouvido sua porta.

Agradava-lhe muito ter um nome pelo qual só Trevor a chamava, pois era como um segredo entre os dois. Algo que era só deles, assim como seus beijos e o amor que faziam.

— Sim — disse, percebendo que um sorriso já se instalara em seus lábios, pois não precisaria mais resolver aquele problema sozinha. — Entre.

O casamento deles entrara em uma rotina surpreendentemente adorável nos últimos dias. Ser casada ainda era algo novo, mas não tão assustador quanto ela havia imaginado. Virtue gostava do tempo que passava com Trevor, fosse na privacidade de seus aposentos ou quando estavam acompanhados por Lady Deering na sala de jantar ou de estar.

Ele cruzou a soleira vestindo um robe de seda azul que esvoaçava sobre seus pés descalços e panturrilhas musculosas, abraçando seus ombros largos. Seu cabelo escuro estava úmido, como se houvesse acabado de tomar banho. Pensar nele nu no banho, com a água quente escorrendo sobre aquele lindo corpo masculino, foi suficiente para fazê-la desejar ter fugido da biblioteca mais cedo. Poderia tê-lo pego realizando suas abluções e oferecido ajuda.

— Interrompi alguma coisa? — perguntou ele, indo em direção a ela com aquele seu jeito ousado, como se fosse dono do mundo todo, e não apenas da casa impressionante onde viviam.

Só então ela se lembrou de como estava vestida.

— Não... eu pretendia... tirar uma soneca.

Não exatamente, mas talvez uma soneca se seguisse às suas outras intenções. Mas ela não sabia como fazer tal revelação. Acaso Trevor ficaria ofendido por ela ter planejado se dar prazer na ausência dele? Ela achava que não, mas nunca haviam conversado sobre esse tema tão sensível.

— Uma soneca? — Ele ergueu uma sobrancelha, parando diante dela. — Atrapalhei seu sono, então?

O sorriso lascivo nos lábios de Trevor era impenitente, e ela sabia que ele estava se referindo às horas que ela havia passado na cama na noite anterior, à mercê da boca e da língua tão habilidosas dele. Seus mamilos, já duros só de lembrar, ficaram doloridos.

— Você sabe que sim, mas não tenho objeções a esse respeito — disse ela em tom sério e formal, tentando conter um sorriso quando ele pegou suas mãos e as ergueu para beijá-las.

A boca de Trevor era como seda quente, e seu corpo inteiro despertou diante da promessa nos olhos dele. Por que se satisfazer sozinha se poderia ter as atenções daquele homem bonito diante dela?

Ele beijou o pulso dela.

— Deseja descansar? Eu posso me retirar. Havia acabado de tomar banho quando a ouvi entrar e quis vê-la.

Ela o olhou nos olhos.

— Queria falar de algum assunto?

— Eu... estava com saudades — disse ele, envergonhado de repente.

— Faz poucas horas desde a última vez que nos vimos — disse ela, mas as palavras dele lhe provocaram uma profunda gratificação.

— Pois me pareceu uma eternidade. — Ele demorou-se ao beijar o outro pulso dela. — Encontrou meu presente?

Ah, o livro...

— Sim — disse ela baixinho, com a mão na mandíbula angulosa dele, encantada com o leve espetar da barba em sua palma. — Eu o estava lendo na biblioteca agora há pouco e comecei a sentir tanto calor que decidi me retirar para meu quarto.

Pronto, ela havia feito a confissão, embora indiretamente.

— É mesmo? — Ele soltou as mãos dela e a pegou pela cintura, puxando-a para seu corpo forte e firme. — Que história estava lendo?

Seu pau grosso já estava duro, cada vez maior entre eles. Por que ela se preocupara com que seu marido ficasse descontente se soubesse que o livro havia despertado a lascívia dentro dela e que ela tinha a intenção de aplacá-la sozinha? Que tola! Trevor lhe ensinara a se deleitar com seu corpo e todas as variadas respostas que ele podia dar, e lhe mostrara como apreciar o prazer dado e recebido.

— Li a carta de Lady X para a querida amiga — disse ela, com voz rouca, passando os braços em volta do pescoço dele. — Em particular, a parte em que o cavalariço a pegou o observando tomar banho.

— Creio que me lembro do cavalariço a repreendendo por espioná-lo. — Ele a fitava com olhos escuros. — De qual parte da história você mais gostou?

Ela lambeu os lábios, que de repente ficaram secos, e reuniu toda sua ousadia.

— Quando o noivo usou as ligas dela para amarrá-la a um banco, como punição.

Trevor subia e descia as mãos pelas costas dela, sobre o fino linho da chemise.

— Do que gostou, exatamente?

— Eu...

Ela sentiu seu rosto se aquecer. Ninguém nunca lhe havia perguntado sobre o que fazia seu sangue acelerar e seu corpo ansiar.

— Gostei de vê-la à mercê dele. De ela ser incapaz de fazer qualquer coisa além de aceitar o prazer que ele lhe dava; prazer que ela secretamente desejava.

Ele levou o rosto ao pescoço dela e sua boca encontrou a carne nua e ávida.

— Ficou molhadinha, querida, lendo aquele livro luxurioso?

Ele esfregou a barba pelo pescoço e a mandíbula dela.

Ela jogou a cabeça para trás, facilitando-lhe o acesso, tudo que ele quisesse.

— Sim...

— E veio para cá para se dar prazer, não foi? — perguntou ele baixinho, no ouvido dela.

Como ele a conhecia bem!

— Sim. Sou muito lasciva, não sou?

— Muito lasciva mesmo.

Ele beijou atrás da orelha de Virtue, afastou o cabelo dela com o nariz e inalou profundamente.

— Acho que eu deveria puni-la, assim como fez o cavalariço de Lady X.

Os joelhos de Virtue ameaçaram ceder. A reação de seu corpo à sugestão dele foi instantânea.

— Hmmm — gemeu ela.

Não era uma resposta coerente, mas foi só o que ela conseguiu encontrar para dizer no momento, tão forte era o desejo que ele havia despertado nela.

— Acho que vou tirar sua chemise e as meias — murmurou ele na orelha dela, com seu hálito quente. — Vou usar suas ligas para amarrá-la na cama. E depois, quero ver se sua boceta está encharcada pelo livro sujo que anda lendo. Quer que eu faça isso?

— S-sim.

A palavra solitária escapou dela como um suspiro gaguejante.

— Como devo investigar? Com os dedos? — Ele a lambeu. — Com a língua? — Ele beijou-lhe o pescoço. — Com meu pau?

Ah, Céus, ele a estava fazendo derreter. Ela entraria em combustão só de ouvir as palavras dele.

— Como quiser.

Ele gemeu baixinho, passando a boca pela clavícula dela.

— Creio que serei seu cavalariço e você será Lady X. Farei você pagar por me ver tomar banho. Vou bater em sua bunda e depois lamber sua linda boceta até você gozar.

Ele queria que representassem os personagens... Era pecaminoso e sedutor fingir ser outra pessoa, colocar-se no papel de Lady X... Ela ficou sem fôlego, sentindo a ânsia entre as pernas mais forte que nunca.

— Quer fazer isso, querida? — perguntou Trevor, mordiscando o ombro dela.

— Sim — respondeu ela, ofegante.

Queria tudo que ele havia dito e mais. Queria tanto, que nem conseguia pensar direito.

— Faça qualquer coisa, tudo. O que você quiser, eu também quero.

Ele a beijou, então, e o último vestígio de vergonha desapareceu quando ela se rendeu àquele homem, ao momento e ao desejo de seu próprio corpo.

CAPÍTULO 17

Quando por fim sua esposa estava nua em sua cama, o desejo de entrar nela já estava deixando Trevor louco. E ela combinava com ele em tudo, até em seu apetite carnal e em sua disposição a abraçar sua sensualidade. Trevor sabia que ela seria um furacão quando um marido a despertasse para os prazeres do corpo; simplesmente nunca sonhara que esse marido seria ele.

Mas, por Deus, ele estava grato por isso.

Suas mãos tremiam, reverentes, enquanto ele acariciava as curvas de Virtue, os quadris e a cintura, momentaneamente esquecendo o papel que representava, dominado por um sentimento ardente. Cada dia que passava reforçava seu amor por Virtue, até ele ter que travar a mandíbula para não anunciar as palavras ao mundo, a ela.

Eu amo você.

Pensou naquelas palavras enquanto observava aquele corpo glorioso, corado e pronto para ele. Mas, como sempre, não conseguia se livrar da sensação de que era cedo demais; que poderia assustá-la com a intensidade de seus sentimentos por ela, e por isso os reprimia. Mantinha-os trancados dentro do coração que ele jurava não ter. O coração que era dela agora.

— Você teve o prazer de me observar tomando banho — disse ele, com a voz rouca de desejo reprimido ao relembrar o papel que desempenhava. — Agora, terá que ser punida por seu comportamento devasso.

— Como vai me punir, senhor? — perguntou ela baixinho, com a voz sedutora.

Deus, ela era tudo que ele poderia desejar em uma mulher, em uma esposa! Antes de começarem esse joguinho, Trevor lhe havia dito que bastava ela avisar caso achasse que ele estava indo longe demais; ela definiria o ritmo, e os limites também. Ele tinha plena consciência de que ela era uma neófita no sexo, apesar daquela entrega carnal dela, que sugeria o contrário.

Ele se acomodou sobre os quadris de Virtue, profundamente ciente do calor que o sexo dela exalava através da seda do robe.

— Terei que amarrá-la e deixá-la à minha mercê, assim como eu estive à sua enquanto me observava nu.

— Foi muito errado tê-lo observado, não foi? — perguntou ela, ofegante.

— Mas como adorei ver a água escorrer por seu peito, gotículas percorrendo seu pau. Adorei ver como estava duro.

Então, ela pegou o pau rígido dele e deu um aperto delicioso. Ele não estava preparado para aquela reação dela e as coisas sujas que ela dizia. Estava mais duro que pedra.

— Nossa! — gemeu, arqueando os quadris sob o toque hábil dela.

Ele havia despertado um monstro. Como sempre acontecia quando estava com Virtue, Trevor não sabia mais quem seduzia quem. Equiparavam-se na ânsia um pelo outro, no desejo de dar prazer ao outro.

Mas então, lembrou-se que deveria fazer o papel do cavalariço e castigá-la pelos seus pecados.

Gentilmente pegou a mão dela e a levou aos lábios.

— Milady, está com muita fome do meu pau?

— Sim.

Ela nem precisava admitir. Ele sentia o odor doce e almiscarado do desejo dela, via o calor naqueles olhos salpicados de ouro. Sabia que ela o queria. Mas ouvi-la dizer isso era um afrodisíaco potente e agradável.

— Então, terei que fazê-la esperar — rosnou ele. — É parte de seu castigo.

— Como você é cruel negando-me o que eu quero! — disse ela, fazendo beicinho.

Nossa, aqueles lábios dela! Ele os imaginava se abrindo para abocanhar seu pau, enquanto ela estava com as mãos amarradas acima da cabeça. Se não tomasse cuidado, gozaria antes de estar dentro dela. Estava mais desesperado que nunca, não conseguia se conter.

— Foi ainda mais cruel de sua parte me observar enquanto eu me banhava — rebateu ele.

O joguinho o fazia pensar em mais coisas que poderiam tentar. Havia espaço de sobra para os dois na banheira, disso ele tinha certeza. Sim, de fato, essa ideia era infinitamente tentadora. Mas ele tinha outros assuntos para resolver primeiro.

— Dê-me seus punhos. É hora de sua punição começar.

Ela estendeu-lhe os punhos sem hesitar. Trevor pegou uma das lindas ligas que seguravam as meias dela — providencialmente, as mesmas ligas cor-de-rosa que ele admirara na biblioteca quando ela subira a escada e vira pela primeira vez *Um Conto de amor*.

Tentando controlar seu desejo, ele enrolou a fita em torno dos dois punhos dela, bem de leve, só o suficiente para que ela tivesse a sensação de estar amarrada, mas de modo que pudesse se soltar com facilidade, se quisesse. Deu um laço na liga e sussurrou no ouvido dela:

— Se o jogo ficar pesado demais para você, avise-me.

Ela esfregou o rosto no dele, sinuosa como um gato, e ele poderia jurar tê-la ouvido ronronar.

— Não vai ficar.

Ah, aquela mulher! Deus, ele a amava. Talvez esse fosse o dia em que ele diria a ela, afinal. Mais tarde. Quando a brincadeira na cama acabasse.

Trevor lhe deu um beijo na têmpora e retomou seu papel; esticou os braços de Virtue acima da cabeça dela e a mandou segurar o travesseiro.

— Fique assim. Se você soltar, receberá outro castigo.

— Sim, senhor — disse ela, segurando o travesseiro como ele havia instruído.

Ele se permitiu um momento para admirar a posição do corpo de Virtue, que projetava os seios dela para frente, para seu deleite. Vê-la com os punhos amarrados com a liga rosa, acima da cabeça, era fascinante. Seu pau gotejava, e ele nem a havia chupado ainda.

— Você é a perfeição — disse ele, inclinando-se para chupar um mamilo com força, do jeito que ela gostava.

Trevor foi recompensado com um leve gemido e com a visão do corpo dela se arqueando. Mordiscou o mamilo duro e o puxou, e ela gemeu mais alto, remexendo-se inquieta, querendo se esfregar nele para aliviar a dor entre as coxas. Mas ele não estava com pressa; pretendia prolongar a sedução, extrair até a última gota de prazer do lindo corpo dela. Para tanto, passou para o outro seio, lambendo, chupando e mordiscando sem pressa, até deixá-la arfando.

Então, ele pousou os lábios na pele lisa entre os seios dela, sobre o esterno. Apoiando-se nos cotovelos e joelhos, ele pegou os dois seios dela e os apertou, e toda aquela carne macia transbordou por entre seus dedos. Ela estava quente e docemente receptiva, e ele sabia que nunca se cansaria dela.

— Você ainda está de robe — protestou ela. — Quero vê-lo nu.

Sim, ela sentiria a pele dele na dela em breve, mas primeiro ele queria adorá-la sem a tentação de se afundar dentro dela. Trevor olhou para cima, ainda roçando com os lábios a carne sedosa de Virtue, observando os seios subindo e descendo em suas mãos, passando pelo pescoço macio, onde estava um colar que ele lhe havia presenteado; os lábios entreabertos, e os olhos misteriosos cor de mel.

— Mas está sendo punida, milady, e não saciada em seu prazer — disse ele baixinho.

Estava gostando daquele jogo proibido mais do que havia suposto quando a ideia lhe ocorrera, quando ela confessara timidamente de quais partes do livro havia gostado e por quê.

Ela suspirou, inquieta; ele lambeu ao redor do mamilo dela e soprou.

— Perdão, senhor. Estou impaciente.

Sim, ele sabia disso. Trevor sorriu e foi descendo pela barriga quente dela, beijando, até o umbigo.

— Paciência, milady — advertiu, e passou a língua por aquele buraquinho sensível.

— Oh — articulou ela, contorcendo-se.

Mas ela estava fazendo o que ele havia pedido: segurava o travesseiro acima da cabeça, com os pulsos envoltos pela linda liga cor-de-rosa. Estava gloriosa. Magnífica. E era *dele*.

Trevor beijou-lhe a barriga suave e foi descendo até o osso do quadril. Ali, permitiu-se um momento para aspirar o doce perfume feminino de Virtue, para saborear a necessidade que ela sentia dele, acariciando seus quadris e beijando o V que se formava no encontro das coxas com o montículo.

— Abra para mim — instou ele.

Ela abriu bem as coxas, expondo-se para ele. O rosa de sua boceta combinava com suas ligas. Ele nunca havia visto nada mais luxurioso que Virtue ali, embaixo dele, nua, exceto pela liga, com o cabelo formando uma auréola selvagem se derramando sobre o travesseiro.

Ele se acomodou entre as pernas dela e desceu a boca até ela. Com a língua, sentiu-a escorregadia, quente e doce. Passou-a pelo meio, abriu as dobras com o polegar, levou a boca ao botão inchado dela, e chupou como havia feito com o mamilo. A resposta dela foi outro gemido, e ele lambeu, chupou, saboreou o gosto, a sensação de sua esposa, que se contorcia de desejo, molhadinha.

Como sempre, ele se perdeu no ato de lhe dar prazer; cada suspiro, cada alento, cada gemido e oscilação dos quadris dela era como uma música que ele nunca se cansaria de ouvir. Trevor não via nem sentia nada mais além de Virtue enquanto se deliciava com a boceta dela com movimentos leves da língua e gentis mordidinhas, e depois sugando com força aquela pérola e fazendo-a gemer e cravar os dedos nos cabelos dele para puxá-lo.

Uma parte obscura da mente dele, que não estava totalmente imersa na pura luxúria animal, percebeu que ela havia quebrado as regras. Trevor se arrastou por entre as coxas de Virtue, pegou os punhos amarrados e os prendeu acima da cabeça dela. Com o rosto próximo ao dela, disse:

— Safadinha. — Ele lambeu os lábios para saborear a umidade dela. — Eu avisei que a castigaria se me desobedecesse.

— Oh — disse ela, com os olhos arregalados de espanto fingido. — O que você vai fazer?

Ele foi descendo devagar, parando para morder levemente o ombro, o mamilo dela, para beijar-lhe a barriga, e parando quando chegou ao calor convidativo da boceta de Virtue. Mas em vez de levar a boca até ela, ele deu uma palmada rápida e gentil nos lábios e no clitóris.

Ela gemeu; suas coxas estavam trêmulas, e ela arqueou os quadris. Havia gostado. *Ótimo*. Como ele imaginara. Ele fez uma carícia reconfortante e recomeçou, dedicando-se a dar-lhe prazer com a boca até fazê-la estremecer. Mas as mãos dela voltaram aos cabelos dele. Dessa vez, intencionalmente, ele bem sabia. Ela o estava testando, dando-lhe permissão para o jogo.

Ele levantou a cabeça e repetiu os movimentos anteriores, levando as mãos dela para o travesseiro.

Ela ofegava; suas pupilas estavam dilatadas, a pele corada, os braços esticados sobre as ondas de seu cabelo acaju. *Linda*, pensou ele. *Uma deusa. Minha deusa.*

— Você tem sido má, milady — disse ele com fingida severidade, inclinando-se para sentir os mamilos duros dela cutucando a seda de seu robe e os exuberantes seios contra seu peito.

Ele projetou os quadris para fazê-la sentir seu pau duro e quanto a desejava.

— Sabe o que eu acho? Acho que você me desobedeceu de propósito para eu bater em sua bocetinha doce de novo. Acho que você gostou.

— Hmmm — murmurou ela, contorcendo-se embaixo dele, esfregando o pau dele em suas dobras de tal maneira que o faria perder o controle se continuasse por muito tempo. — Gostei mesmo. Eu sou má, e você deveria me castigar.

Ele mordeu o interior da bochecha para evitar gozar ali mesmo; a dor foi suficiente para afastar o agudo desejo que ameaçava desfazer todo seu trabalho cuidadoso. Seu coração batia forte, seu pau estava duro como pedra. Deus, ele ia morrer de prazer. O assassino que o perseguia ficaria decepcionado ao descobrir que sua presa havia morrido de deleite. Não havia melhor maneira de morrer, Trevor tinha certeza disso. Morreria só para enfiar seu pau dentro da boceta perfeita dela. Valeria a pena.

Mas ele ainda não estava morto. Então, deu a Virtue o que ela queria. Esfregou seu pau nas dobras inchadas mais uma vez e voltou para o meio das coxas abertas dela. Nos lençóis, a umidade dela formava uma mancha cada vez maior. Ver a evidência do desejo dela, saber que ele era o responsável por isso, que a deixava louca e ávida de volúpia, quase o enlouqueceu também.

Com as palmas das mãos, ele abriu as coxas dela, fazendo-a gemer e projetar os quadris, tentando aliviar a necessidade. Ele acariciou aquela pele suave e macia, deleitando-se com as curvas, a feminilidade exuberante do corpo dela. E então, deu outra palmada firme na boceta de Virtue.

— Oh — ela gritou em êxtase, jogando a cabeça para trás, de olhos fechados. — Por favor, de novo...

Ele deu outro tapa, porque ela pediu. E outro, até não mais poder se controlar. Enterrou a cabeça entre aquelas lindas pernas, profundamente naquela carne pulsante e molhada, e chupou, e lambeu, e ela se contorcia contra seus lábios, contra seus dentes, com que ele arranhava levemente o clitóris dela.

Só então ele lhe deu o que ela queria e enfiou dois dedos fundo nela. A contração da boceta ao redor dos dedos dele fez suas bolas se apertarem e seu pau ficar ainda mais duro. Mas ele queria que ela gozasse assim, com sua língua e seus dedos. Queria ficar ali até deixá-la totalmente esgotada. Ele movia os dedos depressa dentro daquele canal escorregadio, fundo, curvando-os e encontrando aquele ponto que infalivelmente a fazia explodir.

E ela gozou com tal grito que ele teve certeza de que os criados ouviriam. Mas não deu a mínima. No frenesi do desejo, Trevor queria que ela gritasse para que Londres inteira ouvisse o enorme prazer que ele lhe havia proporcionado. Enquanto ela pulsava em torno de seus dedos e sob seus lábios, ele lambeu, e chupou, e enfiou até deixá-la ofegante, exausta. E então, ficou de joelhos, arrancou seu robe, mais ansioso que nunca, com o pau dolorido de desejo de estar dentro dela, onde era seu lugar.

O robe caiu e com ele o jogo. Sem fingimentos, sem papéis. Eram apenas Trevor e Virtue, marido e mulher.

— Quero você — murmurou ela, sentindo a mudança sem que ele precisasse dizer. — Quero que faça amor comigo, Trevor.

Ele não se surpreendeu, pois estavam sintonizados um com o outro de uma forma que ele nunca havia experimentado.

— Sim — disse ele, e desamarrou a liga, trêmulo, para libertá-la. — Toque-me agora, querida. Preciso de suas mãos em mim. Meu Deus, V, eu a quero tanto que dói.

Ela o acariciou inteiro; peito, ombros... desceu pelos braços, passando pelos músculos que ele ganhara na esgrima, os flancos... cravou os dedos no traseiro dele, puxando-o para si. Ele não sabia como conseguira merecê-la. Provavelmente, *não* a merecia, mas Virtue era dele, e ele a amaria para sempre. Trevor a amaria da melhor maneira que pudesse, de todas as maneiras.

Ele guiou o pau para a boceta dela e investiu, preenchendo-a com um movimento de quadris. Por um momento, ele baixou o corpo, deleitando-se com as paredes dela pulsando ao redor dele, apertando-o, recebendo-o deliciosamente molhadas e quentes. Escondeu o rosto no pescoço dela, perdeu-se nas curvas dos seios dela apertados contra seu peito, na flexibilidade dos quadris. Ela enroscou as pernas ao redor da cintura dele e ele foi mais fundo.

Quando a ouviu suspirar, ele começou a se mexer com força, louco de desejo de se perder dentro dela. Ambos moviam o corpo juntos. Ele sempre se orgulhara de sua habilidade como amante, mas naquele momento abandonou toda a sutileza, e os sons úmidos da boceta dela que apertava seu pau o levaram à beira da loucura.

Ela o abraçava forte com as pernas, acompanhava o ritmo de cada estocada e o deleitava passando as unhas pelas costas dele, para cima e para baixo. Trevor queria que ela lhe arrancasse sangue; que, mais tarde, se olhasse no espelho e visse as marcas que ela havia deixado: uma lembrança de como ele a havia amado. Queria fodê-la tão bem que ela se apaixonasse por ele, que o perdoasse por ter sido tão tolo e vendido a amada casa dela; por não ter se casado com ela desde o início e preservado o lar de Virtue.

Ele sentiu a mordida dela em seu ombro e... Ah, não conseguia segurar mais. Investiu mais rápido, lembrando-se tardiamente das necessidades de Virtue e levando a mão ao centro do prazer dela, esfregando-a furiosamente, persuadindo-a a gozar outra vez. Os suspiros dela em seu ouvido indicavam que ela estava perto. Ele a estimulou mais, e ela atingiu o orgasmo de novo, apertando-o, ordenhando o pau dele com as contrações constantes do êxtase.

Agora não iria mais segurar.

Com um gemido gutural, Trevor o enterrou pau nela, gozando com tanta força que estrelas salpicavam sua visão enquanto ele se esvaziava dentro dela. Ele pensou em sua semente se espalhando, em seu bebê um dia crescendo dentro dela, na barriga redonda de Virtue carregando a criança. Como ele queria isso! Como ele a queria! A adrenalina era quase avassaladora, o prazer terrivelmente imenso. Tanto que ele desabou em cima dela, ofegante, molhado de suor, com o sangue bombeando forte pelos efeitos posteriores do orgasmo mais forte que já havia tido.

Eu amo você.

As palavras estavam ali, mas sua mente fragmentada não conseguia formá-las em sua língua. Ela virou a cabeça e encontrou os lábios dele, e o abraçou firmemente contra si, com seus corpos ainda unidos.

CAPÍTULO 18

Todos os candelabros do salão estavam acesos. Devido ao grande número de convidados presentes ao baile oferecido pelo visconde de Torrington e sua nova viscondessa, o calor era tal que estava deixando Virtue tonta. Dada a natureza igualmente abrupta das núpcias de Lorde e Lady Torrington, Virtue imaginara que as suas não seriam tão comentadas. Mas, na verdade, a fonte de seu desconforto também eram os olhares curiosos lançados em sua direção, as sobrancelhas erguidas e os sussurros nada sutis depois que ela fora anunciada como duquesa de Ridgely naquela noite. O baile seria a primeira aparição dela entre a alta sociedade como uma mulher casada.

Um casamento escandaloso, feito de maneira tão apressada, que rumores de fato correram, apesar dos intensos esforços de Lady Deering para suprimir até o menor indício de fofoca. Para onde quer que ela olhasse, era como se alguém a observasse com desaprovação maldisfarçada. Ela, uma verdadeira camponesa tola, que havia sido abandonada pelo próprio pai, conseguira seduzir o duque mais bonito de Londres e se casar com ele.

E embora ela, sem dúvida, nunca houvesse tido esse objetivo em mente, era onde se encontrava. Virtue era a duquesa de Ridgely, por mais que parecesse impossível.

— Acha que poderíamos ir embora depois de minha dança com Ridgely? — perguntou Virtue à cunhada, que, atenciosa, ficara ao seu lado enquanto Trevor conversava com o anfitrião, mais afastado.

Virtue já estava cansada, e o efeito de tantos olhares sobre ela era muito desgastante. Para alguém que nunca dera importância aos bailes, tal espetáculo era bastante avassalador, ainda mais devido à atenção indesejada que recebia.

— Ainda não jantamos — disse Lady Deering. — Imagino que, se nos despedirmos mais cedo, os rumores vão correr soltos.

A noite parecia infinita. Ela preferia mil vezes a maneira tranquila como havia passado a maior parte de seu casamento até então: a sós com Trevor.

Normalmente, no quarto dele. Ou na sala de música. Ou em qualquer aposento que lhes conviesse. Outro dia, ele a pegara na escada da biblioteca e lhe dera prazer enquanto ela se segurava nos degraus e fazia o possível para não cair.

Sim, ela gostava dos momentos tranquilos que passava com o marido. Gostava demais. A cada dia, ela se apaixonava um pouco mais por ele, que sempre lhe mostrava novas facetas, que a provocava e beijava, tomava banho com ela, lia livros com ela e a acompanhava a Rotten Row à hora que ela preferia. E, céus, aquela noite em que representaram a cena em *Um conto de amor* ficaria gravada em sua memória para sempre.

Sem dúvida, o duque de Ridgely era encantador, sensual e capaz de fazê-la se derreter de luxúria com um mero olhar.

Virtue se abanou; estava morrendo de calor, por mais razões que as velas no alto e as centenas de pessoas ao redor.

— Se acha prudente ficarmos, suponho que tenha razão. Mas preciso de um pouco de ar. Está terrivelmente quente aqui, não acha?

— Bastante sufocante, devo concordar.

Lady Deering agitou seu próprio leque; a cena pintada nele parecia ganhar vida, tão rápidos eram seus movimentos e tão minuciosa era a estampa.

Esse movimento chamou a atenção de Virtue de repente, pois ela acompanhara sua cunhada à Bellingham & Co. naquela tarde, quando Lady Deering admirara esse leque. Mas não o havia comprado.

— Ora, é o leque maravilhoso que você tanto admirou hoje. Quando voltou para Bellingham & Co. para comprá-lo? — perguntou Virtue, imaginando que não teria tido tempo ou oportunidade.

Um curioso rubor tomou os pômulos de sua cunhada, contrastando com a pele pálida e os cabelos dourados dela.

— Talvez uma breve pausa no terraço seja revigorante! — exclamou Pamela de repente, em tom excessivamente alegre, em vez de responder à pergunta de Virtue.

Lady Deering raramente perdia a compostura. A última vez que Virtue vira sua cunhada com o mesmo ar perturbado fora no dia em que a flagrara beijando o guarda-costas, Sr. St. George. Fora o dia em que Trevor a seduzira na sala de música, e como sua vida se transformara em um turbilhão desde então, Virtue não tocara no assunto. Tampouco sabia como o faria, caso ousasse. Não era problema seu se sua cunhada decidia flertar com um homem. Pamela era viúva, afinal.

Ainda assim, a reação de Lady Deering à sua pergunta fora realmente interessante, pensava Virtue enquanto sua cunhada abria caminho através da multidão até as portas que davam para um estreito terraço. Ao contrário dos últimos dias, não chovia naquela noite, e o ar fresco as acolheu quando escaparam do barulho do salão de baile.

— Pronto — disse Pamela, abanando-se mais discretamente. — Um pouco de ar fresco da noite fortalecerá nosso espírito. Ora, não sei por que não sugeri isso antes.

Ela caminhava à frente de Virtue, com os ombros retesados, embora elegantes, sob seu vestido de noite grego cor-de-rosa, agitando o leque como se pretendesse levantar voo.

— Alguma coisa errada? — Virtue ousou perguntar à cunhada, seguindo--a. — Você me pareceu subitamente nervosa quando mencionei o leque. Espero não a ter aborrecido. É uma peça realmente encantadora.

Pamela soltou uma risada estranhamente aguda, quase estridente, também atípica para ela; sua voz era normalmente modulada com cuidado.

— Claro que não me aborreceu, querida. Por que eu deveria ficar aborrecida por algo tão insignificante como um leque?

Deveras, por quê?

— Se houver algo que deseje me contar, estarei sempre pronta e disponível para ouvir — comunicou Virtue à cunhada, apertando o passo para acompanhá-la. — Você verá que sou uma excelente confidente.

Virtue sempre desejara ter uma irmã, e agora que tinha Lady Deering, desempenharia esse papel com verdadeira alegria. Passara também a gostar de Pamela, que sempre fora infalivelmente gentil com ela, apesar de suas excentricidades. Mas era o mais próximo que chegaria de deixar escapar o que havia testemunhado naquele dia.

— Obrigada, minha querida — Pamela fechou o leque e deu um sorriso grato a Virtue. — Estou muito feliz por ter você como cunhada. Devo dizer que nunca vi Ridgely tão feliz como desde que vocês se casaram. Quase não o reconheço mais.

Virtue respondeu com um sorriso, pois seus dias de mulher casada estavam sendo surpreendente e inesperadamente gratificantes até o momento. Havia profundezas incalculáveis em Trevor, e ela estava adorando conhecê-las.

— E agora creio que devo agradecer na mesma moeda. Fico contente por saber que pensa que posso, de alguma maneira, deixá-lo mais feliz.

Pois Trevor William Hunt, duque de Ridgely, merecia a felicidade. Como a de Virtue, grande parte da vida dele havia sido cheia de decepções. Relações conturbadas com os pais, a perda dos irmãos, seus dias como espião, a herança inesperada de um título que ninguém achava que recairia sobre ele...

Admirou-a perceber quanto ela e o marido tinham em comum.

Pamela estava prestes a responder quando a chegada repentina de outra pessoa a fez parar. Ela endireitou as costas ainda mais, ergueu o queixo; seu semblante parecia congelado.

— Venha, querida — disse a Virtue, em voz baixa —, creio que já nos refrescamos o suficiente. Ridgely deve estar se perguntando onde estamos.

Curiosa, Virtue se voltou para descobrir a origem do súbito desagrado da cunhada. Uma mulher de cabelos escuros, com um deslumbrante vestido de musselina branca e veludo vermelho, se aproximou. Mesmo sob a luz bruxuleante das tochas do terraço, via-se que era inegavelmente bonita. Estava com um coque trançado no cabelo, com uma fita vermelha nele, e um corpete escandalosamente decotado, para melhor exibir seus seios fartos.

— Lady Deering — cumprimentou a mulher. — Que prazer encontrá-la junto de sua amiga aproveitando o ar da noite!

Pamela estava ainda mais tensa ao lado de Virtue, mas seu rosto era uma máscara de educação.

— Boa noite, Lady Carr. Estávamos voltando para o baile. Se nos der licença...

— Por favor, não saiam do terraço tão depressa — tornou Lady Carr, com um tom de voz estranhamente presunçoso. — Confesso que vi vocês se destacando do grupo e corri para encontrá-las e ser apresentada.

— Claro — disse Pamela em tom formal. — Vossa Senhoria, duquesa de Ridgely, esta é a condessa de Carr.

O sorriso da condessa era falso.

— Que prazer conhecer a mulher que finalmente capturou Ridgely!

Virtue franziu a testa, estudando a mulher, que a observava com uma estranha intensidade. Seus olhos eram opacos à luz da tocha, quase como obsidianas.

— Capturar não me parece uma palavra adequada, já que parece remeter a uma caçada — respondeu Virtue calmamente, antipatizando com Lady Carr. — Não gostaria de pensar em um casamento nesses termos.

— De fato, imagino que não goste — outro sorrisinho, dessa vez condescendente. — Mas Vossa Senhoria é o tipo de cavalheiro que, em minha opinião, precisaria de um motivo *muito* forte para adentrar tal instituição. Afinal, ele era um solteirão assumido, ele mesmo dizia isso a todos que o conhecessem bem.

Uma estranha apreensão subiu pela espinha de Virtue. Havia uma insinuação velada nas palavras da condessa, a sugestão de que *ela* era alguém que conhecia bem Trevor.

— Devemos voltar ao salão de baile — disse Pamela em tom frio. — Por favor, perdoe-nos, Lady Carr.

— Mas apenas começamos nosso *tête-à-tête* — protestou a condessa, como uma ave de rapina descendo para sua próxima refeição. — Sem dúvida, não há necessidade de tanta pressa quanto houve para as núpcias do duque e da duquesa.

— Lady Carr, está ultrapassando os limites do decoro — retrucou Pamela. — Esta apresentação foi apenas para poupá-la da humilhação de ser ignorada, e ainda assim pretende pisotear os restos de minha paciência com a senhora?

Lady Carr levou a mão ao coração.

— Deus do céu, Lady Deering, perdoe-me! Eu apenas queria conhecer a noiva de Ridgely. — Ela olhou para Virtue com desdém. — Sem dúvida, ela tem pelo menos a juventude a seu favor. Eu simplesmente não conseguia entender por que Ridgely faria um casamento tão ruim.

Virtue deu um passo à frente, sentindo a raiva crescer dentro dela e fazendo seu espartilho se apertar e suas mãos tremerem.

— Quem pensa que é, senhora, para falar como se eu não estivesse à sua frente?

— Ah, a senhora não sabe? — provocou a condessa, abrindo um sorriso prepotente. — Ah, minha querida, saberá em breve. Ridgely nunca quis companhia feminina, e não duvido, depois de ver a ratinha com quem se casou, que não demorará muito até que ele volte para mim.

Ela fez uma reverência desdenhosa e prosseguiu:

— Boa noite, milady, Vossa Senhoria.

Agitando seu vestido branco e vermelho, a condessa deu meia-volta, deixando Virtue e Pamela sozinhas de novo no terraço. A altercação deixara Virtue abalada e assustada. Era mais que evidente que a condessa de Carr era uma das ex-amantes de seu marido, e que não estava feliz por ele ter se casado com Virtue. Mas sua ousadia em chamá-la de ratinha e sua sugestão de que Trevor voltaria para ela...

Ambas as afrontas lhe doeram. Muito.

— Você está bem? — perguntou Pamela, baixinho, tocando seu braço e arrancando-a de seus pensamentos.

— Sim... tudo bem — Virtue conseguiu dizer. — Creio que sim.

— Sinto muito, Virtue. Foi um despropósito ela se aproximar e pedir para ser apresentada. Eu deveria tê-la dispensado, mas esperava que tivesse boas maneiras e refinamento suficientes para se comportar. É evidente que me enganei.

— Ela é muito bonita — disse Virtue, pensando de novo na aparência marcante da condessa.

Era uma mulher linda e sabia como tirar o máximo proveito de todos os seus atributos. Sem dúvida, ela e Trevor formavam um par impressionante juntos, ambos lindos.

— Pois ela é hedionda onde mais importa — rebateu Pamela, baixinho. — Por dentro. Eu deveria tê-la protegido melhor. Perdão de novo por esse encontro infeliz. Ela está amargurada porque tentou conquistar Ridgely e, no fim, ele não correspondeu.

— Lady Carr queria se casar com ele? — perguntou Virtue, pois precisava saber mais sobre esse desagradável mistério do passado de seu marido e, ao mesmo tempo, tinha medo dos detalhes que poderia descobrir.

Detalhes que não poderia ignorar depois de revelados.

— Queria muito. Ela é viúva há mais de cinco anos, e há rumores de que sua herança foi reduzida devido a seu amor pelo jogo. Ela pretendia se tornar duquesa — Pamela apertou de leve o braço de Virtue. — Não precisa se preocupar com uma mulher tão horrível. O passado fica no lugar a que pertence, e você é o futuro de Ridgely.

Mas como poderia o passado ficar no lugar a que pertencia se havia acabado de abordá-la no terraço e insultá-la com a sugestão de que seu marido voltaria para ela? Voltaria como? Para a cama dela? Virtue sabia bem da reputação de Trevor; não deveria ter sido uma grande surpresa conhecer uma de suas ex-amantes.

No entanto, rivalidade exalava pelos poros de Lady Carr... Virtue não havia previsto tal confronto público.

— Ela foi amante dele, então? — viu-se perguntando.

Pamela estava pálida à luz da tocha, com os lábios apertados. Era uma imagem totalmente sombria, sendo que normalmente era tão vivaz.

— Não cabe a mim comentar.

Essa foi a resposta dela.

Então, era.

A condessa de Carr, que parecia uma Vênus, fora amante de Trevor. E, ao que parecia, pretendia retornar a essa posição em breve.

Virtue não parecia estar muito bem. Trevor notou no instante em que a viu voltando com Pamela. Ele estava conversando com o anfitrião, o visconde de Torrington, mas de olho nela. Ele a vira acompanhar Pamela até o terraço, supôs que para fugir do maldito salão de baile apertado, teria feito o mesmo no lugar delas. Estava suando sob o brilho daqueles malditos candelabros e o calor de pelo menos duzentos convidados, um enxame dentro daquele espaço limitado, como abelhas em uma colmeia.

Ele a observava enquanto ela passava por entre os convivas e sentia um nó no estômago. Estava pálida e, pela rigidez da expressão dela, algo havia lhe infligido angústia.

Trevor se voltou para Torrington.

— Se me der licença, Torrie, creio que a próxima valsa pertence à minha esposa.

O visconde inclinou a cabeça.

— Fique à vontade. Devo procurar Lady Torrington também. Ela já está girando na pista de dança sem mim há tempo suficiente.

Depois de mais algumas palavras polidas, ele e o anfitrião se despediram. Trevor foi procurar sua própria esposa; notara o tom possessivo nas palavras de seu anfitrião. O casamento repentino do visconde também havia sido um escândalo. Ele se casara com uma preceptora depois de ter tomado liberdades com ela dentro de sua carruagem, por engano, pensando que estava com sua mais recente amante. As fofocas correram por Londres inteira. Mas parecia que o visconde havia desenvolvido sentimento por sua nova viscondessa, apesar das circunstâncias indecorosas que precipitaram sua união.

Ele conhecia muito bem essa situação.

Inferno, ele se apaixonara por Virtue desde o momento em que pusera os olhos nela! Ela descera da carruagem que ele mandara para buscá-la carregando uma braçada de livros. Vestia uma peliça carmim adornada com arminho e um quepe hussardo combinando, e naquele instante ele soubera que a moça tinha uma personalidade tão ousada quanto sua vestimenta. Ah, sim, ele soubera que ela seria um problema quando, da janela de seu escritório, a vira descer.

Problema do tipo mais delicioso.

Problema que alcançou quando começaram as sutis notas de uma valsa. Ele se curvou para sua irmã e sua esposa e disse à última:

— Creio que esta dança é minha.

Estava tentando imaginar o que teria causado a expressão tensa que Virtue agora exibia, e pretendia descobrir o mais rápido possível. Encontraria a pessoa responsável e a estriparia verbalmente.

— Sim, claro — disse Virtue, com a voz quase dura, sem o fogo de sempre.

Pamela lançou ao irmão um olhar carregado de preocupação, que só serviu para apertar o nó de apreensão em seu estômago.

— Aproveitem a valsa. Creio que prefiro um pouco de ratafia e fofocar com as viúvas.

Pamela foi em direção a um bando de mulheres sorridentes, de turbante, e Trevor ofereceu o braço à Virtue.

— Ela quer que todos pensem que é só uma casca enrugada, definhando por Deering. Ele não era digno dela em vida, e agora que se foi, ela pode viver a própria.

Ele teve o cuidado de falar baixo, bastante ciente dos olhares curiosos sobre eles; cavalheiros e damas se aproximavam na esperança de ouvir algum novo rumor.

— Ela amava o marido — disse Virtue baixinho, com um tom de reprovação na voz doce. — Mas talvez ela esteja se debatendo entre a lealdade, o dever e aquilo que deseja.

— Hmm — murmurou ele, pensando nas palavras de Virtue.

Para ele, Pamela ainda era um mistério que enterrava suas mágoas em intermináveis idas à Bond Street e coisas do gênero.

— E o que você acha que ela deseja?

— Não sei se ela mesma sabe — disse Virtue suavemente.

Eles assumiram suas posições na pista de dança, ofereceram um ao outro a reverência costumeira, e logo ela estava nos braços dele. E ele se perguntou se estavam falando de Pamela ou se sua esposa estava falando de si mesma.

— Está falando tanto de você quanto de minha irmã? — perguntou, preocupado.

— Ah — ela abriu um sorriso, mas havia tristeza nele —, claro que não. Eu já sei o que quero.

Eles começaram a dançar, movendo-se juntos com tanta fluidez no salão de baile quanto na cama.

— E o que você quer?

Giravam, e ele admirava as manchas douradas nos olhos vívidos dela, realçadas pelo brilho das velas do candelabro.

— Você, claro — respondeu ela; mas fez uma pausa, e seu sorriso desapareceu. — Pelo tempo que você me quiser.

Que diabo era aquilo?

— Quero você para sempre — disse ele com firmeza. — Você é minha esposa.

Ela deu um leve suspiro.

— Mas você está acostumado a ser libertino, a escolher as mulheres que quer. Não posso me comparar com as belas mulheres que já conheceu.

Ele quase tropeçou nos próprios pés, mas se recuperou, por sorte.

— Você é a mulher mais linda que conheço. E a mulher mais bonita que jamais conhecerei, por dentro e por fora.

Deixando de lado a beleza física de Virtue, era o espírito feroz e a mente perspicaz e inteligente dela que mais o atraíam, além da sensualidade inata que possuía. Como ela poderia duvidar de sua própria magnificência? Ele se amaldiçoava por não a elogiar o suficiente, por não saber mostrar a Virtue como ela era incomparável.

— E quanto a Lady Carr? — perguntou ela, tão baixinho que ele quase não conseguiu ouvi-la, em meio à música que a orquestra tocava.

Adelina. Céus, ele sabia que sua ex-amante estava ali naquela noite; Trevor a vira lançando olhares coléricos para ele do outro lado do salão de baile e prontamente a ignorara.

Ficou tenso, imaginando se a condessa com quem se envolvera no passado havia aborrecido Virtue.

— O que tem ela? — perguntou ele, fazendo-a girar sem esforço.

— Ela exigiu ser apresentada a mim esta noite — replicou Virtue, confirmando as suspeitas dele. — Parecia convencida de que você voltará para ela em breve, depois de ver a ratinha com quem se casou.

Ratinha?

Trevor contraiu a mandíbula, tomado de fúria.

— Como ela ousou insultá-la? Farei com que não mais seja convidada aos eventos sociais importantes da cidade.

Foi só por pura força de vontade que ele continuou valsando, pois não queria perturbar ainda mais Virtue fazendo uma cena. Estava exasperado por seu passado a ter magoado, especialmente quando não estava ao lado dela para oferecer sua proteção, como deveria. A culpa era de Trevor, por ter sido tolo e se envolvido com uma víbora. Ele sabia que Adelina era possessiva e ciumenta, mas nunca imaginara que ela se atreveria a confrontar sua duquesa. Particularmente não com a maliciosa inferência de que ele voltaria para a cama dela. Agora sabia o motivo do semblante tenso de Virtue e Pamela ao voltarem do terraço, e saber disso o enojara.

— Não precisa fazer com que deixem de convidá-la a eventos por minha causa — disse Virtue, estoica, erguendo o queixo daquele jeito obstinado que sempre o fazia querer beijá-la por horas a fio.

— Ela aborreceu e insultou você — rebateu ele com severidade, sentindo um instinto protetor aflorar ao pressionar ainda mais a mão enluvada e a cintura dela. — Ela tem sorte por eu não a denunciar agora mesmo.

— Você está com raiva — disse Virtue. — Por favor, não fique assim. Eu não deveria tê-lo aborrecido com isso.

— Mas claro que deveria — rosnou ele, mantendo a voz baixa para que não chegasse aos casais ao redor. — Ninguém magoa a mulher que amo sem consequências. Eu lutaria até a morte, feliz, para protegê-la de qualquer ultraje.

Ela abriu a boca e perdeu o passo. Trevor teve que compensar o movimento para que não se desequilibrassem. E foi então que percebeu o que havia dito.

A mulher que amo.

Santa Apolônia, ele não pretendia dizer aquilo a ela em um momento como aquele, cercados pela sociedade, depois de sua ex-amante insinuar — redondamente enganada — que ele voltaria para a cama dela.

— Você…

Virtue abriu a boca, mas suas palavras sumiram, enquanto ela tentava compreender o que ele havia acabado de revelar.

Mas ela não estava sozinha naquela situação. Trevor ainda estava tentando entender as fortes emoções que sentia, maiores que qualquer outra coisa que já havia sentido e que o ofuscavam. O amor que sentia por Virtue o assustava.

— Eu amo você — disse ele, falando o mesmo de outra maneira.

Da maneira *certa*, apenas no lugar e na hora errados.

Mas ele compensaria isso mais tarde. Ela merecia saber. Por Deus, ele não queria que Virtue pensasse que não adorava cada pedacinho dela, desde seu glorioso cabelo acaju até seus pés delicados. Não queria preocupá-la erroneamente com a possibilidade de ele escolher outra em vez dela. Ela era a única mulher para ele, a outra metade de sua alma. Não, ela *era* sua alma. A melhor parte dele.

— Você me ama — disse ela, ofegante, olhando para ele com admiração, enquanto o candelabro captava e refletia o brilho de seus olhos e dos diamantes que usava no pescoço.

— Eu a amo — repetiu ele, e como foi bom tirar aquele peso do peito!

Sentia-se como se houvesse corrido uma grande distância, cheio de energia e lúcido pelo esforço. De repente, sentiu vontade de declarar seu amor por ela para o salão inteiro. Mais alto que a valsa, para que todos soubessem quanto a mulher que tinha em seus braços era importante para ele.

Ele reprimiu esse desejo com grande custo. Não faria o escândalo de declarar seu amor por Virtue no meio do baile de Torrington, berrando acima do pianoforte e do violino. Era sua intenção facilitar a entrada dela na sociedade como sua duquesa, não aumentar as fofocas que já circulavam a respeito deles. Metade pensaria que ele estava louco, se é que já não pensavam isso.

— Trevor, está mesmo sendo sincero quanto a isso? — perguntou ela, interrompendo seus pensamentos loucos.

E ele notou que o brilho nos olhos extraordinários dela não era efeito do candelabro, afinal. Era o brilho de lágrimas não derramadas.

Trevor sentiu um nó na garganta e teve que engolir em seco para controlar a emoção. Santo Deus, ele não podia chorar no meio de um baile! Ainda tinha certo orgulho, tinha quase certeza disso.

— Claro que estou sendo sincero — disse ele, guiando-a em mais um movimento e habilmente evitando que colidissem com outro casal. — Nunca duvide disso. Eu amo você, V. Acho que sempre amei, desde o momento em que a vi chegar à Hunt House.

— Você me viu chegar? — perguntou ela demonstrando surpresa na voz e na expressão.

Ele confirmou. Ficara irritado demais pela responsabilidade de ter uma tutelada para ir recebê-la pessoalmente. Por isso, ficara em seu escritório, observando.

Encantando-se.

— Você estava com uma peliça vermelha debruada de arminho e um quepe, e tinha dois livros debaixo do braço — disse ele.

— Ah — exprimiu ela, e então uma lágrima solitária, que estava presa entre seus cílios, caiu, deslizando por sua face —, você me viu. Eu havia esquecido o que estava vestindo; mas aquela peliça é uma das minhas favoritas.

— Eu sempre a vi — revelou ele, as palavras carregadas de significado — Sempre.

— Trevor — disse ela, com a voz abafada e repleta em emoção. — Eu também amo você.

Ele prendeu a respiração.

— Você me ama?

Ela confirmou dando um sorriso tímido. Outra lágrima rolou por sua face sedosa. Uma grande emoção queimava nas profundezas de seu olhar.

— Amo — confirmou ela. — Muito.

A explosão de alegria dentro dele foi mais profunda e mais forte que a conexão física que compartilhavam quando faziam amor. Transcendia tudo. Ele sentiu os joelhos trêmulos pela força daquilo: Virtue o amava.

O que ele havia feito para merecer o amor dela? Ele não sabia dizer, mas não questionaria tal presente. Ele era indigno e ganancioso, mas guardaria aquelas palavras em seu coração para sempre. Ela não as tiraria dele.

Ele a fez girar, tentando evitar que colidissem com os casais de novo. Mas dançar era a menor de suas preocupações naquele momento. Só o que importava era a mulher que tinha nos braços, a mulher que o amava. Ele estava sorrindo como um tolo, e não se importava com quem visse. Que as línguas se agitassem e dissessem o que quisessem.

O duque de Ridgely estava perdidamente apaixonado por sua duquesa e queria que Londres inteira soubesse.

E uma pessoa em particular.

Mas lidaria com ela mais tarde.

Trevor encontrou a condessa de Carr quando o baile de Torrington estava quase chegando ao fim. O vestido que a condessa usava havia sido desenhado para mostrar seus amplos atributos, e quando ela o viu, abriu um sorriso felino e pretensioso. Mas o efeito foi desperdiçado; ele não sentiu nada além de raiva quando olhou para ela.

— Lady Carr — cumprimentou-a, sério.

— Vossa Senhoria — respondeu ela, olhando-o de cima a baixo enquanto fazia uma reverência e lançando a ele um olhar sensual de soslaio. — Enfim veio até mim.

Acaso havia sido intenção dela insultar Virtue para atraí-lo? Se assim fosse, ela logo descobriria que sua tática havia sido desastrosamente equivocada.

— Vim lhe dizer para manter distância de Vossa Senhoria, a duquesa de Ridgely — advertiu ele, tendo o cuidado de falar *sotto voce*.

Estavam no entorno do baile, mas ele estava atento aos convidados que os cercavam. Nunca na vida se preocupara com escândalos; nunca houvera necessidade. Também nunca tivera tanto prazer em usar seu título como naquele momento; podia chamar Virtue de sua duquesa e repreender alguém que ousara insultá-la e, sem dúvida, estava se deleitando com isso.

Lady Carr ergueu uma sobrancelha escura.

— Como? E por que eu deveria fazer isso? Por favor, não me diga que você veio até mim só para desempenhar o papel de galante cavaleiro defendendo a honra da esposa. Eu não fiz nada de errado.

— Você não deveria ter se aproximado dela — prosseguiu ele —, nem pedido a Lady Deering que fizesse as apresentações. Você passou dos limites, e sabe disso.

O que Adelina queria não era implorar ser apresentada à esposa de um ex-amante. Mesmo se não houvesse sido grosseira e cruel com Virtue, chamando-a de ratinha e insinuando que Trevor a trairia, a apresentação forçada, por si só, já era afronta suficiente para justificar a indignação dele.

— Por que passei dos limites? — perguntou a condessa, pousando o leque sobre o decote. — Porque você esteve em minha cama? Ou porque quer voltar para lá?

Maldita! Ela o estava fazendo perder a paciência, e ele estava fazendo o possível para se controlar. Pelo bem de sua esposa, não por Adelina.

— Nós rompemos civilizadamente — disse ele com frieza. — E você foi generosamente recompensada, pelo que me lembro. Eu não tinha intenção de voltar à sua cama na época, e decerto não a tenho agora. Nem nunca.

— Não negue, posso ver o fogo em seus olhos, vejo quanto me quer.

Ela se aproximou mais de Trevor, e ele deu um passo para trás.

— O fogo que vê em meus olhos nasce da fúria, milady. Você foi descortês com minha esposa e quero que fique claro que nunca mais deve falar com ela ou sobre ela.

Lady Carr deu de ombros com elegância.

— Céus, Ridgely, não fui descortês. Foi isso que ela lhe disse? Se foi, ela mentiu. Provavelmente para ganhar sua compaixão. Eu apenas apontei que ela é jovem e sem graça. Ouso dizer que não tem a menor ideia do que fazer com um homem como você.

Um homem como ele? Ele não era mais o homem que a condessa de Carr conhecera, isso era certo. Nunca mais seria aquele inconsequente sem rumo, e estava muito feliz por isso.

Mas todo seu ser vibrou de raiva por ela ousar chamar Virtue de mentirosa. Trevor contraiu a mandíbula e respondeu:

— Se fosse homem, eu lhe diria para escolher um acompanhante e me encontrar para um duelo ao amanhecer.

Ela agitou o leque, aborrecida.

— Não fique na defensiva. Estou apenas dizendo o que todo mundo sussurra às suas costas, rindo. Londres inteira está falando sobre como ela deve tê-lo capturado. É de conhecimento geral. Uma tolinha do interior despertando o interesse do duque de Ridgely? Ora, ela deve ter se jogado sobre você, forçando-o a desencaminhá-la. Que outro motivo haveria para um casamento tão apressado?

Por Deus, ele nunca ficara tão enfurecido quanto naquele momento.

Ele apertou os punhos, impotente.

— Ouça-me com atenção, Lady Carr. Eu estava tentando ser diplomático, mas você me tirou do sério. Portanto, vou lhe dizer agora, e claramente, para que não haja nenhum mal-entendido entre nós. Se ousar dizer uma palavra indelicada sobre minha esposa de novo, ou se ousar abordá-la de qualquer maneira, providenciarei para que seja excluída do círculo de todas as pessoas que conheço. Cada Lorde e Lady, cada loja, cada chapeleiro ou modista... não descansarei até que o esterco de cavalo na rua a insulte e você não tenha escolha a não ser fugir de Londres em miséria abjeta.

Após concluir seu discurso, ele fez uma reverência cortês e abriu um sorriso.

— Eu a advirto, não teste minha paciência. Boa noite e adeus, Lady Carr.

E assim, ele a deixou onde a havia encontrado, certo de que havia sido a primeira e última vez que ela havia prejudicado Virtue ou seu casamento. O passado ficara para trás, onde era seu lugar.

Para sempre.

CAPÍTULO 19

—— *O esterco de* cavalo na rua? — repetiu Virtue, rindo com prazer. — Você disse mesmo tudo isso a Lady Carr?

— Sim, disse — respondeu Trevor, com a voz profunda que ela adorava, atrás dela.

Estavam juntos na banheira, dissipando as tensões da noite no agradável calor da água. Ela estava aninhada entre as longas e fortes pernas dele, com a cabeça confortavelmente apoiada no ombro do marido. Ele ainda estava aborrecido pelo ultraje a ela, como se quisesse pular da banheira e ir atrás da condessa e dizer mais poucas e boas.

— E no meio de um salão de baile! — acrescentou ela.

Deixando de lado a ameaça tola dele, a maneira como ele a defendera deixara Virtue impressionada. E grata também. Muita coisa havia acontecido durante o baile dos Torringtons, e ela ainda estava confusa.

— Eu poderia ter dito e feito coisa muito pior — afirmou Trevor.

Ele mergulhou os dedos na água e, ao retirá-los, deixou um rastro de gotas no braço dela, que descansava na borda da banheira.

— Ela teve muita sorte por eu não a ter jogado no esterco depois da maneira como tratou você.

Virtue riu de novo pela maneira como ele a protegera. Ficara abalada com as palavras cruéis de Lady Carr, sim, mas fora a sugestão da condessa de que Trevor voltaria para ela o mais angustiante. Comparar-se com a bela viúva deixou Virtue se sentindo vulnerável e insegura. Mas a declaração inesperada de seu marido durante a valsa lançara ao éter todas as dúvidas.

— Não foi tão terrível assim — disse ela, para tranquilizá-lo. — E acho que Lorde e Lady Torrington não ficariam muito contentes se você levasse uma convidada deles aos estábulos para um banho de esterco.

Ele beijou a cabeça dela.

— Não pense que não vou jogá-la no monte de estrume mais próximo, de cabeça, se ela ousar insultar você de novo.

Ah, o coração... diante de um duque arrogante que lhe dava livros de presente, citava Shakespeare incorretamente e ameaçava jogar mulheres horríveis em estrume de cavalo para defendê-la, ela não poderia deixar de se apaixonar. Trevor era muito mais do que ela havia percebido no dia em que chegara à Hunt House, impressionada pelo tamanho da casa e pelos estranhos com quem teria que viver.

Mal sabia ela que ele estava observando da janela do escritório. Que ele havia guardado aquele dia em sua memória — a primeira vez que a vira — como se fosse um tesouro precioso que precisasse ser preservado.

— Está calada — observou ele, roçando de leve o nariz na orelha dela. — No que está pensando?

— Estou pensando que me enganei sobre você quando cheguei — disse Virtue, observando enquanto os longos dedos dele pingavam mais água em seu braço. — Passei toda minha viagem a Londres pensando que você era um velho ogro com intenção de roubar meu futuro. Mas depois pude conhecê-lo melhor.

— E o que achou, então?

Ela sorriu, lembrando-se da primeira conversa no escritório de Trevor, ele todo elegante, com a gravata impecavelmente amarrada, calças claras justas naquelas coxas musculosas e botas reluzentes. Mas o rosto dele era o mais intimidador e cativante, de uma beleza muito masculina, como ela jamais havia visto.

— Pensei que você era um ogro jovem e bonito querendo roubar meu futuro — respondeu ela.

— Isso não é justo — disse ele na orelha dela, tocando-a com os lábios. — Minha única intenção era dar a você um futuro.

— Fazendo com que me casasse — retrucou ela, provocando-o.

— Porque eu não resistia a você.

Para enfatizar suas palavras, ele pegou um seio de Virtue e puxou suavemente o mamilo entre o polegar e o indicador, causando uma resposta do sexo dela.

— Eu sabia que se não tomasse cuidado, quereria ficar com você para mim.

— E por que não deveria ficar comigo?

Ousada, ela pegou a mão dele e a guiou para baixo, entre suas pernas.

Ele gemeu, passando os dedos habilmente pelas dobras dela, encontrando a pérola e a acariciando.

— Eu tinha medo de ficar vulnerável, de dar a outra pessoa tanto poder sobre mim... o poder de me esmagar com apenas uma palavra. Passei a vida toda evitando apegos; imagine meu horror a me entregar ao maior de todos.

— O amor — disse ela, suspirando inquieta enquanto ele acariciava seu botão inchado, sob a água quente.

Mas era uma conversa importante. Ela queria saber mais sobre aquele homem enigmático que era seu marido. Queria saber tudo.

— Está dizendo que tinha medo de se apaixonar por mim?

— Céus, sim. — Ele beijou o pescoço dela. — Você me deixou aterrorizado assim que entrou em meu escritório. Eu sabia que não poderia ter você, mas nunca houve alguém que eu quisesse mais.

Ela ficou feliz em saber que ele havia sentido aquela mesma atração invisível desde o primeiro dia.

— Mas agora você me tem.

Ela virou o rosto para ele, encantada com aqueles olhos castanho-escuros que ardiam de amor e desejo por ela. Tudo por ela.

— E eu tenho você — acrescentou ela.

— Temos um ao outro.

Ele a beijou com ternura, a princípio de maneira casta, mas logo aprofundando, usando a língua.

Ele acariciava cheio de intenção, rápido, a carne faminta de Virtue, do jeito que ela gostava. Logo ela estava ofegante, emaranhando sua língua na dele.

— Quero comer você — murmurou ele nos lábios dela. — Mas não nesta maldita banheira.

As palavras lascivas de Trevor provocaram uma resposta no baixo-ventre dela.

— Ótima ideia.

Juntos, ergueram-se, deixando a água escorrer pelo corpo deles. Trevor saiu primeiro e estendeu a mão para ela, ajudando-a a passar pela borda alta da banheira. Ansiosos, nem se preocuparam em se secar; foram para a cama de Trevor.

Deitaram-se sobre as cobertas, corpos e lábios úmidos se unindo. Estavam de lado, e essa posição fez Virtue pensar em algo que ansiava. Fez Trevor se deitar de costas e começou a traçar uma trilha de beijos do queixo à orelha dele.

— Obrigada por me defender esta noite — murmurou. — E por me amar.

O coração dela estava pleno, e Virtue queria mostrar quanto ele era importante para ela. Queria adorar o corpo dele como ele fazia com o dela. Desde que se casaram, devagar ela fora percebendo que, embora Greycote Abbey ocupasse para sempre um lugar em seu coração, seu novo lar era com Trevor. Na cama, nos braços dele. Ele era seu lar agora.

Ele passou as mãos pelas curvas dela.

— Obrigada por me amar, mesmo eu sendo um ogro.

Ela sorriu sem afastar os lábios da pele dele, descendo os lábios pelo seu pescoço.

— Talvez não tão ogro, afinal.

— É um alívio saber que você mudou de opinião a meu respeito — disse ele com voz rouca, achando graça daquilo.

Virtue beijou a clavícula de Trevor e mordiscou o ombro dele; sabia que isso o deixava louco.

— Mudei bastante. Vou lhe mostrar quanto.

Ele estremeceu; seu pau cada vez mais duro, roçando nela.

— V, não precisa...

Os protestos de Trevor morreram quando ela começou a salpicar de beijos o peito dele, seguindo a trilha escura de pelos que levava mais para baixo. Oh, sim, precisava. Ela precisava sentir o gosto dele, tomá-lo em sua boca. Ansiava por isso, e esse anseio era uma pulsação constante em sua pérola. Tanto que, só de pensar, já ficava molhada, e não por causa do banho.

— Eu *quero* — disse ela, e se acomodou entre as pernas dele, diante do pau em posição de sentido, rosado e grosso, a poucos centímetros dela.

Ela havia lido uma passagem muito esclarecedora de *Um conto de amor*, e permitiu que o texto a guiasse enquanto pegava a base do pau dele e levava a cabeça brilhante a seus lábios. Lambeu-a, e aquela gota de desejo revestiu sua língua com o gosto dele. Gosto de Trevor, de homem, um tanto salgado.

Perfeito.

— Meu Deus, V — grunhiu ele. — Você vai acabar comigo.

Era o que ela esperava.

— Lady X escreveu que tentou enfiar na garganta o máximo possível do pau do cavalariço — disse ela, olhando para ele. — Quer que eu tente?

Ele gemeu e estendeu a mão para acariciar o cabelo e o rosto de Virtue.

— Quero.

Sem pressa, Virtue usou a língua nele um pouco mais, segurando-o firmemente e bombeando com a mão, provocando-o e atormentando-o, como tantas vezes ele fazia com ela. Estava atenta às pistas: uma inalação aguda, a contração dos quadris, o endurecimento e inchaço daquele belo pau.

Quando ela o notou mais inquieto, levou à boca só a cabeça no início, e depois um pouco mais. Era macio, quente, firme e comprido. Ela respirou fundo e o levou mais ao fundo da garganta.

— Céus!

O gemido dele serviu de incentivo para Virtue. Ela o enfiou fundo e depois o retirou, e depois fundo de novo. Trabalhava em sintonia com o corpo de Trevor, com uma mão no quadril e a outra no pau dele, que ele começou a mexer com estocadas rápidas, deixando o sexo dela molhado e dolorido.

Ele enroscou os dedos nos cabelos dela, retardando seus movimentos.

— Espere... pare. Quero chupar você.

Ela tirou o pau da boca e o mundo foi voltando devagar, na forma de sombras bruxuleantes sob o brilho suave da luz das velas, fazendo refletir os ouropéis. O grande corpo dele estava corado e duro, o desejo evidente nos ângulos retesados de seu rosto. *Eu provoquei isso nele*, pensou Virtue com orgulho. Mas ela queria que ele perdesse totalmente o controle. Queria-o tão selvagem quanto ela ficava quando ele a fazia gozar.

— Quero que você goze em minha boca — disse ela, surpreendendo até a si mesma com sua crua franqueza.

Mas era verdade. Só de pensar naquele homem poderoso se perdendo em sua boca já sentia um desejo quase insuportável.

— Está bem — disse ele, estendendo a mão. — Quero isso também. Há uma maneira de nós dois gozarmos juntos. Venha, vou lhe mostrar.

Ela pegou a mão dele e se deixou guiar para uma nova posição. Estranha, a princípio, mas quando Trevor a virou para que Virtue ficasse com a cabeça aos pés dele e levou o rosto aos quadris dela, ela entendeu a liberdade que essa posição permitiria a ambos.

— Mais perto, querida — pediu ele em voz baixa, cheia de promessas lascivas.

Ele a puxou pelos quadris para mais perto de sua boca expectante.

— Agora, desça e abra um pouco mais as pernas.

Ela fez isso e ficou com as mãos na cama e o rosto sobre o pau em riste dele, que brilhava de saliva e secreções. O ar fresco correu pela carne quente de Virtue, exposta para Trevor, e então ele a puxou para seus lábios e deu um beijo de língua, sensual, na boceta dela.

Virtue soltou um suspiro quando ele a chupou e ficou assim um tempo, adorando a nova posição e sua vulnerabilidade inerente. Ele enfiou fundo a língua e ficou entrando e saindo. Gemeu, apertando a bunda de Virtue, cravando os dedos na carne dela com a pressão certa e deliciosa.

O pau dele ficava cada vez mais duro diante dos olhos dela, pois ele gostava de dar prazer a ela. Isso a incitou; Virtue pegou o pau do marido e o levou à boca, fundo, até sentir a cabeça em sua garganta. Ele foi usando a língua com mais força, esfregando o rosto nas dobras sensíveis dela, arranhando-a com sua barba e provocando nela faíscas de êxtase.

Concentrar-se em sua tarefa ficou mais difícil quando ele chupou sua pérola e enfiou os dedos nela. Primeiro um, depois outro, e foi entrando e saindo em um movimento luxurioso ao ritmo de seus lábios no botão dela. Pequenos pontinhos de luz surgiam na visão de Virtue enquanto ela gemia com o pau dele na boca, levando-o até a garganta.

— Isso, meu amor — rosnou ele. — Mais fundo. Mais rápido, mais forte, como quiser, mas enfie tudo.

Tudo.

Ah, ela estava gostando daquilo; de possuí-lo de todas as maneiras. De possuí-lo e amá-lo. *Sim*, amá-lo.

Ela fez o que ele pediu; dedicou-se a fazê-lo gozar, ofegante, gemendo no ritmo dos dedos e do açoite da língua dele. O prazer foi crescendo até ficar insuportável, até dominar todo seu ser, e ela estremeceu e gritou, cavalgando o rosto e os dedos dele, dominada pelo frenesi do orgasmo. E ele continuava a segurando com força, espalhada sobre ele, e com lábios, língua e dentes provocou mais espasmos nela, enfiando fundo os dedos e fazendo-a quase delirar, inebriada dele e do prazer que ele lhe dava.

— Meu Deus, V, preciso estar dentro de você quando gozar.

Ela ouviu vagamente as palavras dele, baixinhas, através da névoa de luxúria que nublava sua mente. Seu pau quase escapou de sua boca quando Virtue se rendeu ao orgasmo, mas ela se concentrou e o levou para o fundo da garganta, dando uma chupada forte uma última vez antes de liberá-lo.

— Céus — gemeu ele, e com mãos habilidosas a ajudou a virar de novo.

— Monte em mim, meu amor.

Ele pegou seu pau duro e o guiou sem esforço para dentro dela. Ela estava incrivelmente molhada depois de tantas carícias deliciosas. Ele a preencheu ao máximo; essa posição lhe permitia entrar fundo. Ela já estava sensível e sabia que não demoraria muito para gozar de novo. Começou a se mexer, encontrando um ritmo que os fez gemer e perder o fôlego. Ele chupou um de seus mamilos enquanto ela o cavalgava implacavelmente mais rápido e mais forte, buscando mais um orgasmo.

E quando o atingiu, ela apertou o pau de Trevor com tanta força que quase o forçou a sair de sua boceta. Ele a pegou pelos quadris e a sentou de volta, bombeando dentro dela de novo, e de novo, até que seu corpo enrijeceu. Mais uma estocada e ele chegou ao clímax, preenchendo-a com o fervor de seu êxtase. Foi delicioso. Ela desabou sobre ele, com o coração galopando, tão ofegante que parecia que havia subido e descido a grande escadaria da Hunt House pelo menos meia dúzia de vezes.

Totalmente exaurida, ela deitou a cabeça no peito do marido e sentiu o coração dele batendo no ritmo do dela. Ele puxou a manta sobre eles, envolvendo-os no calor, e com os braços ao redor dela, deu-lhe um beijo na cabeça.

— Amo você — murmurou. — Nunca duvide disso.

E ela entendeu que jamais poderia duvidar.

— Eu também amo você — disse ela, repentinamente cansada devido à agitação do baile, da hora tardia e de todo o amor deles.

Estava exausta, mas saciada da melhor maneira possível. Adormeceu nos braços do marido com a certeza de que não importava o que enfrentassem no futuro desconhecido, enfrentariam juntos. Ninguém nem nada poderia separá-los.

CAPÍTULO 20

Trevor conduziu Logan Sutton e Archer Tierney até uma mesa no The Velvet Slipper. O clube estava silencioso; não havia clientes, pois estava fechado naquela manhã. Tanto melhor para a privacidade e uma conversa franca. Depois da noite que havia tido com sua esposa, Trevor chegou atrasado à reunião marcada e encontrou Sutton e Tierney terminando suas perguntas à Theodosia Woodward, a nova proprietária do clube.

Desde que se casara com Virtue, Trevor não pisara mais no clube, exceto para falar com Theodosia e indagar sobre algum problema que pudesse ter provocado os ataques contra ele. Ela não sabia de nenhum, e o mistério sobre quem o queria morto e por que continuava sem solução.

E agora que era um homem casado e feliz, o clube não exercia mais o fascínio que outrora exercera sobre o jovem imprudente que ele fora. Trevor o estava vendendo para Theodosia; seu administrador estava elaborando o contrato, e tratando também da compra de Greycote Abbey com o novo proprietário, por um preço muito mais alto. Esperava em breve surpreender sua esposa com essa notícia.

Muita coisa havia mudado para ele nos últimos meses, mas antes disso também. Seus dias de espionagem haviam ficado inteiramente para trás, tornara-se duque, ganhara uma tutelada e agora tinha uma esposa que amava mais que a própria vida. Trevor descobrira que a vida, às vezes, era um remoinho inesperado da melhor espécie.

— Aceitam uma bebida? — perguntou a seus convidados. — Deve haver algum vinho excelente em algum lugar aqui.

Trevor não pediria a Theodosia que fosse buscar o vinho; ela havia ido até lá a seu pedido, provavelmente tão exausta quanto ele, mas por ter passado a noite cuidando de clientes rebeldes. Além disso, ela nunca fora uma empregada no The Velvet Slipper, e sim uma parceira de confiança. Ele jamais poderia ter administrado o clube sem ela. Ao longo dos anos, a Confraria havia usado o The Velvet Slipper para vários propósitos, pois atendia bem a todas as suas necessidades. Mas com a Confraria dissolvida e Trevor casado, essas necessidades não existiam mais.

— Nada de vinho — recusou Tierney enquanto se sentavam a uma mesa vazia. — Prefiro gim, mas nunca bebo de manhã.

— Nem eu, obrigado — disse Sutton. — Chamamos você aqui porque temos novidades.

Trevor endireitou a postura, tenso; a apreensão apagou um pouco o brilho que o tomara desde que Virtue dissera que o amava.

— É mesmo?

— Estávamos esperando até ter evidências suficientes para provar nossa teoria — acrescentou Tierney. — Nossa conversa com a Sra. Woodward esta manhã confirmou tudo que descobrimos e nossas suspeitas sobre a pessoa que contratou John Davenham.

— O ator — disse Trevor, lembrando-se do nome. — Agora vocês têm certeza de que era ele a pessoa que morreu em minha casa?

Sutton confirmou.

— O irmão por fim o reconheceu. Aparentemente, ele foi advertido a não falar e recebeu uma quantia generosa por seu silêncio.

Tierney abriu um sorriso sombrio.

— Mas uma visita de uns dos meus homens o fez mudar de ideia.

— Você mandou espancar o irmão? — perguntou Trevor, pois sabia, desde a época da Confraria, que aquele homem era capaz de qualquer coisa, especialmente quando estava determinado a corrigir um erro.

— Bem, espancar é uma palavra forte — replicou Tierney, dedilhando preguiçosamente na superfície polida da mesa. — Prefiro a palavra *persuadir*.

O coração daquele homem era tenebroso como o de Hades.

— E depois dessa sua *persuasão*, o irmão admitiu que o morto era o Sr. Davenham — adivinhou Trevor, franzindo a testa enquanto tentava entender tudo.

A vida de duque o tornara molenga. Céus, e pensar que ele já havia sido tão astuto e duro quanto Tierney!

— Isso mesmo — disse Sutton. — Mas só ontem. Revistamos os aposentos de Davenham e encontramos um cartão de visita da condessa de Carr. O irmão admitiu que Davenham frequentava a cama dela. Disse que Lady Carr pagara ao irmão dele uma bela quantia para atacar o duque de Ridgely. Quando aquele ataque inicial não culminou na sua morte, ela o forçou a fazer uma segunda tentativa.

Santa Apolônia! Trevor sentiu como se todo o ar houvesse sido arrancado de seus pulmões.

— John Davenham nunca mais foi visto — acrescentou Tierney. — O esboço que fizeram na Bow Street corresponde ao do invasor morto. O irmão confirmou e admitiu também que recebeu uma visita da própria Lady Carr após a morte de John Davenham, e que ela o ameaçou e pagou por seu silêncio.

— Mas precisávamos ter certeza de que a palavra do irmão de John Davenham era confiável — continuou Sutton. — Por isso quisemos falar com a Sra. Woodward. Ela confirmou que Lady Carr e um homem que corresponde à descrição de John Davenham estiveram aqui, mas não recentemente. Embora Lady Carr estivesse mascarada, a Sra. Woodward reconheceu a condessa da época em que era sua amante, Trevor.

— Meu Deus! — disse Trevor, sentindo a bile subir por sua garganta. — Está me dizendo que a condessa de Carr pagou John Davenham para me matar?

— Isso mesmo — confirmou Tierney. — Todas as evidências levam a apenas uma conclusão.

De repente, ele se lembrou do discurso furioso dela quando Trevor rompera com ela. Ele considerara as palavras dela frutos da fúria, não uma ameaça verdadeira. *Se eu não puder ter você, ninguém poderá.*

Ele estava chocado; todas as peças se encaixavam em sua cabeça e tudo fazia sentido. Durante todo o tempo que trabalhara na Confraria, jamais enfrentara uma vilã; jamais capturara uma mulher. Era tudo tão óbvio agora que ele mal podia acreditar que essa possibilidade nunca lhe havia ocorrido.

Ele recordou o feio confronto que havia tido com Adelina na noite anterior, e de novo sentiu um nó no estômago como se tivesse levado um soco. Suas pernas se mexeram, dando passos largos, antes mesmo de sua mente terminar de processar aquilo.

— Aonde está indo, Ridgely? — perguntou Sutton.

— À Hunt House — disse ele com lábios pálidos. — Lady Carr confrontou minha esposa ontem à noite e eu a defendi. Receio ter feito de Virtue, sem querer, alvo da mordacidade da condessa. Meu Deus, se ela é tão desequilibrada assim…

Ele deixou que as palavras morressem; recusava-se a terminar aquela frase, sequer a assimilá-la. Não havia como saber do que a condessa de Carr seria capaz; ela já havia pagado duas vezes a um homem para matar Trevor!

Sutton e Tierney se levantaram, cheios de preocupação.

— Precisamos ir imediatamente à Hunt House — concordou Tierney.

Virtue estava lendo na sala de estar, desfrutando do agradável langor do dia e das lembranças de ter feito amor com Trevor na noite anterior, quando o mordomo apareceu à porta, um tanto inseguro.

— Perdoe a interrupção, Vossa Senhoria — disse Ames. — Há uma senhora à porta exigindo ser recebida. O que deseja que eu faça?

Uma senhora que exige ser recebida?

— Ela lhe entregou algum cartão? — perguntou Virtue, fechando o livro.

Levantou-se do sofá onde estava recostada, absorta em mais uma carta de *Um conto de amor*. O mordomo entrou, após uma mesura, e estendeu a bandeja de prata que tinha nas mãos.

— Sim, Vossa Senhoria.

Virtue pegou o cartão de visitas e reconheceu imediatamente o nome, com letras floreadas, da visita em questão.

Condessa de Carr.

Ela sentiu certa inquietação, e sua reação instintiva foi negar a entrada da condessa. Não seria a primeira vez, desde que se tornara duquesa, que mandava dizer que não estava *em casa*. Mas recusar a entrada da mulher após a valente defesa que Trevor fez de Virtue no baile dos Torringtons seria como admitir medo.

E ela não tinha nada a temer de Lady Carr. Trevor amava Virtue e Virtue o amava. Estavam casados; a condessa era um resquício amargo da vida anterior dele, da qual Virtue não fizera parte.

Com o cartão na mão, ela ergueu o queixo e colocou um sorriso forçado nos lábios.

— Pode deixá-la entrar, Ames.

— Claro, Vossa Senhoria.

Com outra reverência, o mordomo saiu.

Virtue teve alguns momentos para se levantar e se preparar para a chegada inoportuna de sua visita; escondeu o livro debaixo da almofada para que Lady Carr não visse o título e espalhasse fofocas.

Lady Carr apareceu, linda e elegante como na noite anterior, mas um pouco pálida. Ela ainda estava usando sua peliça, que era de um raro tom de azul-esverdeado, que combinava com seus olhos. Uma bolsa pendia de seu pulso, chamando a atenção de Virtue por um momento enquanto a mulher entrava na sala de estar.

— Vossa Senhoria — cumprimentou a condessa, fazendo uma reverência debochada. — Sou grata por me receber esta manhã.

Era uma hora muito incomum para visitas, mas Virtue não comentou nada. Continuou séria.

— Milady, decidi conceder a dignidade de ser recebida; porém, creio que não temos nada a dizer uma à outra depois de ontem à noite.

— É mesmo? — Lady Carr abriu um sorrisinho estranho. — Pois eu posso pensar em muitas coisas.

Ao dizer isso, lenta e metodicamente puxou o cordão de sua retícula e levou a mão dentro. Tirou-a segurando uma pequena pistola, e Virtue não pode evitar soltar o ar pela boca, assustada. Sua primeira reação foi fugir, mas Lady Carr estava preparada.

Ela ergueu a pistola e a apontou para Virtue com uma calma sinistra.

— Não se mexa, prostituta.

A porta da sala de estar ainda estava aberta, mas a Hunt House era assustadoramente grande. O coração de Virtue batia forte enquanto ela se perguntava se alguém a ouviria se gritasse. Acaso Lady Carr atiraria? Onde estavam os guarda-costas? Mas ela supôs que nenhum deles poderia ter previsto que uma condessa, viúva de um nobre, estaria ali com uma arma.

— O que quer de mim? — perguntou, tendo o cuidado de permanecer imóvel enquanto tentava elaborar um plano de fuga.

Acaso alguém apareceria, talvez uma criada passando pelo corredor, e alertaria os outros? Ah, se ao menos Trevor não houvesse saído para um compromisso matinal com seus velhos amigos Tierney e Sutton! Ele saberia o que fazer em um momento de crise como aquele, ela tinha certeza disso.

— Quero que pague por ter se casado com ele — rosnou Lady Carr. — O que você fez para forçá-lo a isso? Diga-me agora ou eu atiro.

A mão da condessa tremeu — única demonstração externa de emoção, salvo a raiva.

Virtue engoliu em seco.

— Não fiz nada para forçá-lo nem para afastá-lo de você. Ridgely terminou com você antes de eu chegar a Londres.

— Você o enfeitiçou — acusou a condessa, como se não houvesse escutado as palavras de Virtue. — Essa é a única explicação. Ele nunca me trocaria por você, um corvo simplório e feio, sendo que poderia ter um cisne como eu. Sim, você é má e merece ser punida.

— Punida como?

Virtue lançou um olhar ansioso para a porta; sabia que prolongar a conversa entre ela e aquela condessa louca era sua única chance de sobreviver.

— Morrendo — disse Lady Carr, irônica. — Matarei você primeiro, e depois vou matá-lo também. Onde ele está? Ele é meu, e ninguém mais pode tê-lo. Eu o avisei, quando ele me deixou, que se eu não pudesse tê-lo, ninguém mais poderia. Ele estaria morto antes de casar-se com você se aquele tolo não houvesse fraturado a coluna.

Meu Deus, aquela mulher era desvairada! Ela era a responsável pelas tentativas de assassinato de Trevor.

— E-ele não está em casa — disse Virtue, grata pela vida de Trevor ter sido poupada, mesmo que ela perdesse a sua.

— Não minta — grunhiu Lady Carr, e a pistola tremeu em sua mão. — Eu sei que ele está aqui. Onde mais estaria a esta hora da manhã?

Então se deu conta do motivo do horário da visita de Lady Carr.

Ela havia planejado tudo. Havia planejado matar os dois.

— Ele não está — repetiu ela, tentando manter a voz calma e tranquilizadora. — Por favor, Lady Carr, acalme-se. Entendo que esteja aborrecida…

— Aborrecida? — gritou a mulher, interrompendo Virtue. — Estou furiosa, sua ordinária estúpida! Chega de conversa, leve-me até ele. Se disser uma palavra a um dos criados, atiro em você, entendeu?

O medo a manteve imóvel, até que conseguiu responder.

— Sim, entendi.

Antes que Lady Carr pudesse se mexer, houve uma comoção à porta. O estampido de uma pistola ecoou pela sala. Tudo parecia acontecer ao mesmo tempo. Virtue gritou, Lady Carr gritou, arregalou os olhos e a mão que segurava a pistola ficou flácida, a arma indo ao chão. Sangue escorreu por sua luva de pelica branca, encharcando-a.

— Você atirou em mim — disse a condessa baixinho, em choque, e caiu no chão.

— V!

Trevor chegou a ela em um instante e a tomou no refúgio de seus braços poderosos, embalando-a contra seu peito.

— Graças aos Céus! Não está ferida, está?

— N-não — disse ela, segurando as lapelas do fraque dele com força, e mergulhando naquele calor reconfortante e respirando o cheiro familiar de seu marido. — Isto é real? Você está aqui?

— Sim, meu amor. — Ele deu um beijo na cabeça e depois na têmpora dela. — Estou aqui. Estou aqui e sinto muito pelo que aconteceu.

Ela pensou em Lady Carr e o terror a sufocou de novo.

— M-mas Lady Carr… Ela quer matar nós dois, Trevor.

— Shhhh… eu sei. Sutton e Tierney estão comigo, eles cuidarão dela. Depois do que aconteceu, não tenho dúvidas de que ela será enviada para um manicômio.

— Chamaremos os Runners — disse o Sr. Tierney do outro lado da sala, pensando o mesmo que Trevor.

Tudo aconteceu tão depressa que ela não notara que Trevor não estava sozinho.

— A condessa nunca mais vai machucar ninguém.

Graças a Deus!

Houve mais agitação quando os guardas e Pamela entraram correndo na sala de estar, mas Virtue não suportava olhar para tudo aquilo.

Estava aconchegada no peito do marido; as lágrimas rolavam, escaldantes.

— Ela está louca. D-disse cada co-coisa…

— Agora acabou — afirmou Trevor, tranquilizando-a. — Estou aqui, meu amor, e você está segura.

Ela passou os braços em volta da cintura dele, abraçando-o com toda a força.

— E você está seguro também.

Por fim.

— Amo você — sussurrou ele próximo ao cabelo dela. — Perdoe-me por colocá-la em perigo.

Ela sacudiu a cabeça.

— Você não sabia que isso aconteceria.

— Mas deveria. Isso nunca deveria ter acontecido — argumentou ele, ainda a abraçando como se temesse que ela sumisse de seus braços.

Virtue inclinou a cabeça para trás e olhou seu amado nos olhos.

— Amo você, Trevor. Nada mais importa.

Ele fechou os olhos e respirou fundo.

— Meu Deus, eu não mereço você.

— Sim, meu querido, merece, sim.

Ela ficou na ponta dos pés, o beijou e as lágrimas dos dois misturaram-se salteando o beijo.

EPÍLOGO

— *Mal posso acreditar* que o novo proprietário de Greycote Abbey nos convidou para uma visita prolongada — disse Virtue, animada, quando a carruagem finalmente parou no acesso que os levaria à sua antiga casa.

Que era dela de novo, agora.

Dela, assim como a égua de Trevor.

Assim como o coração de Trevor.

Mas, ao contrário dos dois últimos presentes de Trevor à sua esposa, Greycote Abbey era um segredo cuidadosamente guardado. Após o dia horrível em que quase a perdera para sempre, Trevor decidiu dar à sua esposa tudo que ela merecia. Queria fazê-la feliz, devolver-lhe a casa da qual ela ainda falava com melancólica ternura, apesar de o ter perdoado por tê-la vendido.

Quando lhe dissera que o atual proprietário os havia convidado para ficar o tempo que desejassem, Virtue ficara exultante com a perspectiva. Ele estava ansioso como uma criança para contar a ela toda a verdade: que os novos proprietários eram pessoas que ela conhecia muito bem.

Greycote Abbey havia voltado para ela.

— Eu sabia que você ficaria feliz — disse ele, sorrindo carinhosamente para Virtue, que abaixava a cabeça e quase encostava o nariz na janela da carruagem em sua ânsia de ver a velha propriedade de pedra de novo. — Mas não imaginei que seria tanto.

Sorrindo, ela olhou para ele.

— Estou muito grata por você ter se correspondido com eles. Mal posso esperar para mostrar a você todos os cantos de minha velha casa. Espero que pouca coisa tenha mudado. Afinal, não faz tanto tempo assim.

— Nada mudou — tranquilizou-a, porque assim ele exigira em troca do verdadeiro resgate régio que pagara para devolver Greycote Abbey a Virtue.

Também providenciara a devolução dos pertences dela, anteriormente armazenados na Hunt Hall. Os criados da Greycote Abbey ficaram felizes por reacomodar as coisas de Virtue.

— Espero que você esteja certo — replicou ela, mordiscando seu exuberante lábio inferior e quase arrancando um gemido dele.

Ficaram dentro dos limites da carruagem, chacoalhando por estradas esburacadas e dormindo em pousadas de viajantes por muito tempo. Ele estava louco para fazer amor com a esposa em uma cama adequada, além de revelar a surpresa para ela.

— Estou certo — disse ele gentilmente. — Sei disso.

Olhando pela janela, ela via as paredes centenárias de Greycote Abbey crescendo à medida que se aproximavam.

— Mas como você pode saber? Perguntou a eles?

Hora de contar a ela, pensou ele. Havia guardado segredo tempo suficiente. Coincidentemente, era o *único* segredo que escondia de sua amada esposa.

— Eu sei porque providenciei para que assim fosse — revelou. — E para que seus pertences fossem retirados do depósito em Ridgely Hall e trazidos para cá de novo.

Ela inclinou a cabeça, fitando-o com seu olhar cor de mel confuso.

— Por que você faria isso?

Ele sorriu.

— Porque providenciei para que meu administrador comprasse Greycote Abbey de volta para você. O novo proprietário se dispôs a vender a propriedade a nós pelo preço correto. É nossa agora. Sua, na verdade. Como nunca deveria ter deixado de ser.

Virtue cobriu a boca com a mão, chocada, sufocando um suspiro, e lágrimas cintilaram em seus olhos.

— Você comprou Greycote Abbey?

Trevor confirmou.

— Nós compramos, amor.

— Ah, meu querido marido! — disse ela, levando a mão ao colo, enquanto a descrença e o espanto guerreavam em seu adorável semblante. — E a Sra. Williams, Sr. Smith, Srta. Jones e todo o resto? Eles ficaram?

— Sim — confirmou ele, embevecido por vê-la tão emocionada, deixando transparecer o amor que sentia pelos criados que haviam sido a única família que ela conhecera.

Ela ria; lágrimas de alegria rolavam por seu rosto, e ela se jogou no colo dele. Ele a pegou e a segurou com força para evitar que se machucasse fazendo travessuras.

— Não acredito que você fez isso por mim! — Ela encheu o rosto dele de beijos. — Eu o amo muito.

— É o mínimo que eu poderia fazer para pagar por meus muitos pecados — disse ele. — E amo você também, V.

Ele nunca se cansaria de dizer isso. Nunca seria o suficiente. E nunca perdoaria Pemberton por abandonar Virtue a vida toda, mas era muito grato a seu velho amigo por tê-la deixado sob seus cuidados. Ali ela permaneceria, para sempre.

— Acha que posso passar meu puerpério aqui? — perguntou ela, animada, entre beijos salpicados no rosto, queixo e nariz dele.

Ele ficou paralisado; jogou a cabeça para trás, contra as almofadas de seda, para observar o rosto de sua esposa melhor.

— Seu puerpério?

Acaso Virtue havia acabado de dizer o que ele achava que ela havia dito? A esperança, tola, pura e incontrolável, cresceu dentro dele.

— Sim — o sorriso dela se abriu. — Não quis lhe contar antes de nossa viagem porque queria desesperadamente ver Greycote Abbey e temia que você não quisesse que eu viajasse, se soubesse.

— Claro que não teria permitido — rosnou ele, de súbito, querendo proteger a nova vida que começava a se formar dentro dela. — Viajar de Londres a Nottinghamshire não é adequado para uma mulher em condição tão delicada.

Ela o beijou de novo.

— Mas estamos aqui agora.

— Sim, estamos.

Ele não pôde evitar sorrir. Seu coração transbordava, tanto que ele tinha certeza de que seria capaz de explodir e sair voando pelos confins de Nottinghamshire.

— E você está feliz? — perguntou ela com olhar tímido.

— Mais feliz do que jamais sonhei ser possível — disse ele, sincero, com a voz trêmula pelo peso da emoção. — Mas chega de segredos entre nós, V.

— Você também escondeu Greycote Abbey de mim — apontou ela, irônica.

— É verdade — ele lhe deu um beijo rápido. — Chega de segredos a partir deste momento, então. Está bem assim?

— Perfeito. — Ela o beijou de novo. — Obrigada, obrigada, obrigada. Você é um marido maravilhoso e sei que será o melhor pai de toda a Inglaterra.

O elogio dela fez o peito de Trevor inchar, e outras partes dele também. Mas a carruagem deu um chacoalhão e parou diante dos degraus de Greycote Abbey naquele momento, e Virtue viu todos os criados, de quem sentira tanta falta, reunidos e a esperando. Com outro beijo apressado, ela saiu voando do colo dele e desceu, pulando para os paralelepípedos sem ajuda, antes que o maldito degrau fosse baixado.

— V — gritou ele, sério. — Uma mulher em estado delicado não deve pular e... — Ela saiu correndo com a peliça nas mãos — ... correr — concluiu ele, em vão.

Pois, como sempre, sua amada fogosa o estava desafiando. Mas ao vê-la se jogar nos braços da governanta, Trevor William Hunt, sexto duque de Ridgely, marquês de Northrop, barão de Grantworth, orgulhoso marido da duquesa de Ridgely e exultante futuro pai, sabia que não poderia ser diferente.

Leia também

ASSINE NOSSA NEWSLETTER E RECEBA INFORMAÇÕES DE TODOS OS LANÇAMENTOS

www.faroeditorial.com.br

CAMPANHA

FiqueSabendo

Há um grande número de pessoas vivendo com HIV e hepatites virais que não se trata. Gratuito e sigiloso, fazer o teste de HIV e hepatite é mais rápido do que ler um livro.

FAÇA O TESTE. NÃO FIQUE NA DÚVIDA!

FARO EDITORIAL

ESTA OBRA FOI IMPRESSA
EM MARÇO DE 2024